Angel – Jäger der Finsternis
WILDES FEUER

Cameron Dokey

ANGEL

Wildes Feuer

Aus dem Amerikanischen
von Lynn Vetter

Die Deutsche Bibliothek – CIP-Einheitsaufnahme

Angel : Jäger der Finsternis. – Köln : vgs
(ProSieben-Edition)
Wildes Feuer / Cameron Dokey.
Aus dem Amerikan. von Lynn Vetter. – 2002
ISBN 3-8025-2899-9

Das Buch »Angel – Jäger der Finsternis. Wildes Feuer«
entstand nach der gleichnamigen Fernsehserie (Orig.: *Angel*)
von Joss Whedon und David Greenwalt,
ausgestrahlt bei ProSieben.

© des ProSieben-Titel-Logos mit freundlicher
Genehmigung der ProSieben Television GmbH

Erstveröffentlichung bei Pocket Books, eine Unternehmensgruppe
von Simon & Schuster, New York 2001.
Titel der amerikanischen Originalausgabe: *Angel. Summoned.*

™ und © 2001 by Twentieth Century Fox Film Corporation.
All Rights Reserved.

© der deutschsprachigen Ausgabe:
Egmont vgs verlagsgesellschaft, Köln 2002
Alle Rechte vorbehalten.
Lektorat: Almuth Behrens
Produktion: Wolfgang Arntz
Umschlaggestaltung: Sens, Köln
Titelfoto: © Twentieth Century Fox Film Corporation 2001
Satz: Kalle Giese, Overath
Druck: Clausen & Bosse, Leck
Printed in Germany
ISBN 3-8025-2899-9

Besuchen Sie unsere Homepage im WWW:
www.vgs.de

1

Es war Nacht in der Stadt der Engel. Und die Engel weinten. Ihre Tränen überströmten die Gehwege und füllten die Kanäle. Lösten den schweren gelben Dunst aus der Atemluft und drückten ihn gegen die harte, staubige Erde. Überall in der gewaltigen Stadt erwachten Engel, hoben die Köpfe und lauschten beunruhigt in die Nacht hinein.

Diese Geräusche. Oh ja. Nun erinnerten sie sich deutlich. Es war der Regen, oder?

Regen. Wasser. Quelle des Lebens. Element der Erneuerung. Doch selbst in der Stunde der Wiedergeburt war es das Schicksal von ein paar Ahnungslosen, ihr Leben in diesem Regen zu lassen. Heute Nacht.

Ellen Bradshaw war eine von ihnen. Und auch wieder nicht. Sie unterschied sich von den anderen durch eine grausame Kleinigkeit: Sie war vorbereitet. Sie wusste Bescheid.

Sie stand an der Kreuzung 3. Straße und *La Brea*, trat von einem Fuß auf den anderen und beobachtete den Verkehr. Wartete darauf, dass die Ampel auf Grün sprang. Ihr rotes Haar, das sich sonst keck um ihr Gesicht lockte, lag flach am Kopf, wie festgeklebt. Wasser tropfte von ihrer Nase. Sie bemerkte es nicht. Ellen Bradshaw spürte den Regen schon lange nicht mehr.

Stattdessen spürte sie, wie ihre Hand zuckte. Ein

Impuls, ein Wunsch, den Arm zu heben und auf die Uhr zu schauen. Doch sie widerstand der Versuchung. Sie hielt ihre mit Leder bekleideten Arme über der Brust verschränkt, zum Schutz jenes kostbaren Umschlags, der unter ihrer Jacke verborgen war.

Vielleicht würde es das Letzte sein, was sie tat: Ihn der Post zu übergeben. Und doch war das ihre einzige Möglichkeit, jemals Gerechtigkeit zu erfahren. Und Rache zu nehmen.

Außerdem, was würde es nützen, auf die Uhr zu schauen? Sie wusste genau, wie spät es war. Wusste genau, wie viel Zeit ihr noch blieb.

Es würde knapp werden.

Es war kurz vor Mitternacht und Ellen Bradshaw hatte noch genau fünf Minuten zu leben.

Die Ampel wechselte auf Grün. Ellen hetzte über die Kreuzung, ohne auf die Pfützen zu achten. Wasser spritzte rings um ihre Stiefel; sie schenkte dem keine Beachtung. Erst als ein Porschefahrer sie anmachte, weil ein Schwall Spritzwasser die Kühlerhaube seines kirschroten Sportwagens getroffen hatte, schien sie aufzumerken. Sie ignorierte den Typen. Schließlich hatte sie Wichtigeres zu tun, als dafür zu sorgen, dass gewisse Leute sich weiter großartig fühlen konnten. Außerdem war der Fahrer wahrscheinlich kaum mehr als ein alter Sack mit einem schlechten Toupet.

Als sie den Gehweg auf der anderen Straßenseite erreicht hatte, musste sie plötzlich grinsen. Als ob es ein gutes Toupet gäbe.

Ellen rannte weiter und bog in die nächste Seitenstraße ein. Dort lag ein Schulgebäude im Dunkeln. Keine Menschenseele war zu sehen. Jenseits der Hauptstraße war die Gegend wie ausgestorben. Es gab nicht viele Sonnenanbeter, die sich nachts um fünf vor zwölf auf regennassen Straßen herumtrieben.

Aber Ellen Bradshaw hatte leider keine Wahl. Und wenn es je etwas Wichtigeres in ihrem Leben gegeben hatte, als ihre eigenen Bedürfnisse und Wünsche, dann konnte sie sich zumindest nicht daran erinnern.

Vielleicht war das ihr Problem, dachte sie, während sie ihre Schritte verlangsamte und einen Blick zurück über die Schulter riskierte. Da ist nichts, Ellen, redete sie sich Mut zu, komm, reiß dich zusammen. Bis Mitternacht war sie sicher. Oder jedenfalls so sicher, wie man in den Straßen von L.A. eben sein konnte.

Hatte sie sich etwa selbst eine Falle gestellt? Wenn sie nicht so sehr mit sich selbst beschäftigt gewesen wäre, hätte sie die Wahrheit dann früher erkannt? Hätte sie das Entsetzen erkannt, das hinter der Maske eines schönen Geschenkes verborgen war, den Wahnsinn rechtzeitig bemerkt, der sich ihrer bemächtigte?

Nein, nicht hinter diesem Geschenk, dachte sie, während sie die nächste Straße überquerte. Sie drehte sich nicht noch einmal um, aber den Stachel zwischen ihren Schulterblättern wurde sie nicht los. Ein Geschenk hatte etwas mit Freiheit zu tun. Der Schenkende war ebenso frei, es zu geben, wie der Beschenkte es nehmen oder ablehnen konnte. Aber sie wusste jetzt, dass nichts von dem, was man ihr angeboten hatte – der Traum, nach dem sie gierig mit beiden Händen gegriffen hatte – ... Nein, mit Freiheit hatte das Ganze nichts zu tun gehabt.

Trotzdem hatte sie nicht geglaubt, dass der Preis so hoch sein würde.

Sie klammerte sich an den Umschlag, presste die Arme gegen ihre Brust.

Am schlimmsten war die Erkenntnis, dass sie in Sicherheit sein könnte, wenn sie nur den Dingen ihren Lauf gelassen hätte. Es war ihr eigenes Erwachen, das sie umbringen würde. Ihre gute Tat. Es muss einen Begriff dafür geben, dachte sie, während sie einen Moment innehielt, um sich zu orientieren. Vielleicht auch mehr als einen.

Eine poetische Form von Gerechtigkeit. Ironie des Schicksals. Ein verdammt harter Break.

Sie bog links in eine Straße ein. Ihr Blick fiel auf eine Ampel, die durch einen Verkehrsunfall beschädigt, aber nie repariert worden war.

Jetzt konnte sie ihn sehen, ungefähr zwei Blocks entfernt auf der linken Seite. Im hellen Licht der Straßenlaterne sah er fast lebendig aus, wie der Regen so an ihm herabtropfte, und war gleichzeitig doch so alltäglich und unscheinbar, dass niemand ein Instrument der Rache hinter ihm vermutet hätte.

Ein Briefkasten.

Ellen begann, schneller zu laufen. Beeil dich. Schneller. Schneller, schrie ihr klopfendes Herz. Jetzt war sie ganz nah. So unglaublich nah. Am Ziel. Am Ende ihres Weges.

Da stand plötzlich eine Gestalt vor ihr auf dem Gehweg, wie ein Phantom, das sich im verregneten Dunkel wie aus dem Nichts materialisierte. Die Gestalt brachte mindestens hundert Kilo auf die Waage und ihre Hände hatten die Größe von Truthahnschenkeln. Ellen schrie auf und blieb augenblicklich stehen, ihre Füße schlidderten auf dem regennassen Pflaster. Sie schlug hart auf, ihre Hände umklammerten noch immer den Umschlag, den sie an die Brust gepresst hielt.

Die Gestalt näherte sich. »Hey Lady, haben Sie vielleicht 'n bisschen Kleingeld?«, fragte sie.

Das Geräusch, das Ellen von sich gab, hörte sich an wie ein verunglücktes Lachen. Ihr Schicksal hatte sie noch nicht ereilt. Nicht hier. Und nicht jetzt. Vielleicht, dieser Gedanke kam ihr wie eine plötzliche Eingebung, vielleicht war diese Begegnung sogar genau das Gegenteil. Ihre Rettung.

Alles, was sie tun musste, war, diesen Mann zum Tode zu verurteilen. Langsam stützte sie sich auf den rechten Arm, erhob sich. »Haben Sie Kleingeld?«, wiederholte der Penner und fuchtelte mit seinen großen Händen vor ihrem Gesicht herum. Ellen griff in ihre Jackentasche und suchte nach etwas, das sie zurückgelassen hatte. Das Ding, das eigentlich nicht da sein sollte. Und doch wusste sie, es würde da sein, obwohl sie den Grund dafür nicht kannte.

Das Amulett.

Sie hatte gewusst, dass es nicht einfach war. Es zurückzulassen reichte nicht aus, um es loszuwerden. Aber der einzige Weg, ihr Leben zu retten, bestand nun einmal darin, es loszuwerden. Es weiterzugeben an jemanden, der ahnungslos war. Ein Unbeteiligter, der nicht wissen würde, worum es sich handelte, bis es zu spät war.

Eine Einladung des Todes.

An jedem einzelnen Tag der verdammten Woche hatte sie es in ihrem Apartment zurückgelassen. Aber das Amulett des Todes hatte sie verfolgt. Jeden Tag hatte sie genau das Gleiche getan wie am Tag zuvor: Sie hatte es mitten auf den Tisch gelegt. Danach die Wohnung verlassen. War zur Bushaltestelle gegangen.

Und jeden verdammten Tag hatte sie es wieder in ihrer Jackentasche gefunden, wenn sie nach dem Wechselgeld suchte.

Wie einen Fahrschein zur Hölle, ein tödliches Versprechen.

Nur eins kann uns trennen, schien es zu sagen.

Der Tod. Deiner oder der eines anderen, Ellen. Hier ist deine Chance.

Ihre Finger umschlossen das Amulett. Es fühlte sich warm an, wie immer. Warum wohl? Und heute Nacht war es so heiß, dass sie sich fast die Hand daran verbrannte. Der Penner machte einen Schritt nach vorne, als spürte er, dass sie ihm etwas geben wollte.

Tu es, Ellen, gib es ihm, versuchte eine diabolische Stimme ihr einzureden. Niemand würde diesen Typen betrauern, wenn er die Nacht nicht überlebte. Niemand würde es bemerken, wenn morgen früh die Sonne aufging und er nicht mehr da war. Das Leben auf der Straße hatte ein weiteres namenloses Opfer gefordert. Nur sie allein würde wissen, dass sie ihn ermordet hatte.

Plötzlich wurde ihr bewusst, dass das nicht stimmte. Sie würden es wissen. Es war gleich nach zwölf und sie würde immer noch hier sein. Vielleicht würden sie sie sogar mit offenen Armen wieder aufnehmen. Warum nicht? Hatte sie nicht bewiesen, dass sie immer noch eine von ihnen war? Wahrscheinlich wäre sie sogar besser dran als vorher, dachte sie zynisch.

Um endlich frei zu sein, musste sie nur ihre Hand ausstrecken und das Amulett weitergeben. Endlich in Sicherheit sein. Sich einrollen, entspannen. Leben.

Komm schon, Ellen, flüsterte die Stimme in ihrem Kopf. Streck die Hand aus, gib es weiter und dann mach, dass du wegkommst. Ellen spürte, wie ihr Arm unkontrolliert zu zittern begann. Ich kann das nicht, dachte sie. Wie konnte sie ein Leben, das sie selbst verabscheute, weiterführen auf Kosten eines anderen? Ja, sie wollte leben. Daran gab es keinen Zweifel. Aber davon mal abgesehen gab es kein Zurück zu *dem* Leben, zu dem *sie* sie ausersehen hatten. Ein Leben, das musste sie zugeben, das sie selbst gewählt hatte. Aber nun musste sie tun, was zu tun war, um dem Ganzen ein Ende zu bereiten. Eine Möglichkeit, die sie erst gesehen hatte, als es fast zu spät gewesen war. Doch nun hatte sie keine Chance mehr.

Gerade jetzt, wo sie alles durchschaute. Auch wenn es ihr eigener Tod war, der sie aus starren Augen anblickte, so konnte sie doch nicht wegsehen. Sie ließ das Amulett los, hielt den Umschlag mit der rechten Hand fest, während sie mit der linken eine Hand voll Kleingeld aus der Tasche zog.

»Hier«, sagte sie. »Das ist alles, was ich habe. Tut mir Leid.« »Blöde Kuh!«, schnaubte der Penner verächtlich und steckte es ein. »Das reicht nicht mal für'n Kaffee.«

Ein unbekanntes Gefühl explodierte plötzlich in Ellens Brust. »Fahr zur Hölle!«, schrie sie ihn an. Das war der Typ, dessen Leben sie gerade noch hatte schonen wollen? Für den sie bereit war zu sterben?

Sie ging an ihm vorbei die Straße hinunter. Ein wildes Lachen zerrte an der Stille der Nacht. Es war ihre eigene Stimme, die sie kaum erkannte. Zur Hölle mit dir, dachte sie. Dabei war sie es, die sich gerade mit großen Schritten auf eben diesen Ort zubewegte.

Aber soweit war es noch nicht. Erst musste sie beenden, was sie begonnen hatte. Sie rannte über die regennasse Straße auf den Briefkasten zu, als ihre Armbanduhr das beängstigende Signal von sich gab.

Beep beep. Beep beep. Beep beep.

Sie selbst hatte das Ellen Bradshaw-Frühwarnsystem eingestellt. Es war genau eine Minute vor zwölf. Sechzig Sekunden bis Mitternacht. Noch eine Minute zu leben.

Nachdem sie ihre Botschaft losgeworden war, schwieg die Uhr. Ellen hatte das Gefühl, sich wie in Zeitlupe zu bewegen. Die zwei Blocks zum Briefkasten schienen sich endlos auszudehnen. Die Welt wurde still und blieb stehen. Ihr Atem ging stoßweise, war das einzige Geräusch im ganzen Universum. Sie hörte den Regen nicht mehr. Das werde ich niemals schaffen, dachte sie. Sie hatte zu lange gezögert. Ihr Opfer war völlig sinnlos, *sie* würden gewinnen.

»Niemals!« Der Schrei kam mitten aus ihrem rasenden Herzen. Als hätte der Klang ihrer Stimme einen teuflischen Zauber gebrochen, lief die Zeit plötzlich wieder normal. Endlich am Briefkasten angekommen, schlang sie ihre Arme um das Ding wie um einen lange vermissten Liebhaber.

Verzweifelt suchte sie nach Halt, während ihre Finger in der Jacke nach dem Umschlag tasteten. Sie riss ihn heraus, öffnete die Klappe und schob den Brief in das dunkle, weit aufgerissene Maul des Kastens. Dann ließ sie die Klappe los, die mit einem lauten Geräusch zuschlug. Ellen lehnte sich mit ihrem ganzen Gewicht dagegen, als könne der Brief versuchen zu entkommen. Und jetzt weg von hier. Flügel wären nicht verkehrt.

In ihrem Körper machte sich ein Glücksgefühl breit. Es kam nicht darauf an, was nun mit ihr geschah. Sie hatte es getan. Hatte eine Kette von Ereignissen in Gang gesetzt, die früher oder später denjenigen zu Fall bringen würden, der für all das verantwortlich war. Sie zum Tode verdammt hatte. Nun, sie hätte sich gewünscht, dass es bald geschehen würde, aber eigentlich machte es keinen Unterschied.

Wann auch immer er in der Hölle auftauchte, sie würde ihn dort erwarten.

Als Ellen sich aufrichtete, ging der Alarm zum zweiten Mal los.

Beep beep. Beep beep. Beep beep.

Vorbei. Vorbei. Vorbei. Ihre Zeit war abgelaufen.

Es war Mitternacht. Die Stunde des Todes war gekommen.

Ellen suchte mit dem Rücken am Briefkasten Schutz. Sie wusste nicht warum, vielleicht lag es an dem Prickeln zwischen ihren Schulterblättern, das sie zuvor verspürt hatte, doch plötzlich war ihr klar, aus welcher Richtung er kommen würde. Der Tod. Und sie würde nicht zulassen, dass er sie von hinten überfiel. Ellen Bradshaw wollte ihrem Schicksal gegenübertreten. Von Angesicht zu Angesicht.

Aber da war nichts.

Der Gehweg war völlig menschenleer. Ein paar Augenblicke lang hörte sie nur ihr Herz schlagen. Dann brach sich Licht in den Regentropfen. Eine Reflektion der Straßenbeleuchtung. Ellen hätte schwören können, dass die Luft um sie herum sich veränderte. Sie fühlte, wie sie dick wurde und sich erwärmte, ihre Lungen zu verstopfen begannen, während sie einatmete. Sich um ihre Haut legte.

Sie hörte ein merkwürdiges Geräusch, wie Schinken, der in der Pfanne brutzelt. Plötzlich wurde ihr bewusst, dass es der Regen war. Die Tropfen verdampften vor ihren Augen, noch bevor sie die Erde erreichten.

Und dann war er da. Beugte sich über sie. Unvorstellbar groß in seinem ganzen Unheil. Ellen machte einen unfreiwilligen Schritt zurück, fühlte den Briefkasten in ihrem Rücken. Sie hatte keine Ahnung gehabt, was sie erwartete, aber was sich da näherte, ging weit über ihr Vorstellungsvermögen hinaus.

Es war eine Feuersäule.

Im Inneren der Flammen erkannte sie eine Art Struktur. Ellen sah, dass sich Arme abzeichneten. Beine. Ein Kopf. Ein Gesicht. Oh mein Gott, es ist menschlich, dachte sie. Oder war es zumindest gewesen. Hatte sie vielleicht eine Chance? Konnte sie um Gnade bitten? Vielleicht mit ihm verhandeln?

»Hallo Ellen«, sagte das Ding vor ihr. Seine Stimme klang wie Wasser, dass auf glühenden Kohlen verdampfte. Ellens Mut sank. Ihr Magen krampfte sich zusammen. »Ich komme, um dich zu holen.«

So viel zum Thema ›verhandeln‹. Also blieb ihr nur eine Wahl. Sie öffnete den Mund, bereit um ihr Leben zu flehen. In diesem Augenblick sah sie sie. Zwei Augen, die sie aus dem feurigen Gesicht heraus anstarrten. So klar wie Quellwasser in einem Kristallglas. Hart und undurchdringlich wie Diamanten. Ihr Herz zitterte bei diesem Anblick. Und ihr Mund schloss sich wie von selbst wieder.

Es war keinerlei Ausdruck in diesen Augen. Sie waren gefühllos und tot. Unerbittlicher als alles, was je gelebt hatte. Oder je leben würde.

Es hatte keinen Sinn, um Gnade zu bitten.

Bevor Ellen auch nur den Gedanken fassen konnte wegzulaufen, griff das Ding nach ihr. Und sie verschwand in einer Umarmung aus Feuer. »Komm zu mir, Ellen, und erfahre, was mit all jenen geschieht, die mich verraten.«

Ellen hatte noch Zeit zu schreien, aber es war nur ein einziger gequälter Laut, der sich ihrer Kehle entrang, bevor er sie verschloss. Bevor ihr Herz aufhörte zu schlagen.

Über ihr explodierte das Straßenlicht in einem Gewitter aus Sternen. Hoch über der Stadt saßen die Engel und trockneten sich die Augen. Ihre Tränen waren längst versiegt.

2

Doyle war gerade unterwegs, um sich ein Mitternachts-Guinness zu besorgen, als die Vision ihn traf. Wie immer war das, was er sah, nicht unbedingt der Stoff, aus dem leichte Unterhaltung gemacht wird.

Aus irgendeinem Grund, den Doyle nie verstanden hatte, waren die übernatürlichen Kräfte, die ihn zum Empfänger von Visionen auserwählt hatten – die Mächtigen –, in mancher Hinsicht wie Eltern zu ihm. Anscheinend musste man sich schlecht fühlen, um Gutes zu tun. Die Visionen waren immer von brüllenden Kopfschmerzen begleitet. Selbst die einfachsten Bilder eröffneten eine Vielzahl möglicher Arten von Pein. Im Augenblick hatte Doyle das Gefühl, als drehe sich ein Zahnrad in seinem Hinterkopf. Seine Beine gaben nach, als die Bilder ihn überwältigten. Angst. Feuer. Das Übliche also. Bis auf die Sache mit dem Feuer. Das war neu.

Wenn Doyle Glück hatte, waren die Bilder einigermaßen genau. Oft wurden sie auch dann plötzlich deutlicher, wenn er sie beschrieb. Wenn er Angel davon erzählte, seinem Boss, dem einzigen Vampir, der jemals in der Geschichte der Welt seine Seele zurückerhalten hatte. Dann waren sie manchmal gemeinsam in der Lage, einen Ort genau zu lokalisieren. Einen Hinweis zu finden, der sie auf den richtigen Weg brachte.

Das war ihnen natürlich am liebsten. Genaue Informationen und schnelle Reaktionen waren die beste Garantie dafür, erfolgreich aktiv zu werden und eine Schweinerei zu verhindern.

Diesmal hatte er nicht so viel Glück. Diese Vision schien sich überall gleichzeitig abzuspielen. Eine Diashow mitten in Doyles schmerzendem Kopf.

Er sah eine rothaarige junge Frau, die vor Schmerz aufschrie. Ihr Kopf war nach hinten gebogen. Mit weit aufgerissenen Augen starrte sie in den Regen. Er fühlte, wie auch sein eigener Körper sich bog, als wolle er Sympathie bekunden, und er hätte schwören können, dass er für den Bruchteil einer Sekunde durch ihre Augen schaute. Gesehen hatte, was sie sah, wie das Licht der Straßenlaterne über ihr in sprühenden Funken explodierte. Im nächsten Moment wurde sein Körper von einer Welle des Schmerzes übermannt, der die Welt auslöschte.

Aber wer auch immer seinen Kopf im Schraubstock hielt, hatte nicht vor, ihn loszulassen. Da war noch mehr. Das Ganze war noch nicht vorbei. Aus dem Dunkel schien ein Meer von Gesichtern auf ihn zuzuschwimmen. Alle blickten in die gleiche Richtung. Irgendwie erinnerten sie Doyle an eine Versammlung in der Kirche. Nicht, dass er in letzter Zeit eine Kirche betreten hätte. Aber manche Dinge vergisst man eben nicht. Immerhin war er ein Ire. Zumindest seine menschliche Hälfte.

So blitzartig wie sie begonnen hatte, so schnell war die Vision zu Ende.

Erneut kam das Dunkel über Doyle. Plötzlich funkelte etwas in der Finsternis, gewann langsam Konturen. Es wirbelte herum, als sei es in die Luft geworfen worden. Eine Münze, dachte er. Jedoch eine, die er noch nie zuvor gesehen hatte. Die Zeichen auf der Oberfläche waren ihm fremd. Obwohl, da fiel ihm ein, ihm war noch keiner von diesen neuen Sacajewa-Dollars in die Finger gekommen. Vielleicht war es so einer.

Die Münze fiel und fiel und fiel. Immer tiefer. Genau auf Doyles nach oben gewandtes Gesicht zu. Sie würde ihn treffen. Dessen war er sich sicher. Doch kurz bevor das passieren konnte, schoss ein neuer Schmerz durch seinen Kopf. Stärker und klarer als je zuvor spürte er ihn genau zwischen den Augen: ein glühendes Eisen. Sein Verstand schien in diesem feurigen Schmerz geradewegs zu explodieren.

Feuer, dachte er. Das Feuer ist der Schlüssel.

Der Schmerz verschwand so plötzlich, wie er gekommen war. Die Vision verschwamm vor seinen Augen. Doyle konnte noch ein letztes Bild erkennen, die Konturen eines menschlichen Schädels. Es sah aus, als habe jemand mit einem starken Blitzlicht fotografiert: Keine Einzelheiten, nur strahlende Umrisse, die sich gegen das Dunkel abhoben. War dieses Bild noch ein Teil der Vision, oder kam er schon zu Bewusstsein?

Als er zu sich kam, lag Doyle in der Getränkeabteilung eines Supermarktes auf dem Rücken und schaute direkt in das Gesicht einer jungen Frau, die sich über ihn gebeugt hatte.

Ein Sixpack Guinness-Bier lag auf seiner Brust.

Terri Miller hasste L.A. Daran gab es keinen Zweifel. Es wäre vielleicht nicht so schlimm gewesen, wenn sie nicht vorher davon überzeugt gewesen wäre, dass der Umzug in diese Stadt die Lösung ihrer Probleme bedeuten würde.

Schließlich war es in einer großen Stadt leichter, unerkannt zu leben, oder? Das hatte sie zumindest immer geglaubt. Hatte es sich eingeredet. Wenn die Menschen Angst davor hatten, einander anzuschauen, dann konnte es nicht so offensichtlich sein, dass niemand sie beachtete.

Dumm gelaufen.

Terri begriff schnell, dass es in L.A. noch mehr auffiel als anderswo, dass die Leute dazu neigten, sie zu übersehen. Hier war sie noch unsichtbarer als in der Kleinstadt im Mittleren Westen, wo sie aufgewachsen war. Sie hatte etwas unterschätzt: Die Menschen in L.A. vermieden zwar den direkten Augenkontakt, aber den Blick ließen sie dennoch schweifen. Ihre Augen waren ständig in Bewegung, jeden verdammten Augenblick des ganzen verdammten Tages.

An jedem Ort, an dem sie auftauchte, machte Terri die gleiche Erfahrung. Um besser damit klarzukommen, hatte sie das Ganze in einen Begriff gebannt. Sie nannte es das ›Drugstore-Entdeckungs-Phänomen‹.

Der Blick von L.A. fand niemals Ruhe. Immerzu suchte er nach Gesichtern in der Menge um sie herum. Am Strand. Auf der Straße. Im Kaufhaus. Sogar im Supermarkt. Ein kurzer Blick aus perfekt geschminkten Augen. »Bist du diejenige?«, schien der Blick zu fragen. »Wirst du die nächste sein, die man entdeckt, die es bis zur Spitze schaffen wird? Sollte ich dir meine Aufmerksamkeit schenken? Dich einen Blick auf die überaus kostbare Arbeit meines Zahnarztes erhaschen lassen? Wirst du eines Tages für jemanden von Bedeutung sein?«

Nachdem sie das Phänomen beim Namen genannt hatte, gab es keinen Zweifel mehr für Terri: Niemand beachtete sie.

Überhaupt niemand. Es war, als sei sie in ihrem eigenen Niemandsland gefangen. In einem Zwischenleben.

Einer Art Vorhölle, reserviert für Menschen, die so langweilig waren, dass sie für die anderen einfach nicht existierten.

Dafür hatte sie ebenfalls einen Namen gefunden. Sie nannte es das ›Niemand-Zu-Hause-Syndrom‹.

Niemand schaute sie an, weil es da nichts zu sehen gab. Auf fünfzig Schritte Entfernung konnte man erkennen, dass Terri Miller niemals JEMAND sein würde. Sie hatte versucht, sich einzureden, dass das etwas Gutes sei. Auf diese Weise war sie immerhin sicher vor der falschen Art von Blicken. Aber wie sollst du beurteilen, welche Blicke falsch und welche richtig sind, wenn es keinen einzigen Menschen gibt, der dir seine Aufmerksamkeit schenkt?, seufzte Terri innerlich.

Es hatte nicht funktioniert.

Sie war zwar ein Niemand, aber sie war nicht dumm. Das hatte sie schon vor langer Zeit herausgefunden. Aber es machte die Sache leider nicht einfacher. Im Gegenteil – es tat weh, mehr als sie zugeben wollte. Manchmal sogar mehr, als sie ertragen konnte. Dennoch hatte sie bisher nicht einmal daran gedacht, wieder nach Hause zurückzukehren.

Nach Hause zu gehen würde bedeuten zuzugeben, dass sie Unrecht hatte. Sie war auf dem Holzweg und das hatten ihre Eltern ja schon immer gewusst. Sie waren die Ersten gewesen, die ihr klargemacht hatten, dass sie ein Nichts war, ein Niemand. Die Ersten, die behauptet hatten, dass sie es niemals alleine schaffen würde.

Sie hatte es so eingerichtet, dass sie den Tag über in ihrem Apartment blieb, nachdem der Job als Putzfrau in einem Motel beendet war. Aus reinem Selbstschutz ging sie nur nachts nach draußen. Sie hatte sich angewöhnt, ihr Leben erst zu beginnen, wenn die Sonne untergegangen war. Dann waren weniger Leute unterwegs, die sie übersehen konnten. Auf diese Weise bekam sie nicht viel von der berühmten kalifornischen Sonne zu sehen, aber sie zahlte gern diesen vergleichsweise geringen Preis, um nicht ununterbrochen an ihre Bedeutungslosigkeit erinnert zu werden.

Nennen Sie mich einfach Terri Miller, den Albino, der am liebsten um Mitternacht einkaufen geht … Bittere Gedanken plagten sie, während sie einen Einkaufswagen losmachte und ihn durch den Laden zu schieben begann. Vor kurzem hatte sie sich gefragt, ob sie ihre Unsichtbarkeit nicht gelegentlich auch zu ihrem Vorteil einsetzen konnte. Vielleicht konnte sie in einer dieser Talk-Shows auftreten. Als die Frau, die niemand zur Kenntnis nahm.

Sie stellte eine Dose Pfirsiche in den Wagen, bog um die Ecke und fuhr den Gang mit den Backwaren hinunter. Es hatte eine Weile gedauert, bis sie sich daran gewöhnt hatte, aber inzwischen waren die nächtlichen Ausflüge das Einzige in ihrem Leben, das ihr wirklich Freude machte. Es war kühl. Die breiten Gänge waren hell erleuchtet, strahlten aber dennoch eine große Ruhe aus. Sie liebte es, all die verschiedenen Dinge anzuschauen, die es hier zu kaufen gab.

Aber am besten gefiel ihr, dass sie sich keine Sorgen darüber machen musste, modisch nicht up to date zu sein. Sie konnte völlig uncool sein und es war total okay. Niemand in diesem Laden kümmerte sich darum, ob sie über irgendwelche Edelsoßen gebeugt stand, vielleicht sogar die eine oder andere Dose in ihren Wagen lud und ein wenig herumfuhr, bevor sie ausgewechselt wurden gegen Dinge, die sie sich leisten konnte: Spaghetti mit Fleischklößchen in Tomatensauce aus der Dose, zum Beispiel.

Vielleicht würde sie sich heute etwas Besonderes leisten, dachte sie, während sie eine Schokoladenkuchen-Fertigmischung in den Wagen packte. Sie war heute ausgezahlt worden und hatte morgen frei.

Einer plötzlichen Eingebung folgend stellte sie die Backmischung zurück ins Regal und änderte die Richtung, rollte auf die Regale zu, in denen der Alkohol stand. Auch nach Monaten konnte sie sich immer noch nicht daran gewöhnen, dass man hier harten Schnaps in jedem normalen Laden kaufen konnte. Nicht, dass sie das gewollt hätte. Vielleicht eine Flasche Wein. Wenn sie einen finden konnte, der leicht zu trinken war, dann konnte sie sich vielleicht sogar einreden, sie habe etwas zu feiern. Konnte für eine Weile vergessen, wie trübselig ihr kleines Leben war.

So ist es richtig, Miller, höhnte sie, fang an, dich selbst zu bemitleiden. Anscheinend hast du am Ende doch noch etwas erreicht. Sie bog in die Abteilung mit dem Alkohol ein und gab ihrem Wagen einen Stoß vor lauter Begeisterung.

Da lag ein Typ mitten im Gang.

Einen fürchterlichen Augenblick lang dachte sie, sie habe ihn umgefahren. Dann wurde ihr klar, dass das nicht sein konnte. Sie war lediglich mit dem Wagen über seine Füße gefahren, als er schon auf dem Boden lag. Sie schob den Wagen zur Seite und beeilte sich, nach ihm zu sehen. In heller Aufregung beugte sie sich über ihn.

»Oh mein Gott, ist mit Ihnen alles in Ordnung?«

Ein paar leuchtend blaue Augen starrten sie an. Blinzelten.

Schienen langsam etwas zu erkennen. »Ja«, erwiderte der Typ schwerfällig. »Ich glaube, es geht schon wieder.«

Trotz der spärlichen Worte bemerkte Terri, dass seine Stimme einen angenehmen Klang hatte. Sie meinte, einen leichten irischen Akzent auszumachen. Und im gleichen Moment fiel ihr das Sixpack Guinness auf, das über seiner Brust lag wie ein toter Fisch. Ooohh. Möglicherweise war er nur betrunken, spekulierte sie, hatte ein paar Gläser zu viel gehabt, aber er roch nicht danach. Wenn Terris Vater nach einem Abend in der Kneipe nach Hause gekommen war, dann hatte sie ihn quer durch den Raum riechen können. Sie nahm das Sixpack von seiner Brust herunter, stellte es neben ihm auf dem Boden ab und half ihm wieder auf die Beine. Er war kein Muskelprotz. Eher schmal gebaut. Aber sie spürte eine andere Art von Stärke, die von ihm ausging. Er schüttelte den Kopf, um klarer zu sehen, und sein schwarzes Haar wirbelte über die Stirn. Dann stand er plötzlich auf den Beinen.

»Möchten Sie, dass ich einen Arzt rufe?«, fragte Terri ängstlich, während sie seinen Arm fester packte. Nicht dass sie einen gekannt hätte, aber man konnte ja auch den Notdienst rufen.

»Ist nicht nötig«, antwortete der Typ ruhig. »Es ist nur… Ich bekomme diese … Anfälle manchmal. Kommt aus heiterem Himmel.«

»Epileptische Anfälle?«, fragte Terry und lief schlagartig rot an. Plötzlich hörte sie die Stimme ihrer Mutter im Hinterkopf. »Es ist nicht höflich, so etwas Persönliches zu fragen. Nicht jeder möchte dir gleich seine Lebensgeschichte erzählen, Terri Nicole.«

»So was Ähnliches«, erwiderte der Typ.

Er schien sich überhaupt nicht angegriffen zu fühlen. Terri entspannte sich, erschrak jedoch, als ihr bewusst wurde, dass sie immer noch seinen Arm festhielt. Sie ließ

22

ihn los, machte einen hastigen Schritt zurück und stieß mit ihrem Einkaufswagen zusammen. Ein Lächeln zog über sein Gesicht und seine blauen Augen blitzten für den Bruchteil einer Sekunde.

»Hey, hab keine Angst.«

Terri wurde bewusst, dass ihr Herz wie wild raste. Er sieht mich an, dachte sie. Sie konnte sich nicht mehr erinnern, wann so etwas zuletzt geschehen war, wann sie zum letzten Mal die ungeteilte Aufmerksamkeit eines anderen Menschen gehabt hatte. Einen Blick aus zwei Augen, der exklusiv auf ihrer Wenigkeit ruhte.

»Also, vielen Dank noch mal für deine Hilfe, aber ich muss jetzt gehen«, sagte der Typ. »Ich muss unbedingt jemanden anrufen.«

Er drehte sich um – das Sixpack Guinness war anscheinend vergessen – und bewegte sich auf das andere Ende des Ganges zu. Wenn er schnell nach draußen wollte, dann war das die falsche Richtung, aber Terri sagte nichts.

Sie saß in der Falle.

Ihre Enttäuschung war so groß, dass sie fast in Tränen ausgebrochen wäre.

Er ging. Er verließ sie. Sie fühlte sich, als würde ihr Körper zurückgleiten in die Bedeutungslosigkeit.

Während sie ihm nachsah, hielt er plötzlich an. Warf einen Blick über die Schulter, zögerte für einen Moment. Schließlich drehte er um. Er kam zu ihr zurück. Sein Blick ruhte wieder auf ihr. Terri glaubte, ihr Herz würde zerspringen.

»Versteh mich bitte nicht falsch«, sagte er, als er auf gleicher Höhe mit ihr war. Wieder bemerkte sie den irischen Akzent. »Ich bin froh, dass du mir geholfen hast und alles. Aber du solltest wirklich etwas vorsichtiger sein. Du

23

kennst mich doch gar nicht. Ich könnte jemand sein, der es auf dich abgesehen hat.«

Sein Blick glitt über sie hinweg, blieb an irgendetwas hängen, sie wusste nicht, was es war. »Was, wenn ich vorgehabt hätte, dich auszurauben? Wenn ich einen Partner hätte? Dann wärst du jetzt deine Handtasche los.«

Voller Angst wirbelte Terri herum. Ihre Handtasche war genau da, wo sie sie hingetan hatte. Vorne im Einkaufswagen. Dort, wo sie immer gesessen und die Handtasche ihrer Mutter festgehalten hatte, als sie noch ein Kind war. Sie konnte fühlen, wie sie über und über rot wurde.

Er hat Recht, dachte sie. Sie war so sehr darauf aus gewesen nachzuschauen, ob mit ihm alles in Ordnung war, dass sie all ihre Habseligkeiten darüber vergessen hatte. Jetzt wusste sie, warum er ihr so viel Aufmerksamkeit geschenkt hatte. Wahrscheinlich hatte er noch nie jemanden gesehen, der sich so blöd anstellte.

»Es tut mir Leid«, brachte sie hervor, als sie ihm wieder ins Gesicht sah. »Ich habe nicht darüber nachgedacht …«

»Siehst du, genau das mein ich«, antwortete er hastig. Etwas war in seiner Stimme, das sie nicht identifizieren konnte. »An einem Ort wie L.A. kannst du es dir nicht erlauben, *nicht* nachzudenken. Du musst immerzu wachsam sein. Immer.«

Sie nickte, traute sich aber nicht, etwas zu sagen. Wenn sie etwas sagte, dann – so fürchtete sie – würde sie anfangen zu weinen. Wenn sie schon niemand war, warum war es dann nicht wenigstens möglich, auch nichts zu fühlen? Das hatte sie sich oft genug gewünscht. Aber wie so oft wurden ihre Wünsche nicht erfüllt. Nicht hier. Nicht heute Nacht.

Plötzlich schien der Typ seine ungewollten Ratschläge zu bereuen. »Komm schon«, sagte er. »Nimm es nicht so schwer. Ich bin dir wirklich dankbar für deine Hilfe. Ich versuche nur, dir einen Gefallen zu tun. Das ist alles.«

Er streckte seine Hand aus. Für einen schrecklichen Augenblick dachte sie, er wolle ihren Kopf streicheln, wie man es bei Hunden tat. Noch bevor sie selbst realisierte, was geschah, war Terri zurückgesprungen und hatte ihre Fersen schmerzhaft in den Einkaufswagen gerammt.

»Fassen Sie mich nicht an«, würgte sie hervor. Sie hörte ihre zitternde Stimme, spürte, wie sie mit den Tränen kämpfte und hasste sich dafür. Gab es denn keine Grenze? Musste sie auf jede erdenkliche Art einen Narren aus sich machen? Offenbar war das so.

Sie räusperte sich.

»Danke für den kostenlosen Rat«, stieß sie hervor. Diesmal hörte sich ihre Stimme schon kräftiger an. »Offenbar kann ich so was brauchen.«

»Gut«, sagte er und zog den ausgestreckten Arm zurück. »Das ist gut.« Dieses Mal ging er in die richtige Richtung. Rauschte an ihr vorbei. Sie drehte sich nicht um, sah ihm nicht nach, als er sich entfernte.

Stattdessen blieb sie im Gang stehen und zählte bis hundert, um sich wieder zu beruhigen. Dann noch einmal. Erst als sie völlig sicher sein konnte, dass er fort war, drehte sie sich herum und fasste nach ihrer Handtasche. Sie schloss ihre zitternden Finger um den Griff und hatte in diesem Augenblick völlig vergessen, dass sie heute Abend eigentlich etwas hatte feiern wollen.

Blind vor Tränen stürzte sie aus dem Laden.

Eine selten dämliche Vorstellung, die er da geliefert hatte, dachte Doyle bei sich. Er hätte nicht so hart mit der Kleinen umspringen sollen, wer auch immer sie war. Sie hatte nur versucht, ihm zu helfen. Und tatsächlich *hatte* sie ja auch geholfen. Es hätte völlig gereicht, sich zu bedanken. Danach hätte er sich verabschieden und um seine eigenen Angelegenheiten kümmern sollen. Aber Doyle war nie besonders gut darin gewesen, Dinge auf sich beruhen zu lassen.

Außerdem war da irgendwas an ihr, das ihn bewogen hatte, sie zu warnen. Zumindest hatte er es versucht. Er hatte das Gefühl, sie war schon mehr als genug verletzt worden, und es sah nicht so aus, als gäbe es jemanden, der sie beim nächsten Mal beschützen würde. Genau das war der Punkt. Das Mädchen hatte schrecklich einsam ausgesehen.

Vielleicht war die Erklärung aber auch viel einfacher und auf seinen gesunden Egoismus zurückzuführen. Er wollte sich keine Sorgen um sie machen. Ich frage mich, ob es Angel manchmal so geht?, kam ihm in den Sinn. Aber je mehr er darüber nachdachte, desto stärker bezweifelte er diese Vorstellung. Seine Gefühle, seine Situation, sein ganzes Leben – nichts war mit dem zu vergleichen, was Angel empfinden musste. Wie konnte er als halbmenschlicher Dämon, ein einfacher Botenjunge der Mächtigen, sich mit einem mehr als zweihundert Jahre alten Vampir vergleichen? Vor allem mit einem, den das Schicksal mit einer Seele ausgestattet hatte?

Nicht, dass Francis Doyle etwas an seiner eigenen Position auszusetzen gehabt hätte. Es gab schließlich Dinge, die musste man nicht unbedingt am eigenen Leib erfahren.

Als Doyle die Glastüren des Einkaufszentrums erreichte, hielt er kurz an. Die Türen glitten automatisch zur

26

Seite und gaben den Blick frei auf die Umgebung. Doyle suchte hastig nach dem nächsten Telefon. Da erblickte er eines dieser Dinger, draußen, jenseits der Überdachung, aber es regnete ja auch nicht mehr. Vielleicht war es ja auch die Vision gewesen, die ihn dazu bewogen hatte, die Kleine zu warnen. Ja, so muss es gewesen sein, entschied er, während er auf das Telefon zuging. Die Bilder waren verschwunden, aber sie hatten ein Gefühl der Dringlichkeit hinterlassen. Einen überwältigenden Impuls, den er nicht los wurde: Unschuldige zu beschützen.

Als er zu sich gekommen war, hatte er in seiner Erleichterung geglaubt, es sei das Mädchen aus seiner Vision, das sich über ihn beugte. Doch schon ein paar Sekunden später war ihm klar geworden, dass er sich geirrt hatte. Das Mädchen aus seiner Vision war rothaarig gewesen. Die Kleine, die sich so besorgt über ihn gebeugt hatte, war mit einer Haarfarbe gestraft, die man allenfalls mausbraun nennen konnte. Um genau zu sein, hatte ihn alles an ihr ihn an eine Maus erinnert. Die hohe Stirn und die spitze Nase. Der etwas zu breit geratene Mund, das schmale Kinn. Nicht wirklich hässlich, einfach ein Gesicht, an das man sich nicht erinnert.

Als er das öffentliche Telefon endlich erreicht hatte, war sie vergessen. Normalerweise hätte er Angel auf seinem Handy angerufen. Aber leider war das Mobiltelefon von Cordelia Chase – Angels Geschäftspartnerin und selbst ernannte Büromanagerin von *Angel Investigations* – ausgefallen. Darüber war sie dermaßen ausgerastet, dass er sich hatte breitschlagen lassen, ihr seins zu leihen.

Obwohl Cordelia die meiste Zeit im Büro herumsaß, schrecklichen Kaffee machte und keine Gelegenheit ausließ, Angel daran zu erinnern, dass sie es war, die alles am

Laufen hielt, vergaß sie doch niemals den wahren Grund für ihre Anwesenheit in L.A. Denn was Cordy tatsächlich wollte, war ein Ticket in die erste Reihe Hollywoods: Sie hatte sich fest vorgenommen, ein Star zu werden. Die Tatsache, dass sie ein paar Bürostunden abriss, aus alter Freundschaft mit einem Freund aus Highschool-Tagen, der gerade für die hundert Jahre büßen musste, in denen er als Blutsauger andere verletzt hatte – nun, das alles hielt sie nicht davon ab, weiter auf ihren großen Durchbruch zu warten.

Der Gedanke, den entscheidenden Anruf zu verpassen, hatte sie völlig verrückt gemacht. Sie hatte nicht aufgehört, darüber zu jammern, was Angel und Doyle schließlich ebenfalls verrückt gemacht hatte. Nachdem Angel sich in sein unterirdisches Quartier zurückgezogen hatte, hatte Doyle ihr sein Handy aus purem Selbsterhaltungstrieb überlassen. Er hatte praktisch gar keine Wahl gehabt.

Natürlich hatte er eine Kleinigkeit unerwähnt gelassen, die Cordelia offenbar übersah. Der entscheidende Anruf, der ihr die Tür nach Hollywood öffnen würde, würde sie wohl kaum auf dem Mobiltelefon eines anderen erreichen.

Sieht ganz so aus, als hätte *ich* nicht alle Tassen im Schrank, dachte Doyle bei sich. Schließlich war er derjenige, der die Visionen hatte, oder nicht? Er war die direkte Verbindung zu den Mächtigen. Er empfing die Botschaften und Angel war derjenige, der Buße tat. So war die Lage. So sah es aus, so musste es laufen. Und er hatte gerade eine Vision empfangen, die so ziemlich jenseits von allem lag, was er bisher gesehen hatte. Aber Angel zügig erreichen, jetzt, da jede Sekunde zählte? Konnte er nicht. Wie sollte es auch anders sein! Doyle fasste in seine Hosentasche und zog einen Vierteldollar hervor, als sei das Ganze der ultimative Trick eines Zauberers. Sein Blick fiel auf das Telefon.

»Oh verdammt! Das kann doch nicht wahr sein …«

Terri Miller stand auf dem Parkplatz und suchte nach ihrem Autoschlüssel. Immer noch musste sie an die Begegnung mit diesem Typen im Einkaufszentrum denken. Es war nicht so sehr der ungebetene Rat, den er ihr gegeben hatte, obwohl sie sich danach dumm genug vorgekommen war. Nein. Dass ihr Magen vor lauter Demütigung angefangen hatte zu revoltieren, dass ihre Hände so sehr zitterten, dass sie kaum mehr in der Lage war, den Reißverschluss ihrer Handtasche zu öffnen, all das passierte nicht zum ersten Mal.

Er hatte sie angeschaut. Er hatte sie wirklich gesehen. Sie zurückgeschleudert in eine Welt, in der Menschen miteinander Kontakt hatten. Und dadurch war ihr ganzes mühsam errichtetes Gerüst einer künstlich aufgebauten Existenz in sich zusammengefallen. Sein Blick hatte sie an Hoffnungen und Wünsche erinnert, die sie längst tief vor sich selbst und allen anderen verborgen hatte. Dann hatte er sich herumgedreht und war gegangen. Hatte sie mutterseelenallein in der Kälte zurückgelassen.

Aber nicht einmal das war so schrecklich. Das Schlimmste war, dass er keine Ahnung hatte, was geschehen war.

Schließlich gelang es Terri doch noch, den Reißverschluss seiner Bestimmung gemäß an den Zähnchen entlang zu führen und somit ihre Handtasche zu öffnen. Dann fuhr sie mit der Hand ins Innere der Tasche und suchte nach ihren Autoschlüsseln. Irgendwie gelang es ihnen jedes Mal, aus dem dafür vorgesehen Seitentäschchen herauszufallen. Warum musste das immmer so sein?

Ich sage dir warum, meldete sich eine innere Stimme. Die Antwort kam der Sanftheit eines Schlags in den Magen gleich. Weil du beschränkt bist. Dumm und wertlos. Eine Neudefinition des Ausdrucks »hoffnungsloser Fall«.

Wie war sie nur auf die Idee gekommen, dass sie es in dieser Stadt zu etwas bringen würde? Dass sie hier alleine klarkommen würde? Der Blick eines völlig fremden Menschen hatte genügt, um die Wahrheit für alle sichtbar zu machen. Ihr war elend zumute. Entsetzlich elend und einsam war sie. Und außerdem eine Lügnerin. Eine von der schlimmsten Sorte. Sie hatte nämlich nicht nur andere, sondern auch sich selbst belogen. Sie hatte sich eingeredet, dass ihr Leben einen Sinn hatte. Wenn auch nicht auf herkömmliche Art. Die Wahrheit war jedoch, dass ihr Leben völlig sinnlos war. Es hatte weder Sinn noch Bedeutung, weder für sie selbst noch für irgendjemanden sonst auf der Welt.

Nach einer Ewigkeit ertasteten ihre Finger endlich die Autoschlüssel, schlossen sich um den kleinen Teddybären, der an der Kette hing. Sie hatte ihn vor Jahren auf einer Kirmes gewonnen. Eines der wenigen Andenken, die sie von zu Hause mitgenommen hatte. Sie zog den Schlüssel aus der Tasche.

»Terri?«, sagte eine heisere Stimme.

Mit einem erstickten Schrei wirbelte Terri herum. Die Autoschlüssel fielen ihr aus der Hand, die sich plötzlich wie taub anfühlte.

»Septimus«, brachte sie hervor.

»Es tut mir Leid, Terri. Es tut mir Leid«, sagte der Typ namens Septimus. Dabei drehte und wendete er ständig seine Hände vor ihren Augen.

30

»Es ist schon in Ordnung, Septimus«, erwiderte Terri und versuchte zu ignorieren, dass sie ihr eigenes Herz noch immer bollern fühlte. »Du hast mich einfach nur erschreckt, das ist alles.« Sie hatte geglaubt, der Abend könnte nicht schlimmer werden. Sie hatte sich geirrt.

Septimus war obdachlos. Terri wusste im Grunde nicht, wo er lebte. Er zog auf den Straßen herum, hatte so etwas wie ein Basislager in der Nähe von Terris Apartment. Kurz nachdem sie nach L.A. gezogen war, hatte sie ihn kennen gelernt. Die anderen Hausbewohner mieden ihn wie die Pest. Terri wusste auch nicht so recht, warum sie den Wunsch hatte, ihm zu helfen. Immerhin hatte sie beobachtet, wie der Hausmeister, Mr. Taylor, ihn gelegentlich misshandelte. Einfach nur, weil er in der Nähe des Hauses herumhing.

»Hast du sie bekommen?«, fragte Septimus erwartungsvoll.

Für einen Augenblick beruhigten sich seine Hände und wanderten in die tiefen Taschen seines viel zu großen Mantels.

Sofort fühlte Terri eine Welle eiskalter Schuldgefühle in sich aufsteigen. Sie war so sehr mit ihren eigen Gedanken über die Begegnung mit dem Typen im Einkaufszentrum beschäftigt gewesen, dass sie völlig vergessen hatte, die Dinge zu besorgen, die sie Septimus normalerweise von ihren Einkäufen mitbrachte. Manchmal waren es einfache Grundnahrungsmittel wie Brot und Käse. Aber was er am meisten liebte, war Hundefutter. Vakuumverpacktes Trockenfutter, das in den kleinen Paketen mit dem Griff dran.

»Es tut mir so Leid, Septimus«, sagte sie leise. »Ich habe sie nicht bekommen. Ich … ich habe mich nicht so gut gefühlt, deshalb habe ich …« Sie verstummte. Die Aus-

31

rede blieb ihr im Halse stecken. Egoistin, schimpfte sie sich selbst. Völlig selbstbezogen. Ihm geht es so viel schlechter als dir. Aber du denkst nur an dich. Du hast ihn völlig vergessen.

Septimus trat einen Schritt zurück, als habe er etwas in Terris Gesicht gesehen, dass ihm Angst machte. »Das ist in Ordnung, Terri«, sagte er. Langsam entfernte er sich. »Vielleicht morgen Abend?«

»Bestimmt, Septimus«, antwortete Terri. »Morgen denke ich bestimmt dran.« Sie schaute ihm nach, wie er zwischen den Autos verschwand, sich vom Parkplatz entfernte und aus dem Staub machte. Sie fragte sich, wohin er wohl gehen mochte. Würde er in den Straßen sein Glück versuchen, die Leute um Kleingeld anbetteln? Würde er etwas zu Essen bekommen, heute Nacht? Sie hatte versagt. Das war Terri nun klarer als jemals zuvor.

Ich muss endlich einen Schlussstrich ziehen, dachte sie. Muss aufhören, mir vorzumachen, dass das Leben hier zu irgendetwas führen wird. Dass sie womöglich noch in der Lage war, jemand anderem zu helfen. Wie sollte sie Septimus helfen, wenn sie nicht einmal in der Lage war, sich selbst zu helfen?

»Entschuldigen Sie bitte«, sagte eine andere Stimme. »Aber sind das Ihre?«

Terri wurde steif und wandte sich instinktiv ab. Das hatte ihr gerade noch gefehlt. Noch so ein Typ, der Zeuge einer weiteren Demütigung wurde. Aber wahrscheinlich geschah ihr das ganz recht. Schließlich war sie ein Niemand. Und folglich gab es keinen Ort, an den sie gehen, an dem sie sich verstecken konnte.

»Hier. Wie wär's, wenn ich es mal versuche?«, fuhr der Typ fort.

Terri fühlte seine Hände auf ihren Schultern, spürte,

wie sie behutsam zur Seite geschoben wurde. Nur einen Moment später hörte sie das charakteristische Geräusch ihres Schlüssels, der im Schloss gedreht wurde.

»Okay«, sagte er dann. »Der Wagen ist offen. Vielleicht sollten Sie ein bisschen Cockpitspray ins Schloss sprühen. Dann hört es auf zu quietschen.«

Wie aus großer Entfernung hörte Terri ihre eigene Stimme.

»Cockpitspray?«

Als Antwort kam etwas, das sie zuletzt erwartet hätte, ein kurzes, natürliches Lachen.

»Du machst dich lustig über mich, was?«

Terri war so verblüfft, dass sie sich umdrehte. Ihr gegenüber stand einer der bestaussehendsten Jungs, die sie je gesehen hatte. Er sah aus wie einer, der sie – egal wo – an ihre Zeit in Südkalifornien erinnern würde.

Seine blondes Haar glänzte. Sein ebenmäßiges Gesicht war von der Sonne gebräunt. Selbst im dämmrigen Schein der Parkplatzbeleuchtung konnte sie sehen, dass er blaue Augen hatte. Die Farbe des Meeres. Ein echter, lebendiger Prinz, charmant und einfach in jeder Hinsicht überwältigend. Er trug einen leichten, sportlichen Mantel, ein weißes Hemd und eine Jeans, die ihm passte wie ein zweite Haut. Seine Hand spielte mit ihren fettigen Autoschlüsseln.

»Du hast noch nie was von Cockpitspray gehört? Schluss mit der Quietscherei. Ein voller Erfolg – für jeden, der es anwendet. Versuch's mal mit ein paar Spritzern an diesem Schloss, dann wirst du sehen, was ich meine.«

Plötzlich kam er näher, um sie genauer in Augenschein zu nehmen.

»He, sag mal, bist du in Ordnung?«, fragte er, scheinbar besorgt. »Du siehst aus, als …«

»Ich weiß, wie ich aussehe«, krächzte Terri mit einer Stimme, die in der Kehle schmerzte. »Ich kann darauf verzichten, dass du es mir in Einzelheiten beschreibst. Am besten du verziehst dich jetzt! Gib mir die Autoschlüssel.«

Völlig überrascht sah sie so etwas wie Angst in seinen blauen Augen aufblitzen.

»Okay«, sagte er und reichte ihr die Schlüssel. »Aber du hast mich falsch verstanden, hörst du. Ich habe es nicht so gemeint. Alles, was ich sagen wollte, war…« Er machte eine Pause, als würde er seine nächsten Worte sehr genau abwägen. »Ich verstehe sehr gut, wie schnell man sich an einem Ort wie L.A. verloren vorkommen kann.«

Später konnte Terri sich nicht mehr erinnern, warum sie geantwortet hatte. Es sah ihr überhaupt nicht ähnlich, jemandem zu widersprechen. Dafür hatten ihre Eltern gesorgt.

Vielleicht lag es daran, dass sie an diesem Abend nichts mehr zu verlieren hatte.

»Oh, natürlich weißt du das«, sagte sie schnippisch. »Du hast ja keine Ahnung. Jemand, der wie du…« Aussieht…, dachte sie. Mit dir möchte doch jeder zusammen sein. Sie stehen zu fünfzig gebündelt an jeder Ecke und warten auf dich.

Plötzlich wurde ihr klar, was sie da eben beinahe von sich gegeben hätte. Sie erschrak heftig und verstummte. Diesmal war es Wut, was in seinen Augen aufblitzte.

»Mach schon, sprich's aus«, fauchte er. »Einer der aussieht wie ich. Ich wusste, du bist genau wie die anderen. Ein hirnloses Schaf. Du glaubst, nur weil ich so aussehe, habe ich ein gutes Leben? Nun, dann darfst du zweimal raten. Aber weißt du was? Es ist mir egal, was Leute wie du von mir denken. Es interessiert mich nicht mehr. Denn jetzt habe ich …«

»Es tut mir Leid …«, unterbrach ihn Terri. Sie schwiegen nun beide, starrten einander an.

»Nein wirklich, es tut mir Leid«, wiederholte Terri. Sie hasste die Vorstellung, dass sie ihn verletzt, ihn missverstanden hatte. Dass es ihr nicht gelungen war, ihn wirklich zu sehen. Gerade so, wie andere es mit ihr machten.

»Ich hatte einen furchtbaren Tag und ich …«

»Ich kann dir helfen«, unterbrach er sie. Terris Herz machte einen Luftsprung, obwohl ihr Verstand eine gewohnheitsmäßige Verneinung lieferte. »Das glaube ich nicht.«

»Nein, wirklich!« Er bestand darauf.

Irgendwie brachte Terri ein Lachen zustande. Sie hatte sich wie ein absoluter Idiot benommen – und er bat ihr seine Hilfe an.

»Ich wüsste nicht, warum du das tun solltest.«

»Weil ich es genauso meine«, äußerte er bestimmt. »Ich weiß genau, wie du dich fühlst. Verloren. Alleine. Als würde niemand dich verstehen oder dich auch nur sehen. Dein wahres Wesen.«

Terris Gedanken verselbstständigten sich. Das war es. Er hatte völlig Recht. Das traf den Nagel auf den Kopf. »Wie kannst du das wissen?«, flüsterte sie.

Sein Lächeln war umwerfend. Es gab ihr das Gefühl, gerade die Eine-Million-Dollar-Frage beantwortet zu haben. »Weil ich mich früher genauso gefühlt habe«, war die Antwort. »Aber ich habe etwas gefunden, das alles verändert hat. Es gab mir das Leben, das ich mir immer gewünscht habe. Ich kann dir dabei helfen, es zu finden, wenn du es mir erlaubst.«

Das ist alles nicht wahr, dachte Terri. Das Ganze muss

ein Traum sein. Jungs, die wie Prinzen aussahen, machten sich nichts aus Mädels wie ihr. Sie bemerkten sie ja nicht einmal und auf keinen Fall sagten sie solche Sachen zu ihr. »Wie?«

Diesmal schenkte er ihr ein anderes Lächeln. Eines, das ihn aussehen ließ wie einen kleinen Jungen mit einem neuen Spielzeug, auf das er mächtig stolz war. »Moment mal, ich glaube, wir haben was vergessen«, sagte er und streckte ihr die Hand entgegen. »Ich heiße Andy, und du?«

»Terri.«

»Terri«, wiederholte er sanft, als wolle er sich den Namen für immer einprägen. »Schön, dich kennen zu lernen.« Dann kam er zur Sache. »Jetzt zu dem, worüber wir gerade gesprochen haben ...«

Sie schraken beide zusammen, als sich plötzlich sein Beeper meldete. Andy griff in die Jackentasche. Diese Geste sah aus, als beherrsche er sie blind. Terri musste also annehmen, dass dies häufiger geschah. Kein Wunder, einer wie Andy war sicher jeden Abend verabredet.

Er nahm den Beeper heraus, schaute auf die Nummer und machte ihn aus. Dabei verschwand das Strahlen aus seinem Gesicht und machte einer düsteren Entschlossenheit Platz. »Es tut mir Leid«, sagte er knapp. »Ich muss den Anruf beantworten. Ich habe Dienst. Ich muss gehen.« Er steckte den Beeper in die Tasche zurück und schaute sich auf dem Parkplatz um, als erinnere er sich plötzlich daran, wo er war. »Verdammt«, murmelte er.

Terri bekämpfte ihre aufsteigende Enttäuschung. Sie war so nah dran gewesen. »Worum geht es denn?«, wollte sie wissen.

»Mein Auto ist in der Werkstatt. Kaum zu glauben, ich hatte völlig vergessen, dass ich hierher gelaufen bin. Wer weiß, wie lange es dauert, bis ich ein Taxi finde, um diese Zeit.«

Terri hatte eine Art Erleuchtung, so klar, als sei soeben die Sonne aufgegangen. Beinahe hätte sie vor Schreck die Schlüssel wieder fallen lassen. Er brauchte sie. »Ich könnte dich hinfahren«, bot sie ihm an.

Andy sah überrascht aus. Dann wirkte er sehr gerührt. »Das würdest du für mich tun?«

»Klar«, gab Terri leichthin zurück. »Warum nicht?« Aber selbst für ihre eigenen Ohren hörte es sich merkwürdig an, denn aus ihrer Stimme klang ein Selbstvertrauen, das sie gar nicht verspürte. War das nicht genau das, wovor der Typ vorhin im Einkaufszentrum sie gewarnt hatte? Einem völlig Fremden Hilfe anzubieten? Abgesehen von seinem Namen wusste sie überhaupt nichts von diesem Mann.

Das ist nicht wahr, machte sie sich plötzlich klar. Es gab doch etwas, das sie wusste. Nämlich wie sie sich in seiner Gegenwart fühlte. Und sie fühlte sich einfach wunderbar. Bedeutungsvoll. Wirklich. Lebendig. Und das war geschehen bei einer simplen Begegnung auf dem Parkplatz eines Supermarktes. Wenn es tatsächlich stimmte, was er sagte, und er konnte ihr einen Weg zeigen, wie sie das Leben führen konnte, das sie sich erträumte, wer weiß, wie sie sich dann erst fühlen würde? Es ist mir gleichgültig, ob ich dabei ein Risiko eingehe, dachte sie. Drehte sich nicht das ganze Leben darum, Risiken einzugehen?

»Du hast mir geholfen. Das Wenigste, was ich tun kann ist, mich zu revanchieren«, erklärte sie.

»Aber es ist genau am anderen Ende der Stadt«, protestierte Andy.

»Das macht überhaupt nichts«, erwiderte Terri bestimmt. Irgendwie musste sie ihn überzeugen. Sie konnte ihn nicht einfach davonlaufen lassen. Immerhin hatte er ihr etwas versprochen. Etwas, das sie haben wollte: die Chance, ein neues Leben zu beginnen.

»Ich muss zugeben, das würde mir sehr helfen«, gestand Andy. »Selbst wenn du mich nur ein Stückchen mitnehmen würdest.«

Terri entspannte sich und sah plötzlich sehr glücklich aus.

»So weit du willst.«

Andy nickte. »Okay. Aber nur unter einer Bedingung: Dass wir unser Gespräch während der Fahrt fortsetzen.«

Terris Herz begann zu singen. »Das gefällt mir«, erwiderte sie schmunzelnd.

Doyle starrte ungläubig auf das Telefon. Er konnte es nicht fassen. Seit wann kostete ein lausiges Telefonat 35 Cents?

Er suchte die Box nach Münzen ab, die jemand vergessen haben könnte. Nichts. Und mehr als den Vierteldollar, den er gerade nutzlos in der Luft herumwirbelte, hatte er nicht. Was jetzt? Doyle versuchte es mit Nachdenken. Ein R-Gespräch zu seinem Büro anmelden? Zurück in den Laden gehen und wertvolle Minuten damit vergeuden, irgendjemanden zu überzeugen, dass er Wechselgeld brauchte? Oder sollte er das mit dem Telefon einfach vergessen und sich stattdessen besser auf den Weg ins Büro machen?

Während er noch zögerte, was zu tun sei, bog ein Auto um die Ecke. Ein verbeulter, grüner Dodge. Als es vom Licht der Straßenlaterne gestreift wurde, glaubte Doyle für einen Moment, hinter dem Steuer die Kleine zu erkennen, die ihm geholfen hatte. Er wollte sie mit einer Geste zum Anhalten bewegen. Aber er zog den Arm wieder zurück. Das muss eine Sinnestäuschung gewesen sein, dachte er. Eine Fata Morgana.

Es konnte unmöglich die Kleine sein. Das Mädchen hatte eine tiefe Einsamkeit ausgestrahlt. Aber da saß jemand auf dem Beifahrersitz des alten Wagens. Die beiden unterhielten sich angeregt, wie alte Freunde. Im Licht der Straßenlaterne wirkte das Gesicht des Mädchens offen. Sie lächelte.

Ganz bestimmt ist das nicht die Kleine aus dem Laden, dachte Doyle.

Der Wagen entfernte sich langsam vom Parkplatz, fuhr der Straßenbeleuchtung davon und tauchte in die Dunkelheit.

Doyle vergaß die Begegnung. Er musste Angel finden, bevor es zu spät war. Obwohl das wahrscheinlich schon längst der Fall war.

Doyle machte sich auf den Weg und begann zu laufen. In die entgegengesetzte Richtung, in die das Auto davongefahren war.

3

In der abgedunkelten Wohnung klingelte das Telefon. Einmal. Zweimal. Eine Nachttischlampe wurde angeknipst. Schlanke Hände, die diese Bewegung schon oft ausgeführt hatten, griffen automatisch nach einem Füllhalter, der auf dem Nachttisch bereitlag. Die Kappe wurde entfernt, der Stift abgelegt, das Stück Papier neben dem Telefon aufgehoben. Noch vor dem dritten Klingeln wurde der Hörer abgenommen. »Lockley.«

»Es tut mir Leid, dass ich Sie störe, Detective«, sagte der Anrufer. »Aber wir haben es wieder mit einer … bestimmten Art von Unfall zu tun. Sie hatten darum gebeten, dass wir Sie in einem solchen Fall informieren.«

Die Hand, die den Füllhalter hielt, zuckte. Zog unwillkürlich eine dicke schwarze Linie über das jungfräulich weiße Papier. Detective Kate Lockley hielt den Atem an. Setzte sich in ihrem Bett auf. Umklammerte den Füllhalter fester. »Ja, bitte«, sagte sie. »Gut, dass Sie angerufen haben. Bitte sprechen Sie.« Sie machte hastige, kurze Notizen, während sie lauschte. Erst als der Informant mit seinem Bericht zu Ende war, fragte sie nach. »Haben Sie schon die Polizei gerufen?«

Die Antwort ließ Sorgenfalten auf ihrer Stirn erscheinen.

»Ich verstehe«, sagte sie. »Nein, keine Fragen mehr. Vielen Dank für Ihren Anruf.«

Einen Moment verharrte sie bewegungslos, ohne zu merken, dass ihr Telefon das Besetztzeichen von sich gab. Sie starrte in die Luft, während sich der Füllhalter in planlosen Bewegungen über das Blatt bewegte und dabei eine wütende, zackige Linie hinterließ. Erst als das Telefon sie mit einem lauten Tuten darauf aufmerksam machte, dass die Verbindung noch nicht beendet war, legte sie auf und stellte den Apparat zurück. »Verdammt«, fluchte sie.

Mit schnellen, zügigen Bewegungen schloss Kate die Kappe des Füllhalters, riss das Papier mit den Notizen vom Block und legte alles zurück. Bereit für den nächsten Anruf. Sie warf die Bettdecke zurück, stand auf und ging unter die Dusche. Eine heftige Drehung brachte die Kaltwasserdüse zum vollen Einsatz. Sie schlüpfte aus dem Nachthemd und sprang unter das eiskalte Wasser.

In einem Bürohochhaus ganz aus Glas und Stahl klingelte ebenfalls das Telefon. Es stand auf einem Schreibtisch aus edlem Tropenholz, dessen polierte Oberfläche die Silhouette des jungen Mannes reflektierte, der dahinter saß. Obwohl es auf Mitternacht zuging, war er tadellos gekleidet, in ein graues, formvollendetes Business-Outfit, das durch eine Krawatte in tiefrot akzentuiert wurde – der Farbe von Ochsenblut.

Beim vierten Klingeln hob er den Hörer ab. »Ja«, sagte er. Es war eine Feststellung, keine Frage.

Während er lauschte, spielten seine Finger mit einem zierlichen silbernen Stift. Er klopfte damit gegen den Einband eines Notizbuches, der von goldenen Buchstaben geziert wurde.

42

Wolfram & Hart

Aber der junge Mann machte sich keine Notizen. Er nahm nicht einmal die Kappe von seinem Füllhalter. Er war gut ausgebildet und ihm würde nichts entgehen. Keine Notizen. Kein Papierkram.

»Ich verstehe«, sagte er nach wenigen Augenblicken. »Ich bin sicher, unsere Partner werden hocherfreut sein, dass diese Angelegenheit zufrieden stellend abgeschlossen werden konnte. Ich darf Ihnen also versichern, dass alles weiterläuft wie besprochen.«

Er lauschte noch einen Augenblick und ein zufriedener Ausdruck zeichnete sich auf seinem Gesicht ab. »Und die andere Sache haben Sie ausdiskutiert?« Die Antwort ließ ein brutales Grinsen aufblitzen. »Ausgezeichnet«, sagte er. »Ich vertraue darauf, dass Sie mich auf dem Laufenden halten.« Eine weitere Feststellung. Er wartete die Antwort nicht ab. Stattdessen kappte er die Verbindung. Dann stellte er den Hörer zurück auf die Station und legte den Stift in die Schublade. Schob den Schreibblock exakt in die Mitte des Schreibtisches. Lehnte sich zurück und betrachtete zufrieden sein Reich.

Alles war in bester Ordnung. Alles an seinem Platz. Auf der Spur. Nachdem die Perfektion aus allem hervorquoll, was ihn umgab, erlaubte er sich einen kleinen Luxus.

Er begann schallend zu lachen.

»Also, das hier ist schlimmer als im Zoo«, bemerkte Angel. Seine Stimme klang, als sei er kurz davor zu explodieren.

Es war ungefähr eine Stunde, nachdem Doyle die Vision gehabt hatte. Ungefähr ein Uhr. Da die Mächtigen sie nicht mit genauen Ortsangaben versorgt hatten, mussten sie sich in diesem Fall auf die Fernsehreporter verlassen. Als Doyle im Büro angekommen war, hatte Angel gerade in den aktuellen Nachrichten einen Bericht über Feuer auf dem *La Brea Boulevard* gesehen.

»Was hast du für mich?«, fragte er Doyle ohne Umschweife, während dieser noch völlig außer Atem durch die Tür stolperte.

»Feuer«, war Doyles einziger Kommentar.

Kurz darauf standen beide im heißesten Viertel von L.A. Heiß nicht wegen des Feuers, sondern wegen der Kriminalitätsrate in dieser Gegend. Das Feuer war gelöscht, noch bevor sie den Tatort erreicht hatten. Trotzdem standen noch eine Menge Menschen herum. Polizei. Zuschauer. Presse. Es ging zu wie auf einem Happening.

Ein furchtbares Durcheinander.

Der Fahrer eines der Feuerwehrautos hatte die Kontrolle über das Fahrzeug verloren, als er um die Ecke bog, und war auf der regennassen Straße etwa hundert Meter weit gerutscht, hatte einen Briefkasten gerammt und dessen Inhalt in alle Richtungen verteilt. Die Polizisten rannten herum und bemühten sich so gut es ging, die verstreuten Briefumschläge einzusammeln, während sie gleichzeitig versuchten, die Unfallstelle zu sichern. Nicht gerade ihre Lieblingsbeschäftigung.

Angel und Doyle beobachteten eine große Gestalt, die am Rande des abgesperrten Bereiches stand und sich einen großen weißen Umschlag griff, ihn in den Mantel steckte und verschwand. Einer der Polizisten, die in der Nähe standen, rief ihm nach, er solle stehen bleiben. Als seine Aufforderung nicht befolgt wurde, kommentierte er das mit einem wütenden Fußtritt in die Luft. Plötzlich jedoch drehte sich der Mann herum, als sei ihm plötzlich

44

klar geworden, dass man ihn möglicherweise gefilmt hatte. Doch nur einen kurzen Augenblick später verschwand er unerkannt in der Menge der Polizisten, die sich um den Briefkasten herum zu schaffen machten.

Doyle zog die Brauen hoch. »Sagtest du nicht was von Zoo? Was für ein Tier war das wohl?«, fragte er Angel.

»Ich glaube, sowas nennt man einen Übergeschnappten.« Er bedeutete ihm mit einer Kopfbewegung, dass er nach links ausweichen wollte. Doyle folgte ihm kommentarlos. Das gehörte zu den Dingen, die Angel an Doyle mochte. Man musste ihm nicht alles haarklein erklären. So wie Cordelia. Und obwohl Doyle sehr gesellig sein konnte, war er längst nicht so geschwätzig wie sie.

Angel schlich um eine Gruppe von Teenagern herum, die die Situation aufmerksam beobachteten und heftig über das Geschehene diskutierten.

»Das hättest du sehen sollen, Mann«, sagte einer von ihnen. »Es war wie …« Er imitierte mit Geräuschen und Gesten eine große Explosion. »Und das war nur das Ende.«

»Cool«, war der Kommentar seiner Freunde.

Angel schüttelte den Kopf. Kein Wunder, dass er manchmal nicht recht wusste, wie er mit den Lebenden klarkommen sollte. Es gab immer wieder Dinge an ihnen, die ihm einfach suspekt waren.

Zum Beispiel konnte er die Faszination, die der Tod auf sie ausübte, nicht teilen. Obwohl er glaubte, einen ziemlichen Überblick über alles zu haben, was damit zu tun hatte. Immerhin war er – offiziell zumindest – ein Toter. Allerdings musste er zugeben, dass, hätte es zu seinen Lebzeiten eine ähnliche Situation wie diese gegeben, er sich wahrscheinlich ähnlich wie diese jungen Leute benommen hätte. Aber das war mehr als zweihundert

45

Jahre her. Und deshalb stellte es für ihn auch einen fortwährenden inneren Kampf dar, für die Lebenden Verständnis aufzubringen. Selbst als er noch gelebt hatte, war er nicht unbedingt einer der Sensibelsten gewesen.

Er ging weiter an der Menge vorbei, bis er so nah wie möglich an den Ort des Verbrechens gelangt war.

»Machen wir heute die Touri-Tour oder was?«, erkundigte sich Doyle. Doyle hatte einen erstaunlichen Humor. Auch das mochte Angel an ihm. Natürlich in Maßen.

»Ich will mir das mal aus der Nähe anschauen.«

»Viel Glück«, sagte Doyle.

Angel wusste genau, was er wollte. Es lagen immer noch eine Menge Leichen herum, aber inzwischen standen nicht mehr so viele Zuschauer im Weg, sodass er sich auf das Wesentliche konzentrieren konnte.

Der Gehweg vor dem Briefkasten sah aus, als habe ihn jemand mit einem riesigen Schweißbrenner bearbeitet. Er war total versengt, die Oberfläche eingebrochen. Angel hatte keine Ahnung, welche Temperatur man brauchte, um einen Gehweg aus Zement so zuzurichten. Aber was auch immer das angerichtet hatte, man tat sicher gut daran, nicht damit zu spielen.

»Schau mal da drüben«, flüsterte Doyle und deutete mit dem Kinn die Richtung an.

Über dem Briefkasten bemerkte Angel eine ausgebrannte Straßenbeleuchtung, die Glühbirne völlig zersplittert.

Glasscherben bedeckten den Boden.

»Glaubst du, das ist die aus deiner Vision?«, wollte Angel wissen.

»Möglich«, erwiderte Doyle.

Anscheinend waren sie zwar am richtigen Ort, aber

46

definitiv zum falschen Zeitpunkt. Das ging ihm ziemlich auf die Nerven.

Mitten auf dem schwarzen Gehweg lag eine Polizeiplane. Bis jetzt hatte niemand gesagt, was darunter lag, aber es war nicht schwer zu raten: eine Leiche.

»Wir kommen zu spät«, sagte Doyle.

»Sieht ganz so aus«, stimmte Angel zu.

»Mann, Angel, es tut mir so Leid. Vielleicht, wenn ich schneller gewesen wäre …«

»Das glaube ich nicht«, unterbrach ihn Angel. »Was auch immer hier vorgefallen ist, es war direkt nach deiner Vision vorbei.«

Das machte alles keinen Sinn. Schließlich sollten diese Visionen ihnen helfen, einzugreifen. Dem Guten in seinem Kampf gegen das Böse zu dienen, oder? Sogar für jemanden mit Angels Fähigkeiten und seinem Überblick war es unmöglich einzugreifen, wenn jemand schon tot war, geröstet wie ein Burger auf dem Grill.

Nicht weit entfernt von Angels und Doyles Standort tauchte plötzlich ein grelles Licht auf. Einer der Fernsehreporter machte sich bereit für seinen Einsatz.

Im hellen Lichtschein glaubte Angel, für einen kurzen Augenblick ein vertrautes Gesicht zu erkennen, das sich schnell vom Tatort entfernte, das Licht scheute. Kate Lockley.

»Hey«, bemerkte Doyle. »Ist das nicht …«

»Bingo«, antwortet Angel.

Die Frage war, was machte Kate hier? Es war offensichtlich nicht ihr Fall, sie war ihm auch nicht zugewiesen worden. Außerdem befand sie sich auf der falschen Seite der Absperrung. Polizeibeamte tauchten nicht zufällig an einem Tatort auf. Auch nicht die oberen. Sie waren normalerweise zu beschäftigt und hatten keine Zeit, irgendwo im Weg herumzustehen. Also warum schlich Kate hier herum, ängstlich darauf bedacht, nicht erkannt zu werden? Was hatte sie vor?

Angel verlor Kate aus den Augen, als die Reporterin mit ihrem Aufsager begann. »Die Bürger von Los Angeles verschließen heute Nacht wieder ihre Türen aus Angst«, verkündete sie und ihre Stimme ließ keinen Zweifel daran, dass sie es ernst meinte. Wie ernst die Lage tatsächlich war, das musste Angel so schnell wie möglich herausfinden.

»Obwohl die offizielle Bestätigung der Behörden noch auf sich warten lässt, haben wir doch Grund zu der Annahme, dass der Crispy Critter Killer heute ein weiteres Opfer gefordert hat.«

Angel fühlte, wie es in seinem Magen rumorte. Er hatte von diesem Killer gehört, dem die Presse den makaberen Spitznamen Crispy Critter gegeben hatte. Abgeleitet von seiner bevorzugten Tötungsvariante: Menschen zu verbrennen. Wer hatte nicht davon gehört? Er hatte inzwischen fast ein Dutzend Opfer gefordert, allein in den letzten Monaten. In jeder Hinsicht zu viele.

Auffallend war die Tatsache, dass – soweit es die Polizei beurteilen konnte – keinerlei Verbindung zwischen den Opfern bestand. Nichts außer der Art, wie sie gestorben waren. Sie gehörten unterschiedlichen Rassen an, waren unterschiedlich alt und von beiderlei Geschlecht. Sie waren über die ganze Stadt verteilt. Der Crispy Critter war zum schlimmsten Alptraum geworden. Ein Serienkiller, dessen Opfer jedermann sein, von überall her kommen konnte. Der sie alle in Atem hielt, weil er jegliche Beweise vernichtete. Der nicht zu fassen war, weil das, was er tat, allen Regeln der Kriminalistik widersprach. Die Aufklärung dieser Verbrechen war für die Verantwortlichen nicht gerade ein Betriebsausflug.

Aber so furchtbar diese Morde auch waren, schienen sie doch aus einem kranken menschlichen Gehirn zu stammen. Nichts deutete darauf hin, dass diese Situation Angels Eingreifen erforderte, obwohl sie natürlich seine ungeteilte Aufmerksamkeit genoss.

Jedenfalls bis heute Nacht. Durch Doyles Vision, die sie zu spät hierher geführt hatte.

»Ich habe genug gesehen«, sagte Angel abrupt. »Lass uns von hier verschwinden.«

Er hatte ihn. Den Umschlag mit den hübschen Briefmarken. Sein Vater wäre wahrscheinlich wütend gewesen, hätte er davon erfahren. Er hätte gesagt, sein Sohn habe gestohlen. Aber Septimus wusste es besser. Er hatte ihn nicht aus dem Briefkasten genommen, niemandem weggenommen. Er hatte ihn gefunden. Auf dem Boden. Das Fundstück gehörte doch dem Finder, Pech für den, der es verloren hat. Jeder weiß das, dachte er.

Der Brief hatte noch nicht einmal innerhalb der Polizeiabsperrung gelegen. Diesem gelben Plastikstreifen, den die Beamten wie ein Spinnennetz überall am Boden verteilt hatten. Septimus hatte genau hingesehen. Der Umschlag hatte sich ganz bestimmt außerhalb der Absperrung befunden. So dumm war er nun auch nicht, sich auf der falschen Seite des gelben Tesabandes erwischen zu lassen. In diesen Tagen gab es das oft genug. Er wusste genau, was es bedeutete:

POLIZEILICHE ABSPERRUNG: NICHT ÜBERTRETEN!

Außerdem wollte er den Umschlag schließlich nicht behalten. Nur eine Weile ausleihen. Er wollte ihn trocknen und sich die hübschen Briefmarken anschauen. Es

49

waren Tierbilder darauf zu sehen. Er mochte sie sehr. Und er wusste, Terri würde sie auch mögen. Vielleicht würde es ihr besser gehen, wenn er ihr die Bilder zeigte. Sie würde dann vielleicht nicht mehr so traurig und verletzt aussehen wie letzte Nacht.

Er wollte, dass es Terri besser ging. Sie war der einzige Mensch, der sich seit langer, langer Zeit um ihn gekümmert hatte, wenn auch nur ein bisschen. Septimus hielt den Umschlag an seine Brust gepresst und schlich davon, durch die dunklen Straßen von L.A. zu jener Straße, die er momentan sein Zuhause nannte.

4

Stunden waren vergangen. Die meisten Bürger von L.A.
schliefen einen tiefen, wohlverdienten Schlaf. Jedenfalls
die, die überhaupt ein Auge zumachen konnten. Die
Wolken verzogen sich und wichen den Sternen, als es
langsam zu dämmern begann.

Es geschah jeden Morgen aufs Neue. Der Tag vertrieb
die Nacht. Das Licht besiegte das Dunkel. Das Gestern
wurde zum Heute, einer Gegenwart, die eben noch
Zukunft gewesen war. Wenn du noch am Leben warst,
bedeutete das, es ging weiter.

Eine junge Frau stand am Fenster ihres geschmackvoll
eingerichteten Apartments in Malibu. Ihre braunen
Augen starrten nach draußen, aber sie war völlig in
Gedanken versunken. Während sie ein unsichtbares
inneres Szenario betrachtete, sahen ihre Augen nichts
von den Wellen, die sich in der aufkommenden Dämmerung am Strand brachen.

Plötzlich erfüllte ein lautes Summen den Raum. Die
Frau machte einen Sprung nach vorne, hob die Hand,
wie um etwas abzuwehren, und wirbelte herum. Im
nächsten Moment stürzte sie nach vorne und schüttelte
den Kopf über ihre eigene Dummheit. Zielstrebig ging
sie hinüber ins Schlafzimmer und stellte den Wecker ab.
Ihr Bett war unberührt. Sie hatte die ganze Nacht über
kein Auge zugetan.

Es war 6:00 Uhr morgens.

Wie ferngesteuert begann sie mit ihrer morgendlichen Routine.

Französischer Kaffee aus der Maschine. Wie jeden Morgen ignorierte sie, dass ihre Knöchel weiß wurden vor lauter Anspannung, wenn sie mit aller Kraft den Hebel betätigte.

Mit einer Tasse dicker schwarzer Flüssigkeit bewaffnet ging sie zurück ins Wohnzimmer und setzte sich an den Tisch neben das Fenster. Kein Versteckspiel mehr. Die Show beginnt.

Auf dem Tisch stand ein Telefon. Außerdem das Foto eines Mannes in einem silbernen Rahmen. Und ein Aktenordner. Auf einem Etikett an der Oberseite standen, in großen Buchstaben, zwei Worte. Ein einfacher Name.

Die Frau nahm einen Schluck von dem heißen Kaffee, stellte die Tasse beiseite und zog den Ordner zu sich heran. Sie öffnete ihn und starrte auf das Foto der Frau, deren Namen der Ordner trug. Ellen Bradshaw.

Die Aufnahme zeigte, wie Ellen die Straße hinunterging und über ihre Schulter zurückblickte, als habe sie Angst vor möglichen Verfolgern. Ihr Gesicht war verschlossen, aber ihre Augen waren weit aufgerissen vor Angst. Sogar aus dieser Entfernung hatte die Kamera die tiefen Ringe eingefangen, die sich unter ihren Augen wie Halbmonde abzeichneten. Ihr rotes Haar war schweißnass und klebte an ihren Kopf. Die rechte Hand war in der Jackentasche verschwunden.

Die Frau am Tisch starrte reglos auf das Foto. Der Kaffee war vergessen, wurde kalt. Dann stand sie unvermittelt auf. Sie schloss den Ordner schwungvoll und öffnete

52

die rechte Schublade. Ihre Finger suchten nach etwas. Dann fand sie es: zwei dicke, große Filzstifte. Einer rot. Einer schwarz.

Mit dem schwarzen Stift machte sie einen dicken Strich über den Ordner. Mit dem roten schrieb sie das Wort VERSCHWUNDEN in großen Buchstaben quer darüber. Dann hob sie den Namen mit Rot hervor. Schob die Stifte zurück in die Schublade. Um Himmels Willen, als würde sie eine Schulakte schließen.

Sie öffnete die große Schreibtischschublade und hängte den Ordner mit Ellen Bradshaws Akte in die erste Registratur. Dann gab sie der Schublade einen Stoß, sodass sie mit einem lauten Schlag zuknallte. Ein Geräusch, das durch das stille Apartment hallte wie ein Schuss.

Was nun? Aber sie hatte sich diese Frage schon selbst beantwortet. Völlig automatisch streckte sich ihre Hand nach der Fotografie aus, die vor ihr auf dem Tisch stand. Der Mann auf dem Foto sah aus wie Anfang sechzig. Die Ähnlichkeit zwischen ihm und der Frau am Tisch war unübersehbar. Beide hatten den gleichen dunklen, wachsamen Blick. Das gleiche spitze Kinn, das anscheinend nur dazu da war, den gleichermaßen entschlossenen »Sag-niemals-nie-Ausdruck« in Gesichtern zu unterstreichen. Auf dem Foto stand eine Widmung, die mit kräftiger Hand fließend geschrieben war:

Für Deidre. Damit ich immer bei dir bin,
um auf dich aufzupassen.

Sie blinzelte heftig gegen die unerwarteten Tränen an. Oh Dad, dachte sie.

Das Telefon klingelte schrill. Deidre zuckte zusammen, legte das Foto mit dem Gesicht nach unten auf den Tisch und nahm den Hörer ab. Presste ihn an das Ohr. »Arensen.«

»Deidre? Ich bin es, Kate«, sagte die Stimme am anderen Ende des Telefons. »Es tut mir Leid, dass ich dich so früh rausklingeln muss, aber ich dachte, du willst sicher so schnell wie möglich erfahren, was passiert ist. Sie haben es bestätigt. Es gibt einen weiteren Mord.«

Zum erstenmal in dieser Nacht schloss die Frau namens Deidre Arensen die Augen. »Ja«, sagte sie. »Ich weiß.«

»Irgendwas gefunden?«, fragte Doyle.

Angel stieß einen Seufzer der Enttäuschung aus und erhob sich von dem mit Büchern übersäten Küchentisch. »Nichts was zählt, außer ein paar Vampirschätzchen.«

Es war noch nicht ganz neun Uhr. Fast die Zeit, in der Cordelia normalerweise ins Büro kam, um den Laden, den sie *Angel Investigations* nannten, offiziell zu öffnen. Nicht dass er jemals geschlossen wäre.

Nachdem sie die Feuerszenerie verlassen hatten, hatten Angel und Doyle sich getrennt. Angel war zurück ins Büro gegangen, um die alten Bücher zu wälzen, in der Hoffnung, irgendeinen brauchbaren Hinweis auf Feuer zu finden. Doyle war nach Hause gefahren, hatte geduscht und sich eine Portion Schlaf genehmigt. Angel hatte zugegebenermaßen auch geduscht. Dieses ganze Verbrechen klebte an ihm auf eine Weise, die ihm nicht gefiel. Er wurde den Geruch von verbranntem menschlichem Fleisch nicht los – und das roch nicht gerade wie ein betörendes Aftershave.

»Soll das ein Witz sein?«, sagte Doyle und begann, sich in der Küche umzusehen. Ab und zu, wenn das Team die ganze Nacht durcharbeitete, machte Angel Frühstück für seine menschlichen Mitarbeiter. Anscheinend war ihm das heute nicht in den Sinn gekommen. Vielleicht weil er der Einzige war, der die ganze Nacht durchgearbeitet hatte. Doyle schnappte sich zwei Toasts und steckte sie in den Toaster. Ein bisschen Initiative konnte schließlich nicht schaden.

»Gar nichts?«, fragte er ungläubig.

»Es wäre nicht schlecht, wenn ich ein paar Anhaltspunkte hätte«, bemerkte Angel gereizt. »Hast du eigentlich eine Ahnung, wie viele Kreaturen und Rituale was mit Feuer zu tun haben?«

»Du hast Recht«, gab Doyle zurück. »Okay, so viel dazu.«

Angel schlug das Buch, in dem er gerade gelesen hatte, mit einem Knall zu und verursachte auf diese Weise eine kleine, pilzförmige Staubwolke über dem Tisch. »Es muss doch einen Weg geben, die Suche einzugrenzen.« Er stand auf und schlich durch die Küche, blieb schließlich stehen und lehnte sich mit dem Rücken an den Kühlschrank. Ihm kam nicht in den Sinn, wann er sich zuletzt so hilflos, so nutzlos gefühlt hatte. So enttäuscht und verwirrt. Ein Zustand, den er am meisten von allen hasste.

Diese Verbrechen hielten jedermann seit Monaten in Atem. Seit Monaten. Und er hatte nichts dagegen getan. Aber man musste der Fairness halber auch sagen, dass die Mächtigen ebenso wenig getan hatten. Er musste annehmen, dass sie seit langer Zeit Bescheid wussten über die bösen Kräfte, die sich hinter den Morden verbargen. Aber warum hatten sie ihn bis jetzt nicht eingeschaltet?

»Warum gehen wir nicht noch einmal zusammen deine Vision durch?«, schlug er Doyle vor. »Das Erste, was du gesehen hast, war das Mädchen, richtig? Das mit den roten Haaren?«

»Genau.«

Doyles Toast wurde aus dem Gerät in die Luft geschleudert. Er schnappte beide Scheiben gleichzeitig mitten im Flug und warf sie auf den Teller. »Entschuldige bitte«, sagte er. Aber Angel ließ sich nicht beirren, beugte sich über den Tisch und konzentrierte sich. »Was geschah dann?«

»Dann war da die Straßenlampe«, antwortete Doyle und griff an Angels Blutkonserven vorbei in die hintere Ecke des Kühlschranks, wo die Butter lag. »Ich habe gesehen, wie sie explodierte. Dann wurde alles schwarz. Ungefähr so wie eine Abblende im Film.«

Angel zog die Stirn in Falten. »Ist das vorher schon mal vorgekommen? Diese Sache mit der Abblende?«

Doyle dachte nach. »Ich glaube nicht, jetzt wo du mich fragst«, war seine Antwort. »Meistens sehe ich alles auf einmal und dann ist es plötzlich vorbei.«

»Interessant.«

»Du hast gut reden«, murmelte Doyle und begann, seinen Toast mit Butter zu bestreichen.

»Und nach der Abblende?«, fragte Angel weiter.

»Nach der Abblende kam die Versammlung. Dann noch eine Blende, dann irgend so eine Münze und dann dieser stechende Schmerz zwischen den Augen … Ende«, schloss Doyle seinen Bericht.

»Obwohl – da war doch noch …« Doyle brach ab, als Angel blitzartig zum Küchentisch zurückstürzte und fieberhaft in den Büchern zu blättern begann. Sein Gesicht nahm einen drohenden Ausdruck an.

»Bist du sicher, dass es eine Münze war?«

Doyle gab auf. Er konnte nicht bestimmen, ob das letzte Bild, das er gesehen hatte – der Umriss eines menschlichen Kopfes –, noch zur Vision gehört hatte oder schon Teil des Aufwachens gewesen war. Er hatte es gestern nicht gewusst und wusste es heute immer noch nicht. An und für sich war das schon außergewöhnlich. Normalerweise war immer ziemlich klar, was zur Vision gehörte und was nicht.

»Nicht hundertprozentig«, gab er zu. »Ich habe die Zeichen darauf nicht erkannt. Glaubst du, das hat was zu bedeuten?«

»Könnte sein«, erwiderte Angel. Er schloss eines der Bücher, öffnete ein weiteres. »Ich dache, ich hätte da was gesehen ...«

»Du hast nicht zufällig einen von diesen neuen Sacajewea-Dollars, oder?«, fragte Doyle ihn.

»Hmmm?«, gab Angel von sich, immer noch völlig konzentriert auf den Inhalt des Buches.

»Die neuen Münzen«, erklärte Doyle. »Ich dachte, vielleicht ist dieses Ding einer von den neuen Dollars.«

Angel schlug das zweite Buch zu. Das brachte ihn auch nicht weiter. Als er nach L.A. gekommen war, hatte er sich eines geschworen: Er würde denen, die er in Sunnydale zurückgelassen hatte, nicht nachweinen. Das war viel zu schmerzhaft und außerdem völlig sinnlos. Es nützte niemandem etwas. Aber es gab auch Augenblicke, wo ihn die Erinnerungen übermannten.

Zum Beispiel jetzt. Jetzt hätten sie die Hilfe von Giles und Willow gut gebrauchen können. Angel war nie ein Bücherwurm gewesen. Er war mehr auf jener Seite des Lebens zu Hause, in der Action angesagt war. »Bist du sicher, dass das alles ist?«, schnauzte er Doyle an.

»Ziemlich sicher«, schmatzte Doyle, den Mund voller Toast.

»Gut, dann haben wir ein Problem«, verkündete Angel. »Diese Vision macht überhaupt keinen Sinn. Sie sollte uns doch eigentlich helfen, das Böse zu verhindern, oder? Weshalb also eine Vision, in der jemand stirbt? Und warum ausgerechnet jetzt? Warum nicht schon vor Monaten, als dieser ganze Crispy Critter Horror angefangen hat?«

Doyle schwieg, mit einem halben Toast im Mund sprach es sich auch nicht eben gut. Er kaute.

»Stimmt«, sagte er schließlich. »Es sei denn ...«

Angels Blick traf den von Doyle. »Es sei denn«, vervollständigte Angel langsam, »der Mord von heute Nacht musste stattfinden, *damit* wir eingreifen können. Wir sollen also jemanden retten, den wir noch überhaupt nicht kennen.«

Das war es. Die beiden schwiegen betroffen.

»Manchmal hasse ich diesen Job«, seufzte Doyle.

»Da sind wir schon zwei.«

Das Klappern von Absätzen auf der Treppe kündigte Cordelias Ankunft an. Es war Zeit für einen weiteren Geschäftstag von *Angel Investigations*. Wenn man bedachte, was sie inzwischen herausgefunden hatten, so überlegte Angel, dann konnte man gespannt darauf sein, was die nächsten vierundzwanzig Stunden bringen würden.

Cordy platzte in die Küche, mit einer großen weißen Schachtel voller Gebäck im Schlepptau, die sie wie eine Trophäe präsentierte. »Hat jemand Lust auf Knusperkekse?«

5

»Ich muss mit Ihnen sprechen, Lockley«, sagte eine aufgebrachte Stimme. Detective Kate Lockley war froh, dass ihr Schreibtisch zumindest teilweise von der Bürotür abgewandt stand. So konnte sie sich den Luxus erlauben, die Augen zu verdrehen. Wenn es etwas gab, was sie heute Morgen so gar nicht brauchen konnte, dann war es das, was jetzt kam. Vom diensthabenden Detective im Crispy Critter Fall angeschnauzt zu werden.

Nicht dass sie überrascht gewesen wäre. Sie hatte es verdient. Schon seit Wochen hatte Kate die Grenzen ihres Handlungsspielraums wie ein Gummiband gedehnt und dessen war sie sich durchaus bewusst. Sie hatte sich ausrechnen können, dass es nur eine Frage der Zeit war, bis man sie zur Rede stellte. Glücklich war sie darüber trotzdem nicht. Vor allem nicht an diesem Morgen, nachdem sie die halbe Nacht auf den Beinen gewesen war.

Natürlich traf das genauso auf die Person zu, die gerade mit ihr herumschrie. Manchmal, dachte Kate, war es wirklich lästig, einen Sinn für Fairness zu haben. Sie wandte sich zur Tür und vermied dabei sorgfältig, ihre Mitarbeiter anzusehen. Außerdem versuchte sie so ruhig und sachlich wie möglich zu antworten.

»Kann ich etwas für Sie tun, Detective Tucker?«

Detective Tucker war noch nicht lange in der Abteilung, aber dass man ihn kannte, dafür hatte er gesorgt. Und zwar schnell. Es hatte eine Menge Spekulationen darüber gegeben, wie er an den Crispy Critter Fall gekommen war. Einige meinten, er habe zufällig im Weg gestanden. Andere führten es direkt auf seine Schleimscheißernummer zurück. Obwohl er schon seit ein paar Monaten in der Abteilung beschäftigt war, gehörte er zu keiner Gruppe, hatte keinerlei Freundschaften geschlossen. Und das war ihm anscheinend ganz recht so.

Dabei war er gar kein Einzelgänger. Dafür konnte er das System zu gut bedienen. Aber Kate hatte immer das Gefühl, als sei der Mann umgeben von einem unsichtbaren Kraftfeld. Seine persönliche Bleib-Draußen-Zone. Er stieß nie mit jemandem zusammen, niemand gab ihm die Hand oder schlug ihm kameradschaftlich auf den Rücken. Niemand berührte ihn, es sei denn, die Initiative ging von ihm aus. Irgendwie war er anders. In einem Raum, in dem jeder Schreibtisch vor Papier überquoll, war Tuckers Arbeitsfläche immer perfekt geordnet und aufgeräumt. Er war immerzu tadellos gekleidet in khakifarbene Hosen, einem Hemd mit Knöpfen am Kragen und einer Sportjacke. Seine Schuhe waren handgefertigt.

Man hatte einen Spitznamen für Tucker gefunden, Kate wusste nicht genau, woher er kam. Vielleicht wegen seines ausgeprägten Hangs zur Perfektion. Die ganze Abteilung nannte ihn den Bauern. Nicht wenn er dabei war, natürlich. Sein einziges Zugeständnis an Menschlichkeit waren seine legendären Wutausbrüche, in deren Genuss Kate gerade jetzt leider kam.

»Ich will wissen, was Sie letzte Nacht am Tatort gemacht haben«, stieß Tucker hervor, während er zielstrebig auf ihren Schreibtisch zuging. Beine wurden aus dem Gang zurückgezogen, Hände, die ausgestreckt waren,

Gesten im nonverbalen Informationsaustausch, kurz gesagt, alles, was im Weg war, wurde zurückgezogen und machte ihm Platz. Fast so wie bei der Teilung des Roten Meeres, dachte Kate. Vielleicht hätten sie Tucker den Spitznamen Moses geben sollen. »Woher wissen Sie, dass ich da war?«

Detective Tucker lehnte sich über den Tisch zu ihr hinüber. Fast stand er über sie gebeugt. »Machen Sie keine Spielchen mit mir, Lockley«, drohte er. »Ich weiß, dass Sie da waren. Ich weiß auch, dass Sie um Einsicht in Akten gebeten haben, die Sie überhaupt nichts angehen.«

Kate war verunsichert. Ein unangenehmes Gefühl beschlich sie, als habe ihr jemand Sand unter die Haut gestreut. Mit anderen Worten: Irgendetwas war hier ganz und gar nicht so, wie es sein sollte. Nun gut. Sollte er seine Show abziehen und sie vor versammelter Mannschaft zusammenstauchen. Um nichts anderes ging es ihm doch wohl in diesem Augenblick: Zu zeigen, wer der Boss war. Ein Männchen, dass sein Territorium markierte. Sie musste nur vor ihm kriechen, und schon würde er sich verziehen. Das Problem war, sie konnte sich nicht dazu überwinden. Alles an seinem Verhalten forderte sie heraus, provozierte sie, zum Gegenschlag auszuholen. Wahrscheinlich steckte hinter dieser ganzen Sache eine tiefenpsychologisch außerordentlich lehrreiche Lektion. Aber vielleicht war es auch ganz einfach: Frauen maßen nun mal nicht die Länge ihrer Schwänze und machten daraus einen Wettbewerb. Sie hasste dieses aufgeblasene Machogehabe.

Sie deutete auf die Marke am Revers ihres blauen Blazers.

»Nur für den Fall, dass Sie es vergessen haben: Ich bin Polizistin. Vorsätzliche Tötungsdelikte gehören zu meinem Job.«

Tucker lehnte sich noch ein bisschen weiter über ihren Tisch und kam mit dem Finger an ihren Locher. »Nicht wenn es sich um meinen Fall handelt«, erwiderte er. »Das sieht Ihnen gar nicht ähnlich, Lockley«, fügte er dann spöttisch hinzu. »Soweit ich weiß, sind Sie doch sonst immer diejenige, die alles genau nach Vorschrift macht.«

Als sei ihm gerade ein neuer Gedanke gekommen, richtete er sich auf und legte die Hände an die Hüften, wobei das Jackett aufging und seine Dienstwaffe enthüllte.

Lächerliches Potenzgehabe, dachte Kate. Subtil wie eine Atomwaffe.

»Also, was ich mich hier fragen muss, ist doch Folgendes«, fuhr Tucker fort, als brüte er über einer brandheißen Spur, »was hat sie vor, die kleine Johanna von Orleans der Abteilung?«

Die Antwort blieb Kate erspart.

»Hey Lockley, du hast Besuch!«, rief eine Stimme vom Eingang herüber. Ein Blick auf die Person, die hereinstolzierte, und Kate heulte innerlich auf. Dieser Vormittag war ein einziger Angriff auf ihr Selbstbewusstsein, dachte sie zynisch. Dieser Besuch war vermutlich die einzige Person auf der Welt, der man eine Steigerung der augenblicklichen Konfrontation zutrauen konnte.

»Hey, Kate. Ich hab mir gedacht, du kannst bestimmt einen vernünftigen Kaffee brauchen.« Es war Deidre Arensen.

Kate und Deidre waren schon seit dem College befreundet. Obwohl sie sich nicht oft gesehen hatten, waren sie in den vergangenen Jahren doch immer in Kontakt geblieben. Kate konnte sich nicht einmal mehr erinnern, wann sie sich zuletzt gesehen hatten, bis Deidre in ihrem Büro erschienen war und verkündet hatte, dass sie Informationen habe, die möglicherweise Licht in das Dunkel des Crispy Critter Falls bringen konnten.

Kate hatte ziemliche Bedenken, was Deidres Geschichte anbetraf. Ziemlich viele sogar. Aber sie hatte das Richtige getan. Sie hatte die Informationen an Tucker weitergegeben, ja, sie hatte sogar ein Gespräch für die beiden arrangiert. Deidre hatte ihre Geschichte damals noch gar nicht zu Ende gebracht, als Tucker ihr schon unterstellte, dass sie seine Untersuchung behindern wollte. Er hatte erklärt, nie wieder etwas von diesem Blödsinn hören zu wollen. Er hatte sie als völlig übergeschnappt bezeichnet, hysterisch, unberechenbar. Dann hatte er sie hochkantig hinausgeworfen. Eine einzige Demütigung.

»Nun, wen haben wir denn da?«, murmelte er vor sich hin und begrüßte Deidre mit einer Mischung aus Schadenfreude und Boshaftigkeit. »Könnte es vielleicht sein, dass die Antwort auf meine Frage gerade durch die Tür gekommen ist? Versuchen Sie deshalb, in meiner Untersuchung herumzuschnüffeln, Lockley? Um Informationen für eine alte Freundin zu sammeln?«

Deidre zögerte und blieb schließlich stehen, als sie erkannte, wer da an Kates Schreibtisch stand. Dann beobachtete Kate, wie ihre Freundin selbstbewusst das Kinn hob, und musste innerlich lachen. Das war die Deidre Arensen, die sie kannte. Die junge Frau kam zügig und zielstrebig auf ihren Schreibtisch zu, ohne sich beirren zu lassen.

»Detective«, sagte sie, während sie eine Tasse mit heißem, noch dampfendem Kaffee auf Kates Schreibtisch abstellte.

»Miss Arensen.«

»Dr. Arensen«, korrigierte Kate ihn.

Detective Tucker fasste sich mit einer dramatischen

Geste an den Kopf. »Oh, das stimmt, ja, ich erinnere mich, Sie haben promoviert, stimmt's? Was war's noch gleich? Parapsychologie?«

»Nur ganz normale Psychologie«, erwiderte Deidre ungerührt. Ihre Augen waren eiskalt, aber sie trafen Kates Blick mit einer ebenso schnellen wie stummen Entschuldigung.

»Ich kann später wiederkommen, wenn es dir gerade nicht passt«, bot sie an.

»Nein, nicht nötig«, sagte Kate. Sie stand auf. Es war an der Zeit, Tuckers Vorführung ein Ende zu bereiten. Plötzlich kam sie sich vor wie im Kindergarten: Sie hinter dem Schreibtisch und all diese Leute um sie herum. »Ich denke, wir waren gerade fertig, nicht wahr, Detective?«

Tucker warf ihr einen bitterbösen Blick zu. »Ich sage Ihnen, wer fertig ist, Detective«, konterte er. »Sie werden es sein, wenn Sie sich nicht unterordnen. Mischen Sie sich noch einmal in meine Untersuchung ein und ich werde dafür sorgen, dass Sie ihre Marke verlieren!« Er drehte sich um und stolzierte zur Tür hinaus. Alle um sie herum hielten den Atem an. Kate entschied spontan, dass es noch etwas gab, was sie an ihm verabscheute: Dass er sie zu kindischem Verhalten provozierte. Sie musste sich tatsächlich zusammenreißen, ihm nicht die Zunge rauszustrecken.

»Puh!«, rief Deidre aus, während sie sich in einen Stuhl neben Kates Schreibtisch sinken ließ. »So viel zum Thema ›Schlechtes Timing‹! Tut mir Leid!«

»Mach dir darüber keinen Kopf«, sagte Kate, nahm ihren Platz hinter dem Schreibtisch wieder ein und genehmigte sich einen Schluck von dem Kaffee, den Deidre mitgebracht hatte. »Das musste ja irgendwann mal kommen.«

Dass Tuckers Einfluss ausreichte, sie zu feuern, war unwahrscheinlich. Es war wohl vor allem sein verletztes Ego, das behauptete, sie störe seine Untersuchungen. Aber er konnte ihr durchaus das Leben schwer machen, wenn er ihre Vorgesetzten verständigte. Und das würde Kates Vater, der erst vor kurzem aus dem Verein ausgeschieden war, ganz und gar nicht gefallen. Er war ein guter Cop gewesen. Kate hatte früh lernen müssen, dass alles, was sie tat, auch auf ihn abfärbte. Fair oder nicht, seine Pensionierung hatte daran nichts geändert.

»Er hätte dir keine Schwierigkeiten gemacht, wenn ich dich nicht gebeten hätte, mir zu helfen«, beharrte Deidre. Das konnte Kate nicht abstreiten, denn es stimmte.

Plötzlich stand Kate erneut auf. Sie musste mit Deidre in aller Ruhe über die ganze Situation sprechen – und an diesem Ort ging das auf keinen Fall.

»Ich könnte eine Pause gebrauchen. Wie wär's mit einem Spaziergang?«

»Klingt nicht schlecht!« Deidre nickte und war sofort zum Aufbruch bereit.

»Selten gehört, dass Wahrheiten so gelassen ausgesprochen werden«, sagte der Beamte am Schreibtisch direkt neben Kate, allerdings ohne aufzuschauen. »Ist euch auch aufgefallen, dass hier drin verdammt viel heiße Luft produziert wird?« Niemand antwortete, aber als Kate den Raum verließ, lächelte sie zum ersten Mal an diesem Tag.

»Ich denke, im Moment gibt es nichts, was ich noch tun könnte«, sagte sie einen Augenblick später. Kate und Deidre saßen auf einer Bank im nahe gelegenen Park. »Es tut mir Leid, Dee. Ich kann dich wohl kaum überreden, das Ganze zu vergessen, oder? Es der Polizei zu überlassen?«

Deidre schwieg einen Moment lang. »Wenn du an meiner Stelle wärst – was würdest du tun?«

Kate schnaubte statt einer Antwort; es war eine rhetorische Frage gewesen – und das wussten sie beide. Tatsächlich hatte Kate keine andere Reaktion von ihrer Freundin erwartet. »Habe ich schon erwähnt, dass es manchmal ziemlich lästig ist, schon so lange mit dir befreundet zu sein?«

Deidres Lächeln war ehrlich, aber flüchtig. So schnell verflogen, wie es aufgetaucht war. »Wenn dieses aufgeblasene, wichtigtuerische Arschloch auf mich gehört hätte, wäre das Mädchen vielleicht noch am Leben«, sagte sie. »Das ist dir doch klar, oder?«

»Ja«, erwiderte Kate, obwohl sie daran ernsthaft zweifelte.

Diesmal war es an Deidre zu schnauben. »Du nimmst mich nicht ernst, Kate«, warf sie ein. »Du hast es selbst gesagt. Ich kenne dich zu lange. Du glaubst mir doch auch nicht.«

»Es ist nicht so, dass ich dir *nicht* glaube«, antwortete Kate. »Aber es gibt auch nichts, was deine Theorie unterstützt, Dee. Nichts, was irgendeines der Opfer in Verbindung mit einem Kult bringen würde.«

»Weil ich die Einzige bin, die danach sucht«, war Deidres knappe Erklärung.

»Vielleicht«, sagte Kate.

»Schau«, sagte Deidre plötzlich. »Das geht doch alles am Wesentlichen vorbei.«

»Und das wäre?«

»Dass ich weitermachen muss und du mir nicht helfen kannst«, fasste Deidre zusammen. Sie schwieg und nippte an ihrem Kaffee. »Du kennst nicht zufällig jemanden, der mir weiterhelfen könnte?«, fragte sie schließlich.

»Du weißt schon, jemanden, der groß, dunkel und gut aussehend ist, ziemlich geheimnisvoll und zu allem bereit. Der keine Angst hat vor einer intimen Beziehung mit der dunklen Seite der Macht.« Ihr Ton verriet, dass sie sich von Kate diesbezüglich nicht viel erhoffte.

»Verrückt, dass du danach fragst«, sagte Kate. »Ich kenne tatsächlich jemanden.«

6

»Du bist dir immer noch sicher, oder?«, fragte Andy.

Terri rieb sich die plötzlich schweißnassen Hände an ihrem besten Kleid ab, in der Hoffnung, er würde die nervöse Geste nicht bemerken. »Natürlich bin ich sicher«, erwiderte sie.

Seit gestern hatte sie sich das ununterbrochen gesagt, die ganze schlaflose Nacht hindurch und den langen Tag, der darauf folgte. Zum Glück hatte ich gestern frei, dachte sie. Sie war so in Gedanken gewesen, sie hätte vielleicht irgendeinen Blödsinn fabriziert, in dem Motel, in dem sie arbeitete. Zum Beispiel Handtücher statt Laken auf die Matratzen gelegt.

Die Chance ihres Lebens. So hatte Andy es genannt. Und jetzt fragte er sie, ob sie noch wollte? Was denn? Ihre Unsichtbarkeit abstreifen und endlich jemand sein? Ob sie dafür bereit sei? Oh ja, das nahm sie doch stark an.

Aber auch wenn sie sich dessen so sicher war, weniger nervös war sie deshalb nicht. Wahrscheinlich steigerte es ihre Aufregung sogar. Denn obwohl sie versuchte, nicht hinzuhören, war die Stimme ihrer Mutter die ganze Nacht und den ganzen Tag über in ihrem Hinterkopf gewesen. »Es ist nicht gut, wenn man sich etwas zu sehr wünscht, Terri Nicole. Hinterher bist du nur enttäuscht. So wie immer.« Sei still, Mama, dachte Terri. Ich will dir nicht mehr zuhören. Und ich werde auch nicht mehr zuhören. Denn diesmal hast du Unrecht.

Sie kniff sich in die linke Hand und zuckte sofort zusammen. Seit ihr Andy letzte Nacht auf dem Parkplatz über den Weg gelaufen war, hatte sie das ungefähr eine Million Mal getan. Nur um sicher zu sein, dass sie nicht träumte. Dass sie sich die ganze Begegnung nicht nur eingebildet hatte.

Sie schaute verstohlen zu Andy hinüber, der den Wagen sicher und voller Selbstvertrauen durch den Verkehr steuerte. Nein, das war kein Traum. Und selbst wenn, würde Terri ihn dem wahren Leben vorziehen. Sie faltete ihre Hände im Schoß, um sich zu beruhigen. Wenn das hier eine Illusion war, dann wollte sie es nicht wissen. Wenn es ein Traum war, wachte sie besser nicht auf.

Heute Abend waren sie in Andys Auto unterwegs. Einer schwarzen Corvette mit einer unglaublichen Straßenlage. Terri war fast in Ohmacht gefallen, als Andy vor ihrem Apartmenthaus aufgetaucht war. Jedes Mal, wenn er den Gang wechselte und der Motor aufheulte, jubelte Terris Herz vor Begeisterung. Allein die Fahrt in diesem Auto machte sie zu einem völlig anderen Menschen. Ihre Mutter würde ausflippen, wenn sie sie so sehen könnte.

»Ich will dir sagen, was das für Typen sind, die solche Autos fahren. Die haben es nur auf eins abgesehen, das sage ich dir!«

Das wäre der Kommentar ihrer Mutter gewesen. Und dann hätte sie dieses Geräusch gemacht, ein leichtes Schnauben, das ankündigte, nun würde etwas ganz besonders Schlaues kommen. Oder zumindest etwas, was sie dafür hielt. Meistens war es eine Bemerkung, nach der Terri sich noch schlechter fühlte, als es sowieso schon der Fall war. »Nicht dass *du* dir jemals darüber Gedanken machen müsstest, Terri Nicole.«

Genau, Mutter. So wie du. Über Terris Gesicht huschte unvermittelt ein Lächeln. Irgendwie gefiel ihr dieses Widersprechen. Auch wenn es nur in ihrem Kopf stattfand. Bevor sie Andy getroffen hatte, hatte sie an so etwas nicht einmal zu denken gewagt.

Andy bog ab und das Auto fuhr einen Berg hinauf. »Du bist du so ruhig«, bemerkte er. »Hast du etwa Bedenken?«

»Nein«, erwiderte Terri hastig. Nicht wirklich. Sie hatte sich so viele Gedanken gemacht in den letzten vierundzwanzig Stunden. Das Stadium der Zweifel hatte sie längst hinter sich gelassen.

»Du meinst doch, was du sagst, oder?«, brach es plötzlich aus ihr hervor. »Alles was du gestern Abend gesagt hast. Ich meine, es ging nicht nur darum, dass ich dir Leid tue und …«

»Jetzt mach mal halblang, Terri«, unterbrach Andy sie. »Das haben wir doch alles schon mal durchgekaut. Deshalb wollte ich doch, dass du mich heute Nacht begleitest. Weil ich genau weiß, wie du dich fühlst. Die ganze Sache mit dem Unsichtbarsein.«

»Aber nicht aus dem gleichen Grund«, erwiderte Terri.

Andy bog noch einmal ab. »Nein«, gab er zu. »Aber ich dachte, ich hätte es dir erklärt. Es kann genauso ein Fluch sein, wenn du gut aussiehst. Alles, woran die anderen interessiert sind, ist dein Gesicht. Besonders in einer Stadt wie L.A. Es ist ihnen egal, wer du bist – dass du jemand bist – innen drin.«

»Aber alles ist anders geworden«, sagte Terri, »als du dich den Illuminati angeschlossen hast.« So hieß die Gruppe, zu deren Treffen er sie mitnehmen wollte. Er hatte ihr gesagt, was der Name bedeutete: ›Die Erleuchteten‹.

»Nein, nur ich habe mich verändert«, sagte Andy. »Und meine persönliche Sichtweise. Das gehört zu den ersten Dingen, die du als Illuminati lernst.« Sein Blick streifte sie kurz und kehrte dann zurück zur Straße. »Denk mal darüber nach Terri«, fuhr er fort. »Es kann dir doch egal sein, was andere Leute denken – oder sagen. Nur du allein zählst. Ich hoffe, dass dir das Treffen heute Abend hilft, das klarer zu erkennen.«

Terris Nervosität ließ ein wenig nach. Das hatte er gestern Abend schon gesagt. »Du meinst, ich werde das Licht sehen?«, meinte sie scherzhaft.

Andy lächelte und nahm eine Hand vom Steuer, um sie freundschaftlich zu zwicken. »Das gefällt mir schon besser«, sagte er. »Wir sind gleich da.«

Zum ersten Mal fiel Terri die Umgebung auf. »Hey«, sagte sie. »Wohin fahren wir?«

»Richtung Küste«, antwortete Andy. »Habe ich schon gesagt, dass jedes Treffen an einem anderen Ort stattfindet? Das ist Teil des Perspektivenwechsels, über den ich gerade gesprochen habe: Die Dinge anders sehen. Dieser Treffpunkt ist ziemlich cool. In einem exklusiven Hotel direkt am Strand.«

Terris Nervosität kehrte plötzlich mit voller Wucht zurück und sie fühlte ein heftiges Kribbeln in der Magengegend. »Werden wir bei diesem Meeting wichtige Leute treffen?«

Andy warf ihr einen tadelnden Seitenblick zu. »Wir sind alle ›wichtige Leute‹, oder nicht?«, sagte er. »Soll ich dir auftragen, das noch mal nachzusprechen?«

Terry versuchte ein Lachen. »Du hast ja Recht.«

Völlig überraschend verlangsamte Andy die Fahrt. Er bog scharf rechts ab und schaltete ein paar Gänge zurück, um einen steilen, engen Weg hinaufzufahren, der von hohen Hecken gesäumt wurde. Oben angekommen hielt er vor einem eisernen Schwingtor. Auf beiden Seiten des Tores konnte Terri Überwachungskameras erkennen.

»Deine letzte Chance umzukehren«, sagte Andy.

»Nein«, erwiderte Terri hastig. »Nein, schon okay. Ich möchte mitkommen.« Als Andy ihr daraufhin sanft mit dem Finger über die Wange fuhr, vergaß sie fast zu atmen. »Ich kann dir gar nicht sagen, wie glücklich ich bin, das zu hören.«

Das Treffen der Illuminati übertraf Terris kühnste Vorstellungen. Schon allein dieses Hotel, dessen Namen sie noch nie gehört hatte! Sie hatte auch nichts gesehen, woran sie hätte erkennen können, wo sie waren, während Andy sie in die luxuriös gestaltete Lobby führte. Als die Türen sich öffneten, hielt sie schon wieder den Atem an. Der ganze untere Bereich schien ein einziges Riesenfenster zu sein, durch das man auf den Ozean blicken konnte. Terri fühlte sich buchstäblich wie im siebten Himmel. »So viel zum Thema ›Veränderung der Perspektive‹«, murmelte sie.

Andy grinste zu ihr herüber. »Das ist noch gar nichts.« In diesem Moment kam eine junge attraktive Frau in Schwarz, nur mit einer dezenten Perlenkette geschmückt, auf sie zu. »Guten Abend, ich freue mich, Sie heute als unsere Gäste begrüßen zu dürfen«, sagte sie. »Wenn Sie mir bitte hier entlang folgen wollen …« Sie deutete über die Lobby hinweg auf einen Gang, der nach rechts abbog. Terri fürchtete zu stolpern oder gar zu fallen, als sie ihr folgte. Der Teppich war so dick, dass ihre Schuhe völlig darin versanken. Am Eingang zum Korridor blieb die junge Frau stehen.

»Die letzte Tür links«, sagte sie lächelnd. »Bitte lassen Sie uns wissen, wenn wir noch etwas für Sie tun können.« Dann drehte sie sich mit einer grazilen Bewegung auf dem Absatz herum und schritt elegant zum Empfang zurück.

Andy fasste Terri sanft am Arm und führte sie den Korridor hinunter. »Dann kann's ja losgehen«, flüsterte er.

Auch im Raum, in dem das Meeting stattfand, reichten die Fenster bis zum Boden und man konnte aufs Meer sehen. Davor standen Stühle in kleineren Halbkreisen, die alle auf ein Podium ausgerichtet waren. Zuerst hatte Terri den Eindruck, die Stühle seien alle besetzt, doch dann fiel ihr auf, dass die Illuminati nicht nebeneinander saßen. Jeder hatte seinen eigenen Platz, mit einem leeren Stuhl sowohl rechts als auch links davon. Alle schauten nach vorne und warteten darauf, dass das Meeting begann. Niemand unterhielt sich. Kein Smalltalk darüber, was alles geschehen war, seitdem sie sich zuletzt getroffen hatten. Es sah aus, als hätten sie nichts gemeinsam.

»Ist das okay für dich?«, fragte Andy und deutete auf eine relativ leere Sitzreihe im hinteren Bereich des Raumes. »Klar«, antwortet Terri. Sie ging in die Reihe hinein und setzte sich auf einen der mittleren Plätze. Ganz außen, am anderen Ende, saß ein einzelner Mann, der mit seinem perfekt sitzenden Anzug einen eher unnahbaren Eindruck machte. Terri hatte erwartet, dass Andy ihr folgen würde, aber er blieb im Gang zurück. »Ich muss mich da vorne um ein paar Dinge kümmern«, sagte er. »Mach dir keine Sorgen. Alles wird gutgehen. Wir treffen uns nach dem Meeting wieder.«

Ohne ihre Antwort abzuwarten, war Andy schon verschwunden. Terri fühlte, wie ihre Nervosität zurückkam. Lass mich nicht allein!, dachte sie. Irgendwie schien man ihr das anzusehen, denn der junge Mann am anderen Ende lächelte plötzlich aufmunternd zu ihr herüber.

Es stellte sich heraus, dass Andy mit seinen Andeutungen gemeint hatte, er würde das Meeting leiten. Als er das Podium betrat, wurde Terri einen Moment lang panisch. So etwas machte normalerweise doch nur der Leiter einer Gruppe. Warum hatte Andy ihr nicht gesagt, was für eine bedeutende Position er innehatte? Wahrscheinlich hat er es aus Rücksicht verschwiegen, dachte sie, er wusste ja, wie aufgeregt ich war. Vorne hatte Andy inzwischen begonnen, den ersten Gast vorzustellen.

Vielleicht hat er gedacht, ich würde nicht mitkommen, wenn er mir gleich sagt, dass er der Leiter dieser Gruppe ist ... Terris innerer Monolog verselbstständigte sich. Sie wusste genau, wie krankhaft schüchtern sie war. Wenn er ihr gesagt hätte, wer er war, dann wäre sie sich wahrscheinlich noch viel unbedeutender vorgekommen.

Aber so wollte sie nicht mehr über sich denken. Andy räumte seinen Platz zugunsten einer Frau im exklusiven Sportdress. Jeder in diesem Raum war bedeutend, sie selbst eingeschlossen. Hatte Andy das nicht vorhin noch gesagt?

Zwanzig Minuten später hatte Terri all diese Gedanken völlig vergessen. Sie wollte nur noch ihre Unterschrift auf eine gestrichelte Linie setzen. Mittlerweile hatten vier Leute gesprochen. Die vier jüngsten Mitglieder. Obwohl in Details voneinander abweichend, handelte es sich im Wesentlichen um die gleiche Geschichte. Alle waren sie unglücklich und unzufrieden mit ihrem Leben gewesen. Früher. Jetzt lebten sie das Leben, für das sie bestimmt waren, ein Leben, von dem sie immer geträumt hatten. Und das hatten sie nur einem Umstand zu verdanken: ihrer Erleuchtung. Dass sie sich den Illuminati angeschlossen hatten. Terri applaudierte mit den anderen, als der letzte Sprecher zu seinem Platz zurückkehrte. Er hatte die Orangenplantage seiner Familie gerettet und betrieb nun einen blühenden Handel, verkaufte Bio-Orangensaft an die Restaurants in Beverly Hills. Als Andy das Podium wieder einnahm, kam noch jemand. Automatisch rückte Terri auf, um Platz für den Zuspätkommer zu machen. Aus den Augenwinkeln erkannte sie eine Blondine. Eine außergewöhnlich attraktive Frau. Ihr Haar hatte die Farbe eines Kornfeldes in Kansas. Ihr Teint war wie Porzellan. Im gleichen Augenblick realisierte Terri erschrocken, wer sie war. Joy Clement, der aufsteigende Stern am Fernsehhimmel. Wurde französisch ausgesprochen. Clehmont.

Erst letzte Woche hatte sie die Schauspielerin ausgestochen, die ursprünglich einen Fernsehpreis für ihre Rolle in der Serie *Gestern, Heute, Morgen* gewinnen sollte. Die Zeitungen überschlugen sich förmlich vor Gerüchten über einen Kinofilm, den sie angeblich bald drehen sollte.

Plötzlich schaute die Frau zu ihr herüber, als könne sie Gedanken lesen. Terri hatte das Gefühl, gemustert zu werden, obwohl die Augen der Frau unter einer dunklen Brille verborgen waren. »Du bist neu hier, stimmt's?«, flüsterte Joy und beugte sich ein wenig zu ihr herüber. »Du bist noch nicht Mitglied?«

Terri schüttelte den Kopf. »Aber bald«, flüsterte sie zurück. »Wenn ich …«

»Und nun habe ich das große Vergnügen, unseren letzten Gast anzukündigen«, hörte sie Andys Stimme vom Podium. »Bitte heißt zusammen mit mir herzlich willkommen: Joy Clement.«

Terri fiel auf, dass Joy tief Luft holte, wie um ihren gan-

76

zen Mut zusammenzunehmen. Vielleicht hat sie immer noch Lampenfieber, dachte Terri. Sie hatte gelesen, dass es einigen der berühmtesten Schauspieler so ging. Doch beim Aufstehen legte ihr Joy zu ihrem großen Erstaunen die Hand auf die Schulter. »Versprich mir, dass du dir anhörst, was ich zu sagen habe.« Sie sprach leise, aber mit Nachdruck. Nur für Terris Ohren bestimmt. »Versprich es.«

Terri sah schweigend zu ihr auf und befürchtete, es würde eine Pause entstehen, sodass das Ganze auffiel. Sie hatte keine Ahnung, was sie tun sollte. »Ich verspreche es«, stieß sie endlich hervor.

Im nächsten Augenblick war Joy Clement völlig verändert. Sie nahm ihre Hand von Terris Schulter und winkte den versammelten Illuminati zu, als seien sie ihr strahlendes Premierenpublikum. Ihr Lächeln war voller Selbstvertrauen, als sie auf den Gang trat und zum Podium ging.

Zur Begrüßung bot sie Andy charmant ihre Wange zum Kuss. Der Beifall konnte nicht heftiger sein. Dann trat Andy wieder zur Seite und räumte den Platz am Mikrofon. Der Beifall wollte nicht enden, selbst als Joy ihre Position eingenommen hatte. Einige Augenblicke verharrte sie ruhig, dann hob sie die Hand.

»Ich danke euch!«, sagte sie. »Ich danke euch allen!«

Der Beifall ebbte ab. »Wie alle anderen vor mir auch bin ich gekommen, um davon zu sprechen, in welch tiefer Schuld ich bei den Illuminati stehe. Um zu betonen, dass die Mitgliedschaft in dieser Organisation – wie für uns alle – zum Wendepunkt in meinem Leben geworden ist.« Wieder schwoll der Beifall an.

»Aber ich stehe heute auch hier, weil ich mich frage …« Joys Stimme zitterte, dann brach sie ab. Selbst von ganz hinten konnte Terri sehen, dass ihre Hand zitterte, als sie die dunkle Brille abnahm und geschwollene, rote Augen zum Vorschein kamen. Sie sah aus, als habe sie tagelang geweint. Das Bild des selbstbewussten Stars war zerstört. »Ich frage mich, welchen Preis wir für unseren Erfolg bezahlen. Ich frage mich, was in Gottes Namen wir getan haben.«

Terri glaubte zu hören, wie das gesamte Publikum den Atem anhielt, bevor absolute Stille im Raum einkehrte. Aus den Augenwinkeln nahm sie eine Bewegung war. Aus zwei Ecken kamen Männer, die sie vorher nicht bemerkt hatte, schnell und zielstrebig auf das Podium zu.

»Denkt darüber nach«, sagte Joy voller Angst. »Denkt wirklich nach über das, was wir getan haben. Euer neues Leben hat seinen Preis, oder nicht? Oder etwa nicht?«

Mittlerweile hatten die Männer das Podium erreicht. Sie packten Joy an den Armen. Sie wehrte sich, versuchte, sich ihrem Griff zu entziehen. »Versteht ihr nicht?«, schrie sie. »Der Preis ist zu hoch. Wir haben unsere Seele verkauft!«

Was ist hier los?, fragte sich Terri. Wovon sprach Joy? War der Druck des Erfolgs plötzlich zu viel für sie geworden? Waren sie alle Zeugen eines Nervenzusammenbruchs? Andy, tue etwas, dachte sie. Als ob er ihr stummes Gebet gehört hätte, trat er nach vorne. »Es wird alles gut, Joy. Beruhige dich.«

Joy Clement hörte auf, sich zu wehren. Tränen liefen ihr über das Gesicht. »Der Preis ist zu hoch«, wiederholte sie. »Zu hoch, Andy. Es tut mir Leid, aber ich kann ihn nicht mehr bezahlen.«

»Gut«, wiederholte Andy. »Ich werde mich darum kümmern, Joy.«

Bei diesen Worten wich jegliche Farbe aus Joy Clements Gesicht. Sie schien völlig entkräftet. Auf ein Zeichen von Andy ließen die beiden Männer sie los. Dann brach sie in seinen Armen zusammen.

»Meine lieben Mitglieder, bitte entschuldigt mich für einen Moment …«, sagte Andy. Ein tosender Applaus begleitete ihn, als er Joy zum Ausgang geleitete. Sie ließ sich widerstandslos führen, bis sie an Terris Reihe vorbeikam. Dort hob sie unvermittelt den Kopf. »Du hast es versprochen«, sagte sie mit gequälter Stimme. Als ihre Blicke sich trafen, überlief Terri ein Schauder. Sie hatte geglaubt zu wissen, was es hieß, völlig am Boden zu sein. Bis heute. Aber nichts, was sie je erlebt hatte, war vergleichbar mit dem, was sie in Joys Augen erkannte. Joy sah aus wie eine Frau, die wusste, dass ihr Leben vorüber war. Dass es nichts mehr gab, wofür es sich zu leben lohnte.

»Du hast es versprochen«, wiederholte sie noch einmal. »Du weißt es. Es ist nicht zu spät. Trete nicht ein in diese Organisation. Rette dich!«

»Joy«, warnte Andy sie. Der Klang seiner Stimme schien den letzten Rest ihrer Selbstkontrolle aufzulösen. »Tu es nicht!«, schrie sie verzweifelt und versuchte, sich aus Andys Griff herauszuwinden. »Trete nicht bei. Du kennst sie nicht. Du weißt nicht, wer sie in Wahrheit sind. Es ist noch nicht zu spät. Es ist nicht zu spät! Du kannst es. Du kannst dein Leben retten!« Sie schrie immer noch, als Andy sie aus dem Raum hinauszog. Doch als die Türen sich hinter ihr schlossen, verstummte sie augenblicklich.

Terri saß vollkommen bewegungslos da und schaute auf ihre Hände, die sie im Schoß gefaltet hatte. Sie konnte die Blicke der Anwesenden auf sich spüren. Nur nicht aufschauen, sagte sie sich immer wieder. Sie wusste nicht, was gerade geschehen war. Nur eines wusste sie:

Sie würde selbst entscheiden, ob sie den Illuminati angehören wollte oder nicht. Sie kannte Joy Clement nicht und schuldete ihr auch nichts. Und sie war nicht bereit, sich die Zukunft von ihr verderben zu lassen.

»Puh!«, sagte eine tiefe Stimme. »Ganz schön heavy, was?«

Vorsichtig schaute Terri hinüber zu dem jungen Mann am anderen Ende der Reihe. In seinem Gesicht zeichneten sich Aufregung und Verwirrung ab, wie vermutlich in ihrem auch. Das ist bestimmt normal, er ist neu, genau wie ich auch, dachte sie.

»Ziemlich heavy«, flüsterte sie. Der Typ schaute sich um, rückte ein paar Stühle auf. »Also«, sagte er. »Was glauben Sie ist an ihrer Geschichte dran?«

Terri schaute sich ebenfalls um, da sie befürchtete, die Aufmerksamkeit auf sich zu ziehen. Das war jedoch bisher nicht der Fall. Die Illuminati blickten weiterhin starr geradeaus.

»Ich weiß nicht«, antwortete Terri wahrheitsgemäß. »Sie hat mich gefragt, ob ich schon beigetreten bin, und als ich nein sagte, musste ich ihr versprechen, dass ich genau zuhöre, was sie zu sagen hat.«

Der Typ neben ihr zog ein Gesicht. »Als ob man das hier nicht sowieso tun muss.«

»Ja«, stimmte Terri zu. »Obwohl ich nicht so richtig kapiere, worüber sie gesprochen hat. Ich meine, vielleicht ist der Stress mit dem Erfolg einfach zu viel für sie. Vielleicht hatte sie einen Nervenzusammenbruch.«

Der Typ nickte, als sei er der gleichen Ansicht. Hinter sich hörte Terri, wie die Tür wieder aufging. Andy kam zurück. Er schaute nicht in ihre Richtung, sondern ging geradewegs auf das Podium zu. Terri spürte die Anspannung im Raum fast körperlich.

80

Bring alles wieder in Ordnung, Andy, betete sie still vor sich hin. Sie wollte nicht, dass sich all das vor ihren Augen auflöste wie ein Traum. Sie wollte ein neues Leben beginnen. So wie die Illuminati es ihr angeboten hatten. Andy ging zum Rednerpult und griff es fest mit beiden Händen.

Als ob er mit dieser Geste auch das Publikum umarmen wollte.

»Meine Freunde«, begann er. »Ich …« Er machte eine Pause, als suche er nach den richtigen Worten. »Meine Freunde, ich bitte um Entschuldigung.« Terri spürte, wie die Anwesenden aufatmeten. »Ich muss euch sicher nicht erklären, dass ich etwas ganz Besonderes vorhatte, als ich Joy Clement heute Abend bat, zu uns zu sprechen. Sie sollte uns allen Hoffnung geben. Uns inspirieren. Oberflächlich gesehen habe ich versagt. Aber wenn ihr, liebe Freunde, eure Perspektive verändert und ein wenig tiefer blickt, dann werdet ihr nicht nur die dunklen Wolken am Horizont sehen, sondern auch den hellen Silberstreif dahinter. Joys Verhalten hat uns alle an etwas erinnert, das wir niemals vergessen dürfen: Es ist nicht jedem bestimmt, einer von uns zu werden.«

»Hört, hört!«, rief eine Stimme aus der ersten Reihe. Von einem Augenblick auf den anderen löste sich die restliche Anspannung im Raum in Luft auf. Terri beugte sich nach vorn, um jedes einzelne von Andys Worten in sich aufzunehmen. Denn dafür, da war sie ganz sicher, war sie hierher gekommen.

»Wir sind etwas Besonderes«, fuhr Andy fort. »Einzigartig. Erleuchtet. Nicht auserwählt, denn wir selber sind es, die wählen. Wir alle haben die Wahl getroffen, wir selbst zu sein. Unser Leben so authentisch wie möglich zu leben.«

Zum ersten Mal an diesem Abend schienen die Illuminati zum Leben zu erwachen. Terri konnte sehen, wie einige in den Reihen vor ihr mit dem Kopf nickten.

»Aber mit einer Sache hatte Joy Recht, nicht wahr?«, fragte Andy die Anwesenden. Das Gemurmel verstummte und machte einer gespannten Stille Platz. »Der Preis für die Erleuchtung ist hoch.«

Das ist mir egal. Das ist mir völlig egal, dachte Terri außer sich, was auch immer der Preis ist, ich bin bereit, ihn zu zahlen.

»Wenn man ein Illuminati werden will, dann muss man etwas in seinem Leben aufgeben, richtig?«, fuhr Andy fort. »Ihr alle musstet das tun. Und ihr wisst, was ich meine. Ich spreche von der Vergangenheit. Das ist die Bedeutung von ›erleuchtet sein‹. Es bedeutet, dass ihr euch für das Licht entscheidet. Und wo scheint dieses Licht am hellsten? In der Gegenwart. Nicht in der Vergangenheit. Auch nicht in der Zukunft. Nein. Es scheint am hellsten dort, wo wir tatsächlich unser Leben führen: in der Gegenwart. Im Hier und Jetzt.«

Terris Herz schlug in schnellen, harten Schlägen gegen ihre Rippen. Sie fühlte sich leicht. Vor ihrem inneren Auge funkelten tanzende Sterne. Sie war so schrecklich aufgeregt, dass sie für einen Moment glaubte, sie würde sich übergeben müssen. Das war es. Endlich. Die Möglichkeit, auf die sie ihr ganzes Leben lang gewartet hatte: Sich von den Schmerzen und Demütigungen zu befreien, die andere ihr zugefügt hatten. Mehr zu tun, als die Vergangenheit nur zu vergessen. Mehr noch, als sie der Bedeutungslosigkeit zu übergeben. Sie auszulöschen, als habe sie niemals existiert. Sich dann selbst neu zu erschaffen. Diesmal nach dem Bild, das *sie* sich erträumt hatte.

82

Ihr Blick blieb auf Andy geheftet, als der sich vom Podium löste und langsam, aber zielstrebig den Gang hinunterging.

»Joy war nicht die Einzige, die ich heute Abend hergebeten habe«, sagte er verheißungsvoll. »Ich habe auch einen Neuling mitgebracht. Terri, würdest du bitte aufstehen?« Ihre Beine zitterten, als ob sie gerade einen Marathon gelaufen war, aber sie erhob sich langsam.

»Meine lieben Freunde, das ist Terri.«

»Hallo, Terri«, murmelten die versammelten Illuminati. Als Andy bei Terris Reihe angekommen war, blieb er stehen. »Du weißt, was jetzt kommt, nicht wahr? Der Augenblick der Entscheidung. Wenn du nicht beitreten willst, und das möchte ich ganz deutlich sagen, wird dir niemand von uns einen Vorwurf machen. Aber dann muss ich dich bitten, diesen Raum zu verlassen. Denn der Rest des Meetings ist ausschließlich für Mitglieder bestimmt. Dabei können keine Außenseiter zugelassen werden.«

Bei dem Wort ›Außenseiter‹ fühlte Terri, wie etwas in ihrem Kopf explodierte. Das war sie gewesen, ihr ganzes Leben lang war sie eine Außenseiterin gewesen. Aber damit war jetzt Schluss.

Nach diesem Abend würde es niemand mehr wagen, sie als bedeutungslos zu bezeichnen. Ihr sagen, dass sie nicht dazugehörte. Von heute an würden die Dinge sich ändern. Sie würde dafür sorgen, dass sie sich änderten. Sie würde ein Mensch von Bedeutung werden.

Andy streckte ihr die Hand entgegen, als wolle er sie willkommen heißen. »Nun, Terri«, sagte er. »Was ist deine Antwort? Willst du zu uns gehören und erleuchtet sein?«

Terri ging auf ihn zu, mit dem Selbstbewusstsein eines Models, das den Laufsteg entlangschreitet. »Ich will«, antwortete sie mit einer Ernsthaftigkeit, als ginge es um ein Eheversprechen.

»Ich auch. Ich möchte ebenfalls beitreten!«, rief eine Stimme ganz in ihrer Nähe. Terri drehte sich um und sah den Typen, der neben ihr gesessen hatte, den Gang hinablaufen. Sie streckte ebenfalls ihre Hand aus, als wolle sie ihn in der Kette der Erleuchtung willkommen heißen.

Um sie herum brandete spontaner Beifall auf.

Er liebte das Feuer. Nicht einmal diejenigen, die er gezeichnet hatte, wussten, wie sehr. Wenn er die Ereignisse zu gestalten begann, die sie schließlich zu den Flammen führen würden, dann betrachtete er dies keineswegs als Strafe. Ihm ging es dabei auch nicht um die Schmerzen. Vielmehr gewährte er ihnen das Privileg, eins zu werden mit dem, was er am meisten liebte. Im Dienste des Feuers zu stehen.

Er war nicht sicher, ob diese Faszination mit Worten überhaupt zu beschreiben war. Diese totale Hingabe. Und er konnte sich nicht erinnern, dass es jemals anders gewesen war. Also hatte er schon vor langer Zeit damit aufgehört, es zu versuchen. Aber ihm war völlig klar, dass seine Liebe und Hingabe ihn zu einem perfekten Werkzeug machten. Eine Tatsache, auf die bisher nicht einmal die Polizei gekommen war.

Er würde dafür sorgen, dass schon bald die ganze Welt in Flammen stand. Er lächelte. Summte eine Melodie, während er spät in der Nacht den Gasherd in seiner Küche auf Maximum stellte, um sich eine Suppe heiß zu machen. Die Melodie, die er summte, war *You light up my live.*

7

»Also, was genau ist das für ein Typ?«, fragte Deidre Arensen, als sie und Kate aus dem Auto stiegen. »Du tust so geheimnisvoll. Das ist sonst gar nicht deine Art.«

Sie befanden sich auf den Weg zu dem Gebäude, in dem *Angel Investigations* untergebracht war. Kate zuckte die Schultern. »Ich weiß nur so viel über ihn: Er ist der Einzige, der sich professionell mit solchen Fällen beschäftigt.«

Ein paar Tage waren vergangen, bis sie ihr Versprechen hatte einhalten können, Deidre mit jemanden bekannt zu machen, der ihr bei den Ermittlungen im Crispy Critter Fall möglicherweise weiterhelfen konnte. Nicht, dass sie nicht helfen wollte … Okay, sei ehrlich, Lockley, gestand Kate sich selbst ein. Genau das war der springende Punkt.

In Wahrheit nämlich hatte Kate schon immer etwas dagegen gehabt, dass ihre Freundin in diesem Fall auf eigene Faust ermittelte. Und das nicht nur, weil sie hinter einem der gefährlichsten und tödlichsten Killer her war, den die Stadt der Engel je gesehen hatte.

Deidres Beweggründe waren rein persönlicher Natur. Dabei konnte Kate sie durchaus verstehen. Aber als Polizistin hatte sie gelernt – und dahinter stand sie auch –, dass persönliche Gefühle bei einer Untersuchung eher hinderlich waren. Wenn man zu sehr betroffen war, fiel es einem viel schwerer, die Dinge objektiv zu betrachten. Manchmal war das sogar unmöglich. Und wenn man nicht klar sehen konnte, machte man Fehler. Mitunter schwerwiegende Fehler. Mehr als genug Menschen hatten bereits ihr Leben gelassen. Kate wollte nicht, dass Deidre auch dran glauben musste.

Angel hatte sie schließlich nur angerufen, weil sie Deidre gut genug kannte: Sie genau wusste, dass ihre Freundin niemals aufgeben würde. Nur deshalb hatte sie ursprünglich eingewilligt, ihr bei der Untersuchung zu helfen. Deidre würde den Crispy Critter Killer bis ans Ende der Welt verfolgen. Wenn es sein musste, ganz auf eigene Faust.

Und Kate befürchtete, dass Deidre mit dieser Einstellung vor allem sich selbst in Gefahr brachte – mehr als irgendjemand anderen. Außerdem durfte Kate ihre eigene Position nicht gefährden. Deidre war zwar clever, aber keine ausgebildete Ermittlerin. Kate hingegen war ausgebildet, konnte es sich aber nicht länger leisten, in den Fall verwickelt zu sein. Wenn sie ihre Freundin beschützen wollte, musste sie dafür sorgen, dass sie Rückendeckung hatte. Auch wenn sie das normalerweise anders gehandhabt hätte. Kate öffnete die Tür des Geschäftsgebäudes.

»Also, erzählst du mir jetzt endlich, wie ihr euch kennen gelernt habt?«, nörgelte Deidre, während sie durch den nicht gerade blankgeputzten Eingangsbereich gingen. »Oder muss ich erst ärgerlich werden und den Gartenschlauch auspacken?«

»Oh, Hilfe. Jetzt bekomm ich's aber mit der Angst zu tun«, witzelte Kate. Eigentlich war es ja nicht schwer zu erklären, wer Angel war. Aber irgendwie fiel ihr das nicht leicht. Vielleicht lag es daran, dass sie immer noch viel zu wenig von ihm wusste. »Ich habe ihn zum ersten Mal getroffen, als ich an einem Fall gearbeitet habe«, sagte sie schließlich. »Wie auch sonst?«

Deidre lachte kurz auf. »Jetzt erzähl mir nicht, du hast ihn für einen Verdächtigen gehalten.«

Kate schaute sie erstaunt an. »Das war tatsächlich so«, gab sie zu. »Wie bist du darauf gekommen?«

Deidre schüttelte den Kopf, als wundere sie sich, dass Kate nicht von selbst darauf kam. »Du vergisst, wie gut ich dich kenne. So ungern ich es zugebe, aber dieser Idiot von einem Detective hat in einer Sache völlig Recht: Als Polizistin warst du schon immer so geradlinig wie ein abgeschossener Pfeil.«

Kate war schon lange nicht mehr rot geworden. War es denn so schlimm, wenn man hohe Ideale hatte? Wenn man daran glaubte, dass es von elementarer Bedeutung war, auf welcher Seite man stand? Unterscheiden konnte zwischen Gut und Böse? Natürlich gab es nicht nur Schwarz und Weiß. Ihr war durchaus bewusst, dass dazwischen jede Menge Grauabstufungen existierten. Sie glaubte nur nicht wie einige andere, dass es derartig viele davon gab. »Also«, sagte sie, »was willst du damit sagen?«

Deidre lachte abermals auf und legte die Hand auf Kates Arm.

»Fühl dich doch nicht gleich angegriffen«, sagte sie. »Ich habe doch nur gesagt, was für jeden Blinden offensichtlich ist … Du sagst, du willst mir helfen. Dann dauert es Tage, bis ich wieder von dir höre. Schließlich schleppst du mich zu diesem Typen und willst mir nichts über ihn erzählen. Irgendwie habe ich das Gefühl, er ist dir nicht ganz geheuer. Also vermute ich, wenn du sagst, du hast ihn bei einer Ermittlung kennen gelernt, dass du ihn für einen Verdächtigen gehalten hast.«

»Volltreffer«, erwiderte Kate schnippisch. »Mit deinem Sinn für Logik hättest du wirklich zum Gericht gehen sollen.«

»Es gibt überhaupt keinen Grund, mich zu beleidigen«, gab Deidre zurück, während sie die Eingangshalle durchquerten. »Sag mir nur eins. Vertraust du ihm?«

Als sie vor der Tür standen, auf der das Schild *Angel Investigations* prangte, öffnete diese sich plötzlich und ein dunkelhaariger Mann steckte den Kopf heraus. »Ah, Detective Lockley und die kummervolle Maid. Kommen Sie hier entlang. Wir haben Sie schon erwartet.«

Deidre warf Kate einen Blick zu. »Großartig. Fantastisch«, murmelte sie, als die beiden Frauen das Büro betraten. »Ich habe dich um Hilfe gebeten und du schleppst mich zu jemanden, der sich anhört, als kommt er direkt aus dem *Herrn der Ringe*.«

»Das ist nicht Angel«, flüsterte Kate zurück. »Und die Antwort auf deine Frage lautet *ja*. Ich vertraue ihm.«

Deidre Arensen erinnerte Angel an eine Füchsin. Allerdings hinkte dieser Vergleich etwas, denn sie wirkte tatsächlich wie ein weiblicher Fuchs – und nicht wie eine jener aufreizenden Frauen, denen man nachsagt, dass sie Männer als Beute betrachten und sie mit der Schlauheit einer Füchsin jagen. Aber irgendwie hatte sie auch von beidem etwas. Abgesehen natürlich von der Haarfarbe. Deidres Haar war nicht leuchtend rot wie ein Fuchsfell, sondern dunkelbraun. Aber sie besaß eine breite Stirn, weit auseinanderstehende Augen und das spitze Kinn jener Tiere, die Angel in seiner Jugend gejagt hatte.

Füchse waren schlau und unermüdlich. Außerdem hatten sie scharfe Zähne, die sie auch zu benutzen verstanden. Er fragte sich, wie viele dieser Eigenschaften Deidre wohl besaß. Aus dem kurzen Telefonat mit Kate hatte er geschlossen, dass es zumindest die beiden ersten waren.

»Nehmen Sie Platz«, forderte er die Frauen auf, nachdem Doyle sie in den Raum geführt hatte, der als Konferenzraum von *Angel Investigations* herhalten musste. Eigentlich war es nur Angels hastig aufgeräumtes Büro.

»Ich bin Angel«, sagte er. »Das ist Doyle.«

Deidre blickte über die Schulter zurück, als sie und Kate sich niederließen.

»Kann ich Ihnen etwas anbieten?«, fragte er höflich.

»Nein«, erwiderte sie und wandte sich ihm zu. »Ich habe mich nur gerade gefragt, ob hier vielleicht noch irgendjemand steckt. Madonna und Cher zum Beispiel.«

So viel zum Thema ›Scharfe Zähne‹, dachte Angel. »Ich dachte, wir stellen uns erst einmal vor«, erklärte er. »Vielleicht mit Vornamen?«

»Doyle ist mein Nachname«, rief ihm Doyle ins Gedächtnis.

»Und wie ist dann Ihr Vorname?«, wollte Deidre wissen.

Doyle schüttelte den Kopf. »Nicht in diesem Leben.«

»Das hat zumindest mehr Silben als Doyle.«

Deidre grinste unvermittelt, was ihrem Gesicht einen seltsamen Glanz verlieh. Ihre dunklen Augen glitzerten. Dann war das Lächeln so plötzlich erloschen, wie es aufgetaucht war.

Als sie sich Kate zuwandte, war ihr Ausdruck todernst.

»Okay«, begann sie, »bringen wir das Ganze über die Bühne.« Als Antwort griff Kate in ihre Tasche und holte eine Reihe Polizeifotos vom Tatort hervor.

»Sie überlassen Ihnen die Fotos, obwohl es gar nicht Ihr Fall ist?«, wollte Angel wissen.

Kates Blick reichte als Antwort. »Nein.«

Sie warf die Fotos auf den Tisch und beobachtete Angel aufmerksam. Er vergaß sofort die Etikette polizeilicher Untersuchungen. Selbst für ihn war das, was auf diesen Fotos zu sehen war, der blanke Horror.

Die meisten Menschen wussten nicht – oder dachten niemals darüber nach –, was Feuer beim menschlichen Körper anrichtete. Es kochte das Gehirn, bis es im Schädel explodierte. Es ließ Haut, Sehnen und Knochen miteinander verschmelzen. Der Körper auf den Fotos war auf groteske Weise verdreht, wie die Karikatur eines schlafenden, eingerollten Kindes. Ein Kind, dass die Fäuste erhoben hatte, als wolle es kämpfen.

Auf der Rückseite des Fotos klebte ein Zettel mit einem Namen darauf: Martin Arensen – und ein Datum. Es war erst vor wenigen Wochen aufgenommen worden.

Angel sah Deidre plötzlich mit anderen Augen. Nein, das war nicht nur Trauer, die sie hierher gebracht hatte. Es war ihr unbeugsamer Wille. Sie hatte keine Tränen in den Augen.

Sie wies mit dem Finger auf das Foto, wobei sie Angel die ganze Zeit im Auge behielt. »Ich möchte, dass Sie mir helfen, den Kerl zu finden, der meinem Vater das angetan hat.«

»Mein Vater ist vor ein paar Monaten nach L.A. gekommen«, fuhr Deidre fort. »Er hatte eine Art Basislager hier in Malibu, auch wenn er davon kaum Gebrauch machte. Dafür war er zu viel unterwegs. Das lag an seinem Job.«

»Und der war?«

Deidre nippte an dem Kaffee, den Doyle vor kurzem gebracht hatte, verzog dann das Gesicht, als habe die bittere Flüssigkeit ihre Geschmacksnerven beleidigt, und stellte die Tasse zurück. Die Tatsache, dass ihr Vater eines der Opfer im Crispy Critter Fall war, erklärte nur zum Teil ihren Besuch bei *Angel Investigations.*

Kate hatte erklärt, Deidre habe eine Theorie. Eine, der die Polizei allerdings wenig Beachtung schenkte. Eine, über die Kate nicht am Telefon sprechen wollte. Sie wollte das Deidre gerne selbst überlassen, hatte sie gesagt. Angel hatte sie nur darum gebeten, ihr unvoreingenommen zuzuhören. Unter anderen Umständen hätte ihn dieser Vorschlag amüsiert. Kate Lockley hatte keine Ahnung, wie unvoreingenommen und tolerant gegenüber irdischen Phänomenen Angels Geist sein konnte. Das passte zu seinem Leben wie die Faust aufs Auge.

»Dad hat junge Menschen aus den Klauen von Sekten und Geheimbünden befreit. Und er war einer der Besten«, sagte Deidre.

»Sie meinen, er war einer von den Jungs, die Leute entführen und …«

»Doyle!«

Doyles Kopf flog zu Angel herum. »Du hast Recht, ich habe mich falsch ausgedrückt«, bemerkte er. Dann widmete er Deidre wieder seine volle Aufmerksamkeit. »Ich wollte damit sagen, dass Ihr Vater zu den Leuten gehörte, die unserer fehlgeleiteten Jugend dabei helfen, ihre Irrtümer zu erkennen. Und er scheute sich auch nicht, sie dabei liebevoll, aber manchmal auch ein bisschen hart anzufassen.«

Deidre musste unwillkürlich lächeln. »Das ist gar keine schlechte Beschreibung«, gab sie zu. »Tatsächlich hat diese Tätigkeit einen schlechten Ruf, aber mein Vater glaubte an das, was er da tat. Er hasste alles, was mit Zwang und Gehirnwäsche zu tun hatte.«

»Menschen sind nun einmal mehr als Schafe auf zwei Beinen«, warf Kate plötzlich ein.

Deidre nickte. »Den Spruch habe ich oft genug gehört.«

»Und sind Sie in seine Fußstapfen getreten?«, wollte Angel wissen.

Deidre schüttelte den Kopf. »Nicht wirklich. Obwohl ich ein Psychologie-Diplom habe. Aber anders als mein Vater arbeite ich nicht sehr oft mit Menschen. Forschung und Theorie sind mehr meine Gebiete. Dad hat immer gesagt, dass der Elfenbeinturm mich verschluckt hat. Man könnte vielleicht sagen, dass die Psychologie der Folklore mein Spezialgebiet ist. Das bedeutet, ich untersuche, wie bestimmte Themen in Mythologie und Folklore verschiedener Kulturen immer wieder auftauchen, selbst wenn diese Gemeinschaften von der Außenwelt völlig abgeschnitten sind. Und natürlich interessiert mich, ob diese Themen aus den gleichen psychologischen Gründen auftauchen.«

Interessant, dachte Angel. Er hätte die entschlossene Frau, die ihm gegenüber saß, nicht unbedingt für eine Akademikerin gehalten. Andererseits konnte der erste Eindruck täuschen.

Dennoch war da etwas an dieser Deidre Arensen. Ein gewisser Unterton, dachte er. Bisher hatte sie noch nicht gezeigt, wer sie wirklich war. Er fragte sich, ob er das jemals herausfinden würde.

Er bedeutete ihr mit einem Nicken, dass er ihren Ausführungen folgte. »Okay, ich habe jetzt einen ersten Eindruck. Fahren Sie fort.«

»Ein großer Teil meiner Arbeit ist Routine. Jede Kultur hat eine Reihe von Mythen über ihre eigene Entstehung, die Entstehung der Welt und so weiter. Was mich allerdings wirklich interessiert, sind die außergewöhnlichen Dinge.« Deidre lächelte herablassend.

»Jedenfalls waren meine Lehrer dieser Meinung. Mein Arbeitsgebiet ist die Art und Weise, wie man sich in unterschiedlichen Kulturen das Übernatürliche vorstellt. Die Namen und Gesichter, die Menschen den Dingen geben, die sie nicht erklären können. Die ihnen Angst machen. Die Dinge, über die man stolpert, wenn man nachts unterwegs ist.«

»Klingt faszinierend«, war Angels Kommentar.

Doyle musste unwillkürlich husten.

»Das habe ich auch gedacht«, sagte Deidre. Plötzlich löste sie sich aus der Haltung einer Expertin, die einen Vortrag hält, und trommelte nervös mit den Fingern gegen ihre Kaffeetasse. Angel war sicher, dass ihr das nicht einmal bewusst war. »Sie müssen wissen, dass ich niemals an irgendetwas dergleichen *glaubte*. Das Ganze war für mich nicht mehr als eine intellektuelle Übung. Motive entdecken, die immer wiederkehren. Sie vergleichen, gegenüberstellen. Und dann …« Sie machte eine Pause und holte tief Luft. »Dann habe ich etwas gefunden. Etwas, von dem ich dachte, dass es meinen Vater interessieren könnte. Ich hätte ihm niemals davon erzählt, wenn ich auch nur einen Moment geglaubt hätte …«

»*Was* haben Sie gefunden?«, unterbrach Angel sie.

Deidre blickte ihn über den Tisch hinweg an. Jetzt, da der Augenblick der Wahrheit gekommen war, empfand sie plötzlich eine Art Widerwillen. Ihr Blick suchte Kates Unterstützung, doch die zog nur die Augenbrauen hoch. Deidre murmelte etwas, das Angel nicht verstehen konnte, woraufhin Kate lächelte. »Das ist der Punkt, an dem die Polizei sich verabschiedet hat«, sagte Deidre herausfordernd. »Sie meinte nur, durch den Tod meines Vater sei ich emotional völlig ausgebrannt und sollte zu einem Seelenklempner gehen.«

»Ich bin nicht von der Polizei«, war Angels Kommentar.

Deidre gab ein trockenes Lachen von sich. »Großer Gott, das will ich doch hoffen.« Wieder machte sie eine Pause. Angel wartete. Darin war er besonders gut. Nach den über zweihundert Jahren seines Lebens hatte er bestimmte Fähigkeiten perfektioniert.

»Ach, zur Hölle damit«, sagte sie schließlich. »Wenn man das erste Mal als irre abgestempelt wird, ist es wahrscheinlich am schlimmsten. Aber deshalb bin ich schließlich hergekommen. Ich habe Spuren eines Kultes gefunden. Genauer gesagt eines Kultes, der mit Feuer-Dämonen zu tun hat.«

»Oh nein. Diese Typen sind die schlimmsten«, bemerkte Doyle.

8

»Ich habe keine Ahnung, wann es angefangen hat«, fuhr Deidre fort, ohne weiter auf Doyles Bemerkung einzugehen. Sie hielt sie für einen Scherz. »Ich habe recherchiert, konnte aber nicht zu den Ursprüngen vordringen. Alles, was ich gefunden habe, ist ein Muster, das ich noch nie zuvor gesehen habe. Deswegen dachte ich auch, dass mein Vater sich dafür interessiert. Es gibt eine Menge Hinweise auf ausgestorbene Kulte und Geheimbünde. Aber ich habe noch nie davon gehört, dass ein Kult ausgestorben war und sich später selbst wieder zum Leben erwecken konnte.«

»Hört sich an wie ein Alptraum, der sich ständig wiederholt«, bemerkte Kate.

Deidre ließ noch einmal ihr hartes, trockenes Lachen hören.

»Du hast es auf den Punkt gebracht. Ich habe meinem Vater von dieser Entdeckung berichtet und dann ...« Sie holte tief Luft, als wolle sie sich selbst daran hindern fortzufahren. »Ich habe das Ganze damit praktisch ad acta gelegt. Es war interessant, sicher, aber Kulte sind nicht mein Spezialgebiet. Ich dachte, dass ich einer interessanten historischen Anomalie begegnet war, nicht mehr. Dann rief Dad mich an.«

»Wann genau war das?«, unterbrach Angel sie erneut.

Deidre überlegte. »Ich glaube, das ist ziemlich genau

einen Monat her. Er sagte, er habe Hinweise dafür gefunden, dass der Kult in Los Angeles wieder aufgetaucht sei. Er klang ziemlich aufgeregt, ich hatte ihn noch nie vorher so erlebt. Er hatte sogar ein Mitglied des Kultes gefunden, das bereit war auszusagen. Es war unfassbar, und natürlich habe ich ihm zunächst nicht geglaubt. Vielleicht, wenn ich es getan hätte ...«

Ihre Stimme zitterte. Nach einem kurzen Räuspern fuhr sie fort. »Wenn ich ihm geglaubt hätte, hätte ich ihn vielleicht rechtzeitig warnen können.«

»So darfst du nicht denken, Dee«, wandte Kate ruhig ein. »Das wird dir nicht weiterhelfen, sondern lediglich dein Urteilsvermögen beeinträchtigen.«

Deidre lächelte leicht amüsiert. »Meine alte Freundin Kate Lockley wird nicht müde, mir immer wieder zu sagen, dass ich mich auf die Tatsachen konzentrieren soll. Und Tatsache ist, dass ich der Sache nach dem Anruf meines Vaters weiter nachging und herausfand, dass an dieser Kultgeschichte mehr dran war, als ich ursprünglich angenommen hatte. Soweit ich das beurteilen kann, ist das Ganze absolut tödlich. Niemand, der versucht hat, den Kult zu verlassen – oder ihn auszuliefern –, hat jemals überlebt. In den Aufzeichnungen ist von einer Methode die Rede, mit der die Kultmitglieder jene identifizieren, die sie als Todesziele ausgewählt haben. Als ich zu meinem Vater Kontakt aufnehmen wollte, um ihn zu warnen, konnte ich ihn nicht erreichen. Am nächsten Tag bekam ich die Nachricht von seinem Tod.«

»Sie glauben also, dass der Tod Ihres Vaters etwas mit dem Feuerdämonen-Kult zu tun hat«, stellte Angel fest.

Deidre Arensen nickte. »Ich bin fest davon überzeugt.« Dann fuhr sie fort: »Eigentlich ist das Ganze auch logisch. Er untersucht einen Feuer-Kult. Er stirbt im Feuer.

Das ist für mich kein Zufall. Nur leider war die Polizei da anderer Meinung. Für sie ist das alles der klassische Fall eines Serienmörders. Man hat mir gesagt, wenn ich noch einmal mit meiner haarsträubenden Theorie auftauchen würde, wäre das meine Freikarte in die Psychiatrie.«

»Nett«, sagte Angel. Er warf Kate einen Blick zu. »Jemand, den ich kenne?«

Kate schüttelte den Kopf. »Wenn Sie Glück haben, nicht.«

»Okay, was kann ich für Sie tun?«, fragte Angel Deidre. Sie beugte sich vor und musterte ihn eingehend. »Ich möchte, dass Sie mir bei der Suche helfen. Finden Sie diesen Kult, falls es ihn gibt. Decken Sie auf, was tatsächlich vor sich geht. Aber ich sage ihnen lieber gleich, dass ich nicht für Ihre Sicherheit garantieren kann. Das Ganze könnte auf eine unvorhersehbare Art gefährlich werden. Das sollen Sie wissen, bevor wir weiterreden.«

»Kein Problem.«

Deidre lachte kurz auf und lehnte sich überrascht zurück. »Kein Problem, sagten Sie?«

»Nicht ganz«, erwiderte Angel. »Wenn ich den Fall übernehme, müssten wir uns auf ein paar Grundregeln einigen.« Und er hatte das dumpfe Gefühl, dass ihr das nicht gefallen würde.

»Als da wären?«

Er entschied sich, nicht um den heißen Brei herumzureden. Deidre Arensen gehörte zu den Menschen, die es vorzogen, schnell auf den Punkt zu kommen. »Sie werden nicht länger direkt mit der Sache zu tun haben. Sie wollen, dass ich für Sie arbeite. Und genau deshalb sollten sie alles Weitere mir und meinen Team überlassen.«

Deidres Stimme bekam einen höhnischen Unterton. »Ein Team, das aus Ihnen und Doyle besteht.«

Angel stand abrupt auf. Auch wenn er damit das Risiko einging, Kate zu beleidigen – für diese Art von Machtspielchen hatte er keine Zeit. Erstens war er darin nicht besonders gut und zweitens standen die Dinge schon schlimm genug. Fast ein Dutzend Menschen war ermordet worden und die Mächtigen hatten es einfach geschehen lassen. Außerdem wären sie mit ihrer Suche endlich ein Stück weitergekommen. Abgesehen davon, dass ihr Vater ein Crispy Critter Opfer war, hatte Deidre Arensen ihm nichts gesagt, was er nicht schon wusste. Es war besser, sie da rauszuhalten und sich ganz auf die Ermittlungen zu konzentrieren. Sie wäre auf diese Weise in Sicherheit. Er wollte sie nicht als Leiche wiedersehen.

»Ich glaube, dann können wir diese Unterhaltung als beendet betrachten, Ms. Arensen«, sagte er. »Es tut mir Leid wegen Ihres Vaters. Ich danke Ihnen für die Zeit, die Sie sich genommen haben.«

»Hey, warten Sie, das können Sie nicht machen!«, protestierte Deidre.

»Das ist mein Büro. Hier kann ich tun und lassen, was ich will.«

»Ich dachte, Sie wollten mir helfen?«

»Nicht, wenn Sie mein Team von Anfang an ablehnen. Zwischen uns, den Ermittlern, und unseren Auftraggebern müssen klare Verhältnisse herrschen. Der wichtigste Punkt ist Vertrauen. Wenn Sie meinem Urteil nicht vertrauen wollen, sind Sie hier an der falschen Adresse.«

Deidre warf Kate einen Blick zu, als erwarte sie ihre Unterstützung. Aber Kate schwieg.

»Okay, es tut mir Leid«, sagte Deidre. Enttäuscht fuhr sie sich mit der Hand durchs Haar. »Warum setzen Sie sich nicht einfach wieder?«

Angel setzte sich. Er hatte Zeit.

»Ich entschuldige mich bei Mr. Doyle«, fuhr Deidre fort. »Ich hätte diese Bemerkung nicht machen sollen. Vermutlich hat er eine Menge Qualitäten, die man auf Anhieb nicht erkennen kann.«

Doyle bedeutete ihr mit einem Lächeln , dass er nicht nachtragend war. »Ich bin hier der Columbo vom Dienst, nicht mehr und nicht weniger.«

Deidre quittierte dies mit einem unsicheren Lachen. »Okay«, sagte sie dann. »Sie beide haben sich klar ausgedrückt.« Dann richtete sie ihre Aufmerksamkeit wieder auf Angel. »Aber Sie können unmöglich von mir verlangen, dass ich die ganze Sache völlig aus der Hand gebe. Dafür habe ich schon zu viel erreicht. Ich habe damit angefangen und …«

»Sie haben mit gar nichts angefangen«, entgegnete Angel.

»Ich hab jetzt keinen Sinn für Wortspiele«, erwiderte Deidre hitzig. »Sie wissen genau, wie ich das gemeint habe. Ohne mich wäre mein Vater nie mit diesen Leuten in Kontakt gekommen. Er ist tot – und Tatsache ist, dass ich ihn zu ihnen geführt habe. Deshalb bin ich auch dafür verantwortlich.«

Angel wollte etwas erwidern, aber sie schnitt ihm das Wort ab. »Ich will Ihnen etwas sagen«, fuhr sie fort. »Etwas, das nicht einmal Kate weiß. Am Grab meines Vaters habe ich geschworen, dass ich dieser Sache auf den Grund gehen werde. Sie können mir dabei helfen herauszufinden, wer das getan hat – oder Sie können es bleiben lassen. Das ist Ihre Entscheidung. Aber Sie werden mich nicht aufhalten. Wenn es sein muss, dann mache ich eben alleine weiter.«

»Sie meint es ernst«, mischte sich Kate plötzlich ein.

»Sie werden sie niemals bewegen können, aufzugeben. Sie wird sich nicht aus der Sache raushalten. Sie war schon immer so. Wie ein Bluthund.«

»Letztes Mal war es ein Pitbull«, bemerkte Deidre lächelnd.

»Was auch immer«, erwiderte Kate leichthin.

»Aber immerhin ist es beim Hund geblieben.«

»Ein treffender Vergleich«, belehrte Kate Angel. »Wenn sie mit Ihnen zusammenarbeitet, können Sie sie wenigstens im Auge behalten.«

»Behalten Sie sie im Auge«, sagte Angel.

»Ich habe es versucht.«

»Ich hasse es, wenn Leute über mich reden, als sei ich gar nicht da«, mischte Deidre sich ein.

»Ich weiß, was Sie meinen«, gab Doyle ihr freundlich zu verstehen. »So was passiert mir andauernd.«

»Okay«, sagte Angel. »Vielleicht können wir uns auf einen Kompromiss einigen.« Kate hatte nicht Unrecht. Wenn Deidre mit Angel zusammenarbeitete, war das immer noch besser, als wenn sie allein weitersuchte. Immerhin bestand die Möglichkeit, dass Doyle noch eine Vision hatte. Und vielleicht würde sie Aufschluss darüber geben, dass Deidre Arensen die Person war, der sie helfen sollten.

»Sie können bei den Recherchen behilflich sein. Vielleicht sogar eine Art Feldforschung betreiben, unter Aufsicht. Aber wenn es um die Sicherheit des Teams geht, dann müssen wir uns darüber einig sein, dass ich die Entscheidungen treffe. Sobald wir in eine bedrohliche Situation kommen, werden Sie tun, was ich sage. Keine Diskussion.«

Deidre zog einen Flunsch. »Finden Sie nicht, dass Sie jetzt ein bisschen den Macho raushängen lassen?«

»Akzeptieren Sie es, oder lassen Sie es bleiben«, war Angels einziger Kommentar.

»Ich akzeptiere. Okay, wann fangen wir an?«

»Ich möchte sehen …«, begann Angel.

Kates Beeper unterbrach ihn. Sie schaute nach, wer angerufen hatte, und schob ihren Stuhl zurück. »Entschuldigen Sie mich«, sagte sie und blickte hinüber zu Deidre. »Du kommst allein zurück in dein Apartment?«

»Ja, Jesus, ich glaube schon«, antwortete sie. »Ich bin schon seit einigen Jahren in der Lage, ein Auto zu fahren.«

Kates Gesicht nahm einen verzweifelten Ausdruck an. »Eine Sache noch«, sagte sie zu Angel. »Diese Information ist noch nicht offiziell bestätigt, aber aus sicherer Quelle weiß ich, dass das letzte Opfer als eine Frau namens Ellen Bradshaw identifiziert wurde.«

Deidre fuhr herum.

»Okay«, erwiderte Angel. »Gibt es sonst noch etwas, das wir wissen müssen?«

»Den Unterlagen meines Vaters zufolge«, meldete Deidre sich zu Wort, »hoffte er, dass Ellen Bradshaw ihm Informationen über den Kult geben würde. Nach seinem Tod habe ich Kontakt mit ihr aufgenommen. Sie hatte panische Angst. Erzählte mir, dass die Mitglieder des Kultes herausgefunden hatten, was sie vorhatte, und ihr das Todesamulett geschickt haben. Ich wollte sie überreden, mit mir zu sprechen, aber …«

»Sie sind ihr zuvorgekommen.«

»Sieht ganz so aus«, sagte Deidre.

Kates Beeper meldete sich noch einmal. Es klang dringend, ungeduldig. »Also, ich muss jetzt wirklich gehen«, sagte sie und erhob sich. Angel tat es ihr gleich. Kate

101

bedeutete ihm, sitzen zu bleiben. Dann wendete sie sich an Deidre. »Ich erwarte von dir, dass du dich meldest«, sagte sie ernst.

»In Ordnung«, versprach Deidre.

»Es heißt: In Ordnung, *Detective*«, bemerkte Kate schmunzelnd.

Dann verschwand sie aus dem Büro. Angel hörte noch, wie sie jemanden grüßte, bevor die Tür sich hinter ihr schloss.

»Cordelia muss von ihren Besorgungen zurück sein«, sagte Angel zu Doyle. »Warum machst du nicht ...«

Bevor er den Satz beenden konnte, stürzte Cordelia Chase durch die Tür, beladen mit Bürokram. Ihre Handtasche lag zuoberst auf einem Stapel von Papieren und sah aus, als würde sie im nächsten Augenblick herunterfallen. »Angel«, sagte sie eindringlich. »Ich muss dringend mit dir ...«

»Ich bin mit einer Klientin im Gespräch, Cordelia«, erwiderte Angel. »Jetzt nicht, bitte.«

»Aber ich ... warte mal. Hast du eben Klientin gesagt?« Cordelia lugte hinter den Päckchen auf ihrem Arm hervor. »Heißt das etwa, wir haben zahlende Kundschaft? Ich bin gerade einer Polizistin begegnet. Hoffentlich ist das nicht wieder so ein Wir-tun-euch-gerne-den-Gefallen-Job.«

»Um ehrlich zu sein ...«, sagte Angel.

Deidre lächelte Cordelia an. »Natürlich nicht.«

Cordelias Stirnrunzeln verschwand auf der Stelle. »Das höre ich gerne. Denn als Angels Office-Managerin kann ich Ihnen verraten, dass er viel zu viele dieser Fälle annimmt. Er ist so sehr damit beschäftigt, Gutes zu tun, dass wir inzwischen fast so etwas wie eine Wohltätigkeitsorganisation geworden sind. Was ich gern mal wissen würde, haben Sie vielleicht das Wort ›unentgeltlich‹ auf unserer Visitenkarte gelesen?«

»Ich habe überhaupt noch keine Visitenkarte von Ihnen zu Gesicht bekommen.«

Cordelias Augen leuchteten. »Warten Sie«, sagte sie bestimmt. »Ich hole Ihnen ein paar. Sie können sie gerne an ihre Freunde verteilen.« Sie machte einen unsicheren Schritt auf den Tisch zu.

»Cordelia, warte … lass mich …«, setzte Doyle an. Aber es war schon zu spät. Die Pakete auf Cordelias Arm schwankten und fielen zu Boden. Cordelias Handtasche landete obenauf, öffnete sich und der gesamte Inhalt fiel heraus, verstreut in alle Richtungen. Etwas rollte dabei über den Tisch, drehte sich und fiel Deidre Arensen genau vor die Füße. Sie bückte sich, um es aufzuheben.

»Fassen Sie das nicht an!«, schrie Angel und sprang auf.

Deidre hielt inne und schaute ihn verwundert an. »Ist ja schon gut, regen Sie sich doch nicht so auf.«

Angel ging um den Tisch herum und kniete sich nieder. »Wo ist es? Wohin ist es gerollt?« Statt einer Antwort öffnete Deidre eine Hand, genau auf der Höhe von Angels Augen. Auf ihrem Handteller lag etwas, das aussah wie eine alte Münze.

Angel warf ihr einen finsteren Blick zu. »Ich sagte, Sie sollten sie nicht anfassen. Was war daran so schwer zu verstehen?«

Deidre schien verwirrt. »Darüber haben wir doch schon gesprochen. Nur weil ich zugestimmt habe, mich an ihre Anweisungen zu halten, wenn wir in Gefahr geraten, heißt das noch lange nicht, dass Sie mir ständig sagen müssen, was ich zu tun und zu lassen habe.«

»Sie waren in Gefahr«, erklärte Angel ruhig. »*Sind* in Gefahr.«

»Seit wann?«

»Seit dem Augenblick, als Sie dieses Ding aufgehoben haben.«

»Das hier?«, fragte Deidre ungläubig. Sie hielt die Münze zwischen Daumen und Zeigefinger hoch. »Ich befinde mich in Gefahr wegen dieser alten Münze?«

»Oh … oh«, stieß Doyle mit gedämpfter Stimme hervor.

»Ich habe ja versucht, es dir zu sagen«, ließ Cordelia sich aus dem Hintergrund vernehmen.

»Ist sie das?«, fragte Angel und blickte unverwandt auf das Ding, das Deidre immer noch zwischen den Fingern hielt.

»Sieht ganz so aus«, gab Doyle zu. »Natürlich müsste ich sie genauer anschauen, um sicher zu sein.« Er rührte sich jedoch nicht vom Fleck.

»Sieht aus wie was?«, wollte Deidre wissen.

Langsam drehte Angel sich zu Cordelia herum. »Okay, Cordelia, woher hast du sie?«

»Von meiner Nachbarin«, antwortete Cordelia.

»Oh Mann, ich wusste, dass dieses Haus nicht geheuer ist«, warf Doyle ein.

»Dann hast du mich wohl deshalb dorthin gebracht, was?«, gab Cordelia zurück.

Deidres Augen wanderten von einem zum anderen, als beobachte sie ein Pingpong-Spiel.

Angel hob die Hände. »Könnten wir uns vielleicht auf die wichtigen Dinge konzentrieren, Freunde? Also, Cordelia, wie bist du an das Ding rangekommen?«

Cordelia fing an, ihre Sachen in die Handtasche zurückzustopfen. »Ich bin noch mal kurz in meine Wohnung gegangen, bevor ich hierher kam«, begann sie unsicher. »Ich wollte ein paar Sachen dort abstellen. Du weißt

104

ja, das Apartment neben meinem stand ewig leer und ...«

»Sag mir einfach, wie du das Ding bekommen hast, Cord.«

»Also gut, ich wollte ja nur freundlich sein«, erwiderte Cordelia und schloss den Reißverschluss ihrer Tasche mit einer entschiedenen Handbewegung. »Da war diese junge Frau und sie trug ein Paket, das offensichtlich viel zu schwer für sie war. Ich habe geguckt, ob nicht ein kräftiger Typ in der Nähe ist, der ihr helfen kann, aber es ist ja nie einer da, wenn du ihn brauchst.«

»Wie mit den Verkehrspolizisten«, bemerkte Deidre.

Cordelia fühlte sich verstanden. »Genau. Naja, und da dachte ich, das ist der Augenblick für eine nachbarschaftliche Hilfsaktion. Das war allerdings eine glatte Fehleinschätzung. Zuerst hat sie das Paket fallen lassen, direkt auf meine Füße ... Es überschlägt sich und all ihre Sachen fallen raus. Und dann hat sie auch noch erwartet, dass ich ihr helfe, alles wieder aufzuheben!«

»Das« – Cordelia wies auf das Ding, das Deidre noch immer in der Hand hielt – »war das Letzte, was ich zwischen die Finger bekommen hab. Aber als ich's ihr zurückgeben wollte, klebte es irgendwie an mir. Sie hat sich rumgedreht, ist in ihre Wohnung gestürzt und hat mir praktisch die Tür vor der Nase zugeschlagen. In dem Augenblick fiel mir wieder ein, dass Doyle ...«

»Gerade erzählt hat, dass er diese besondere Münze für seine Sammlung sucht«, warf Angel ein.

»Genau, meine Sammlung«, Doyle nickte zögernd. »Das tue ich nämlich. Ich sammle Münzen. Das ist mein Hobby. Ich sammle sie und tausche sie.«

»Ihr Typen seid wirklich unglaublich.« Deidre schüttelte den Kopf. »Außerdem seid ihr ausgesprochen schlechte Lügner.« Langsam ließ sie die Hand sinken. Aber sie hielt an dem Ding fest, um das sich die ganze Unterhaltung drehte. »Vertrauen«, sagte sie sanft zu Angel. »Haben Sie nicht zu mir gesagt, dass das der erste Schritt ist?«

»Es ist ein Amulett«, gab Angel zu. »Allerdings ein spezielles. Es zieht das Böse an, anstatt davor zu schützen.«

»Das Böse allgemein oder eine besondere Art von Unheil?«

»Eine *ganz* besondere Art von Unheil«, erwiderte Angel.

»Das da wäre?«

»Einen Feuerdämon namens Feutoch.«

9

Terri Miller saß mitten in ihrer neuen Wohnung auf dem Boden und starrte auf die weiße Wand vor sich. Das Apartment war perfekt. Genau so, wie es immer ihr Traum gewesen war. Neu, aber im altmodischen Stil gebaut. Als lebte sie in der guten alten Zeit – dem goldenen Zeitalter Kaliforniens. Terri konnte nicht erklären warum, aber plötzlich hatte sie das Gefühl, ein Teil des dortigen Lebens zu sein. Als habe sie immer dazugehört. Und wenn sie dazugehörte, bedeutete das nicht auch, dass sie jemand war?

Ich sollte mich freuen, dachte sie. Auch wenn sie verglichen mit anderen nicht viel verlangt haben mochte, die Illuminati hatten ihr jedenfalls nicht zu viel versprochen. Praktisch über Nacht hatte Terri ein neues Leben bekommen. Ein wunderschönes Apartment mit lauter wunderschönen Dingen darin. Ein neues Auto. Einen neuen Job. Ein Adressbuch voller Telefonnummern, ›Freunde‹, von deren Existenz sie vorher nicht einmal zu träumen gewagt hatte.

Sie hätte begeistert sein sollen. Aber sie war es nicht.

Denn wenn sie sich umsah, dann erblickte sie nicht wirklich das neue Apartment. Was sie sah, war das Gesicht der jungen Frau. Ein auffallendes Gesicht. Nicht dass Terri ihr gern geglichen hätte, aber sie gehörte definitiv zu jener Sorte Mensch, den Terri gerne gekannt hätte.

107

Aber das war wohl kaum möglich. Denn wer auch immer sie war, diese junge Frau würde nicht mehr lange leben.

Terri verbarg ihr Gesicht in den Händen. Auch wenn ihre Reaktion verständlich war, so machte das die ganze Angelegenheit doch nicht weniger schrecklich. Mein Gott, was habe ich nur getan? Immer wieder kam ihr dieser Satz in den Sinn.

Joy Clement hatte versucht, sie zu warnen. Aber sie hatte nicht auf sie gehört. Sie hatte nichts mit ihrem Rat anfangen können, das wurde ihr nun klar. Denn nicht in ihren wildesten Träumen hätte sie sich vorstellen können, dass der wahre Preis für die Mitgliedschaft bei den Illuminati das Leben eines anderen Menschen war. Oder genauer gesagt – sein Tod. Ihr Leben für das Leben eines anderen. Das war der Deal, den man ihr angeboten hatte. Ihr neues Leben würde aus der Asche eines Feuertodes emporsteigen. Am Anfang hatte Terri das Ganze für einen Scherz gehalten. Für irgendein verrücktes Initiationsritual. Eine Prüfung vor der endgültigen Aufnahme in die Bruderschaft.

Du willst eine von uns werden? Dann musst du erst beweisen, wie weit zu gehen du bereit bist.

Und hatte sie etwa gezweifelt, selbst als ihr klar geworden war, wie ernst sie es meinten? Nein. Weder an die Toten, die es schon gab, hatte sie einen Gedanken verschwendet, noch an alle, die noch kommen würden. Stattdessen hatte sie den glitzernden Blechring ihrer Träume mit beiden Händen ergriffen.

Sie hatte das Ding angenommen, das sie Amulett nannten. Warum nicht?, hatte sie gedacht. Zu beweisen, dass sie den Illuminati ebenbürtig war, schien so einfach. So unblutig. Sie musste nur das Amulett an jemanden weitergeben. Das war alles.

Während sie auf dem Boden saß, noch immer das Gesicht in den Händen verborgen, begann sie langsam, ihren Körper hin und her zu wiegen. Es spiele keine Rolle, wem sie das Amulett gab, hatten sie ihr gesagt. Jemandem, den sie kannte, an dem sie sich rächen wollte. Einem Fremden auf der Straße. Irgendjemandem. Danach müsste sie sich keine Sorgen mehr machen. Sie hätte die Prüfung bestanden.

Ein Amulett – *du* bist es. Du weißt nichts davon , aber dein Tod ist beschlossene Sache.

Selbst als ein Teil von ihr sich gegen diesen Horror aufbäumte, hatte Terri es ignoriert. Zweifel konnte sie sich nicht leisten. Diese Bedenken waren ein Teil ihres alten Lebens. Was hatten sie ihr gebracht? Sie brauchte eine Veränderung. Eine neue Art zu denken. Eine neue Perspektive, davon hatte Andy doch gesprochen. Und die Illuminati boten ihr genau diese Chance.

Gib das Amulett weiter.

Warum sollte sie sich Sorgen machen über Menschen, die sie gar nicht kannte? Hatten die ihr nicht ziemlich übel mitgespielt? Sie fertig gemacht? Die Illuminati boten ihr genau das Gegenteil. Die Chance, jemand zu sein. Dazuzugehören. Die Illuminati boten ihr sozusagen einen Platz in der ersten Reihe. Sie kam vor den anderen, war wichtiger als die breite Masse. Wer verdiente dieses Leben mehr als Terri?

Außerdem starben jeden Tag Menschen. Sie hatten plötzlich einen Herzinfarkt. Wurden vom Bus überfahren. Oder zufällige Opfer einer Schießerei. Hatten Unfälle mit betrunkenen Autofahrern. Ein Toter mehr oder weniger würde keinen Unterschied machen. Nicht wenn Terri dafür das Leben bekam, von dem sie immer geträumt hatte.

Und verdiente sie nicht ein bisschen Glück, nach allem, was sie durchgemacht hatte? Natürlich verdiente sie es. Das hatten die Illuminati ihr oft genug gesagt. Aber sie hatten sie nicht darauf vorbereitet, wie sie sich jetzt fühlte. Sie hatten ihr nicht gesagt, wie es sich anfühlen würde, jemandem in die Augen zu sehen und zu wissen, dieser Mensch wird sterben. Deinetwegen. Allein deinetwegen. In den Augen ihrer Nachbarin hatte Terri die schreckliche Wahrheit erkannt. Joy Clement hatte Recht gehabt. Der Preis, den die Illuminati verlangten, war zu hoch. Und ebenso wie Joy wurde Terri bewusst, dass sie das zu spät begriffen hatte. Es gab nichts mehr, was sie tun konnte. Das Amulett war weitergegeben worden.

Erst als Terri die Tränen zwischen ihren Fingern spürte, wurde ihr bewusst, dass sie die ganze Zeit über leise vor sich hinweinte. In Gedanken wiederholte sie immer wieder die gleichen Worte:

Ich habe es nicht gewusst. Ich habe es nicht verstanden. Es tut mir Leid. Es tut mir so Leid. So Leid.

Terri war verschwunden und Septimus konnte sie nirgends finden. Mehrere Tage schon hatte er vor dem Gebäude herumgelungert, in dem sie wohnte.

Er verließ seinen Beobachtungsposten nur für eine kurze Betteltour – und um nachzuschauen, ob Terri am Supermarkt auftauchte. Damit hatte er zeitweise aufgehört, als seine Besorgnis über ihr Verschwinden zunahm. Er wollte sie um nichts in der Welt verpassen, deshalb ließ er das Apartmentgebäude keine Sekunde aus den Augen. Es sah Terri nicht ähnlich, dass sie ihm aus dem Weg gehen wollte. Wo war sie? Hatte sie sich vielleicht irgendwelchen Ärger eingehandelt?

»Hey, du!«, krächzte eine Stimme. »Was willst du hier? Mach dass du wegkommst!« Septimus drehte sich um und sah einen ziemlich massigen Typen im blauen Overall, der keinen Zweifel daran ließ, dass er handgreiflich werden konnte. Mr. Taylor, der Hausmeister des Apartment-Gebäudes. Taylor hatte ihn schon früher bedroht. Normalerweise versuchte Septimus, ihm aus dem Weg zu gehen.

»Du hast vor meiner Haustür nichts zu suchen«, blaffte Taylor ihn an. »Wenn ich dich noch mal hier erwische, rufe ich die Bullen.«

Septimus war verzweifelt. Andererseits war das vielleicht seine Chance. »Wo ist sie?«, fragte er. »Wo ist Terri?«

Ein höhnisches Lächeln erschien auf dem Gesicht seines Gegenübers. »Oh, jetzt kapier ich's. Du suchst deine kleine Freundin.« Terris Gefälligkeiten waren anscheinend nicht unbeobachtet geblieben. »Dann hab ich wohl schlechte Nachrichten für dich«, klärte Taylor ihn auf. »Sie ist ausgezogen. Ohne ihre neue Adresse zu hinterlassen. Wenn du mich fragst, sie konnte das Leben in dieser Riesenstadt nicht mehr ertragen. Sie ist bestimmt zurück zu ihrer Familie.«

»Das hab ich aber nicht gefragt«, sagte Septimus.

Taylors Gesicht lief purpurrot an. Er machte einen Schritt nach vorn. »Werd bloß nicht frech, du nichtsnutziges Arschloch«, kläffte er. »Ich kann dich jederzeit hochnehmen. Glaub bloß nicht, dass ich damit irgendwelche Probleme hätte. Ich weiß genau, wo du deine kleine Schrottburg gebaut hast.«

Septimus trat einen Schritt zurück.

»So ist es gut. Lauf weg und zeig mir, was für ein nutzloser Scheißkerl du bist«, bellte der Mann hinter ihm her.

Septimus drehte sich weg und lief die Straße hinunter. Er würde nicht zurückkommen. Nicht wegen Taylors Drohungen, sondern weil es hier nichts mehr gab, worauf es sich zu warten gelohnt hätte. Septimus glaubte nicht, dass Terri zu ihrer Familie zurückgegangen war. Sie hatte ihm einmal erzählt, dass das das Allerletzte wäre, was sie tun würde. Niemand dort verstand sie, hatte sie gesagt. Und das kannte Septimus nur zu gut.

Obwohl seine Erscheinung das nicht unbedingt vermuten ließ, konnte Septimus Menschen ziemlich gut einschätzen. Er wusste, sie verschwanden nicht einfach. Menschen hatten Gewohnheiten. Sie folgten ihren eingefahrenen Lebensspuren. Natürlich wollten manche von Zeit zu Zeit etwas Neues. Aber im Allgemeinen kehrten sie zurück zu dem, was ihnen vertraut war. Er würde es zuerst an den nahe liegenden Orten versuchen, beschloss er, während er um die Ecke bog und seinen Schritt verlangsamte. Kurz danach suchte er sich einen neuen Schlafplatz. Die meisten Obdachlosen schliefen einfach irgendwo, aber Septimus zog eine Art Basis-Camp vor, zu dem er immer zurückkehren konnte. Das gab ihm das Gefühl, ein Zuhause zu haben, ein wenig Sicherheit.

Anschließend nahm er die Suche nach Terri wieder auf. Er würde sie finden. Er musste sie finden. Bei diesem Gedanken begann sein Herz unregelmäßig zu schlagen. Er konnte Terri nicht einfach aufgeben. Sie war die einzige Freundin, die er hatte.

»Ich wusste es«, sagte Deidre Arensen.

»Was wussten Sie?«, wollte Angel wissen.

»Mein Vater … er sagte, die Mitglieder des Kultes glauben tatsächlich an die Existenz eines Feuerdämons.« Sie

112

lachte laut auf. »Ich hatte fast das Gefühl, dass er ebenfalls daran glaubte.«

»Naja«, mischte sich Cordelia ein. »Wozu einen Kult
um einen Feuerdämon, wenn es gar keinen Dämon
gibt?«

»Das kann viele Gründe haben«, erklärte Deidre. »Wo
auch immer die mythologischen Ursprünge liegen, ein
Kult wird ins Leben gerufen, um die Macht seines Anführers zu steigern. Wenn alle existierenden Kulte auf Tatsachen basierten, würden wir alle mit Plastiktüten über
dem Kopf herumlaufen und auf die Ankunft von Raum-
schiffen aus dem Weltall warten.«

»Krass.« Cordelia schüttelte den Kopf.

»Sie haben also der Polizei gesagt, dass der Brandstifter
ein Feuerdämon ist?«, fragte Angel.

Deidre verzog das Gesicht. »Nicht wirklich. Ich habe
lediglich gesagt, dass ich an die Existenz eines Kultes
glaube und daran, dass dessen Mitglieder aus dem Glauben heraus morden, sie würden dem Willen eines Feuerdämons Genüge tun. Seinen Wünschen. Was auch
immer. Eine solche Vorstellung würde auch erklären,
warum man kein sinnvolles Profil des Täters erstellen
kann. Es handelt sich gar nicht um *einen* Killer, sondern
um eine unbestimmte Anzahl von Killern, die aber alle
miteinander in Beziehung stehen. Alle wollen sie töten.«

»Keine schlechte Erklärung«, bemerkte Angel.

»Der zuständige Detective war da anderer Meinung.
Kaum hatte ich den Begriff ›Feuerdämonen-Kult‹ in den
Mund genommen, da hat er mich schon hochkantig hinausgeworfen. Ich wollte ihm erklären, dass ich eine
Ahnung hatte, wer das nächste Opfer sein könnte – oder
zumindest eines der Opfer. Daraufhin hat er mir vorge-
worfen, dass ich mich in seine Untersuchungen einmi-

113

sche, und gedroht, mich wegsperren zu lassen. Aber ich kann mir nicht helfen …«

»Wenn ich Sie richtig verstanden habe, dann könnte Ellen Bradshaw also noch am Leben sein?«

Deidre nickte.

»Um so wichtiger, dass Sie mir jetzt genau zuhören«, sagte Angel.

Deidres zweifelnder Blick sprach Bände. »Wie wollen Sie da eine Verbindung herstellen?«

»Sie sagten, Sie hätten bei ihren Nachforschungen herausgefunden, dass die Mitglieder des Kultes ihre Todeskandidaten irgendwie kennzeichnen.« Angel zeigte auf das Ding, dass Deidre nach wie vor in der Hand hielt. »Das ist das Zeichen. Man nennt es das Amulett des Feutoch. Solange Sie es besitzen, sind Sie ein Ziel. Es zieht den Dämon an. Eine Einladung zum Töten. Wenn er auftaucht, ist es zu spät.«

»Woher wissen Sie das alles?«

»Sie sind nicht die Einzige, die übernatürliche Phänomene studiert«, erwiderte Angel knapp. »Begonnen habe ich mit dem Studium der Untoten, dann hat sich das Ganze etwas ausgeweitet.«

»Ist das legal?«, fragte Cordelia dazwischen.

»Cord«, wies Doyle sie zurecht, woran man merkte, dass er auch noch da war.

»Ich wollte ja nur wissen, ob wir mit einem mitternächtlichen Besuch von unserer Freundin, der Polizistin, rechnen müssen.«

Sie wies mit dem Kopf in Richtung Deidre. »Immerhin ist sie praktisch ihre beste Freundin.«

Angel ging zum Bücherregal an der Wand und nahm einen schweren, in Leder gebundenen Band heraus. Er öffnete ihn auf dem Tisch und blätterte hastig darin

herum, bis er gefunden hatte, wonach er suchte. »Hier«,
sagte er und drehte das Buch so, dass Deidre hineingu-
cken konnte. »Hier ist es.« In der Mitte der linken Seite
war eine Zeichnung von etwas, das aussah wie eine
Münze. Der Zeichner hatte beide Seiten detailgetreu wie-
dergegeben. Auf der einen Seite war ein einzelnes, lidlo-
ses Auge abgebildet, dass den Betrachter ausdruckslos
anstarrte. Die andere Seite zeigte einen Feuerkreis. Unter der zweiten Skizze stand eine Reihe von Zahlen. Eins
bis sieben.

»Was bedeuten die Zahlen?«, wollte Deidre wissen.

»All diese Zahlen können im Feuerkreis erscheinen«,
erwiderte Angel. »Man nennt das Ganze ›die geborgte
Zeit‹. Es ist eine Art Countdown. Die Zahl gibt Auskunft
darüber, wie viele Tage Sie noch Zeit haben, bevor der
Dämon erscheint. Es sei denn, Sie werden das Amulett
los, indem sie es weitergeben.«

Ohne jeglichen Kommentar ließ Deidre die Münze in
ihre Jackentasche gleiten und blätterte um. Wieder fiel
ihr Blick auf zwei nebeneinander liegende Abbildungen.
Deidre deutete auf die linke Zeichnung. »Ist er das? Ist
das Feutoch?«

Doyle und Cordelia kamen näher und guckten ihr
über die Schulter.

»Ich habe ja gesagt, diese Jungs bedeuten Ärger«, sagte
Doyle.

Die Abbildung zeigte eine Feuersäule. Im Inneren sah
man eine menschliche Silhouette. Es zeichneten sich
deutlich Arme, Beine und ein Kopf ab.

»Das«, sagte Angel und zeigte mit dem Finger auf die
rechte Abbildung, »geschieht mit Feutochs Opfern.« Die
Zeichnung zeigte eine Frau, die bei lebendigem Leib verbrannte. Ihr Körper wurde von der Feuersäule aufge-

115

zehrt. Auf der Abbildung hatte die menschenähnliche Gestalt ihre Arme um sie herumgelegt. Sie war in einer feurigen Umarmung gefangen.

»Uähh.« Mehr brachte Cordelia im Augenblick nicht heraus.

Deidre schwieg einen Moment und trommelte mit den Fingern auf die Tischplatte. »Okay, jetzt wissen wir, was mit den Opfern passiert. Aber was ist für die Kultmitglieder drin?«, fragte sie.

Statt einer Antwort blätterte Angel weiter. Diesmal war keine Zeichnung zu sehen, nur ein dicht beschriebenes Blatt.

»Feutoch ist so etwas wie Mephisto«, sagte Angel. »Satan, der die Menschen verführt, um ihre Seele zu bekommen. Auf den Punkt gebracht ist es so: Er verspricht seinen Anhängern das Leben, von dem sie immer geträumt haben. Im Austausch dafür zeichnen sie ein unschuldiges Opfer als Todeskandidaten.« Er deutete auf eine Textstelle. »›Für jeden, dessen Leben sich verändert, ist ein anders Leben verwirkt‹«, las er.

»Okay, die Mitglieder des Kultes bekommen also das Leben ihrer Träume. Was hat Feutoch davon?«

»Leben«, antwortet Angel. »Oder besser gesagt Tod. Er braucht eine bestimmt Anzahl an Todesopfern. Ist sie erreicht, dann kann er sich dauerhaft manifestieren.«

»Kann er das nicht jetzt schon?«

»Nein, er muss eingeladen werden. In diese Welt gerufen werden, wenn Sie so wollen. Derjenige, der das tut, wird der Prophet genannt.«

»Der Anführer des Kultes, richtig?«

»Tatsächlich ist es komplizierter. Die Struktur des Kultes ist praktisch zweigleisig. Der Prophet lädt den Dämon ein, in diese Welt zu kommen. Aber, wenn wir dem Buch glauben dürfen, dann ist es eigentlich ein Untergeordneter, der den Kult aufbaut. Die ersten Mitglieder wirbt. Die Rituale etabliert. Sobald das Ganze läuft, bekommt er seine Belohnung.«

»Willst du damit sagen«, wendete Doyle ein, »sie erledigen ihn?«

»Du sagst es«, antwortete Angel. »Der Untergebene wird eines von Feutochs Opfern.«

»Also weiß niemand innerhalb des Kultes, wer der Prophet ist?«, unterbrach Deidre erregt.

»Und das erklärt, wie der Kult aussterben und sich später selbst wieder zum Leben erwecken kann. Selbst wenn man alle Mitglieder auslöschte, der Prophet würde überleben. Und damit auch die Methode, das Wissen darüber, wie der Dämon ›eingeladen‹ werden kann.«

Angel nickte. »Das bedeutet, wir haben ein Problem. Es wird nicht reichen, den Kult zu finden und seine Machenschaften zu beenden. Wir müssen auch den Propheten finden.«

»Oder Feutoch«, bemerkte Deidre.

»Oder das.«

»Wie viel Zeit bleibt uns?«

»Welche Zahl steht auf der Münze?«

Langsam zog Deidre das Amulett aus ihrer Tasche und legte es mit der Seite, die den Feuerkreis zeigte, nach oben auf den Tisch. Im Zentrum des Kreises stand eine Drei.

»Also gut, jetzt wissen wir Bescheid«, sagte Angel. »Wir haben drei Tage.« Zweiundsiebzig Stunden. Das war nicht besonders viel Zeit.

Angel machte Anstalten, das Amulett aufzuheben, aber Deidre kam ihm zuvor und steckte es schnell in ihre Tasche. »Ich glaube, das Ding geben Sie besser mir«, sagte Angel.

117

»Vergessen Sie's«, erwiderte Deidre schroff.

Als Angel fortfahren wollte, stoppte sie ihn mit einer ungeduldigen Geste. »Wir haben nur drei Tage Zeit, das bedeutet, wir haben *keine* Zeit für Diskussionen. Und selbst wenn, hätten Sie keine Chance. Ich habe meinen Vater in diese Geschichte verwickelt und er hat es mit seinem Leben bezahlt. Ich werde und ich kann nicht die Verantwortung für einen weiteren Toten übernehmen.«

Als wolle sie jeder weiteren Auseinandersetzung entgehen, stand Deidre auf und nahm ihre Handtasche vom Stuhl. Sie zauberte eine Visitenkarte hervor und legte sie auf den dicken Lederband. »Hier steht, wie Sie mich erreichen können«, sagte sie. »Wenn ich irgendwas rausfinde, lasse ich es Sie wissen. Und ich erwarte von Ihnen dasselbe. Vertrauen, Sie erinnern sich?«

»Das tue ich«, erwiderte Angel.

Ohne ein weiteres Wort verließ Deidre das Büro. Die Tür schloss sich geräuschvoll hinter ihr. Plötzlich war es sehr still im Raum.

»Also gut, das hätten wir«, sagte Angel kurz angebunden.

»So?«, erwiderte Doyle.

»Und was ist es diesmal?«, fragte Cordelia lauernd.

»Es könnte ziemlich heiß hergehen in dieser Gegend«, sagte Angel. »Wenn Feutoch genügend Leben angesammelt hat, dann muss er nicht unbedingt rumsitzen und auf eine Einladung warten. Er wird dann aus eigener Kraft in der Lage sein, sich dauerhaft zu manifestieren. Dann wird ihm die Welt gehören. Eine Welt voller Höllenfeuer und Schwefeldampf. Die Bewohner der Erde werden entweder ausgelöscht oder versklavt. Nur seine Anhänger wird Feutoch verschonen.«

»Mit anderen Worten: Wir haben es mal wieder mit dem Ende der Welt zu tun«, seufzte Doyle.

»Oh nein«, rief Cordelia frustriert, »nicht das schon
wieder!«

Angel zuckte die Schultern. Was sollte er dazu sagen?
Diese Strategie war in bestimmten Kreisen sehr beliebt.
»Tut mir Leid«, sagte er.

»Also, was machen wir? Wir haben doch einen Plan,
oder?«, wollte Cordelia wissen.

»Versuch mal, ob du irgendwas aus deiner Nachbarin
rauskriegen kannst«, sagte Angel. »Anscheinend ist sie
ein neues Mitglied des Kultes. Im Augenblick ist sie unsere einzige Verbindung, also verschreck sie nicht. Aber
denk dran, wir haben wenig Zeit, also solltest du auch
nicht zu lange zögern.«

»Noch mehr Unmögliches zu erledigen?«, fragte Doyle.

»Sobald ich mehr weiß, gebe ich dir Bescheid.«

»Und was wirst du tun?«

»Herausfinden, wie man ein Höllenfeuer löscht!«

10

»Hallo Deidre.«

Der Anblick einer Gestalt, die sich im Schatten ihrer Eingangstür verborgen hielt, ließ Deidre Arensen unwillkürlich einen Schritt zurücktreten.

Komm schon Arensen, reiß dich zusammen, mahnte sie sich.

Die Gestalt richtete sich auf, das Licht der Eingangshalle fiel auf ihr Gesicht. Natürlich war er es, wer auch sonst? Wie peinlich, dass er diese kleine Schwäche mitbekommen hatte.

»Seid wann duzen wir uns?«, fragte sie und ging zielstrebig auf die Tür zu. Detective Tucker blieb einen Moment stehen, ehe er zurückwich. Deidre steckte den Schlüssel ins Schloss, öffnete die Tür jedoch nicht, sondern drehte sich stattdessen zu Tucker herum, die Tür ihres Apartments im Rücken. »Was machen Sie hier? Haben Sie kein Zuhause?«

»Hören Sie, warum versuchen wir es zur Abwechslung mal nicht mit ein bisschen Freundlichkeit?«

»Ich habe nicht angefangen, mit Dreck zu werfen«, sagte Deidre schnippisch.

»Sie könnten mich hereinbitten«, schlug Tucker mit der Andeutung eines Lächelns vor.

»Ich wette, das funktioniert in neunzig Prozent aller

121

Fälle«, bemerkte Deidre. »Nur leider gehöre ich zu den übrigen zehn.«

»Das lag auf ihrer Matte.« Er hob einen Briefumschlag hoch, auf dem in großen, kühn geschwungenen Buchstaben ihr Name stand. Kein Absender. Keine Briefmarken.

Deidre öffnete ihn. Zumindest verschaffte ihr das etwas Zeit. Und sie musste ihren unwillkommenen Besucher nicht hereinbitten. Der Umschlag enthielt einen einzelnen Bogen Papier, auf dem einige Fotos vom grässlichen Tod ihres Vaters aufgeklebt waren. Darunter stand in ausgeschnittenen Zeitungsbuchstaben die Botschaft:

Hören Sie auf, Fragen zu stellen,
oder sie werden die Nächste sein.

Deidre stockte der Atem. Sie zählte bis zehn, um sicherzugehen, dass ihre Hände nicht zitterten, bevor sie Tucker den Bogen zeigte. Um keinen Preis wollte sie ihm ihre Verunsicherung zeigen. Was sie traf, war nicht so sehr die Botschaft, sondern die Fotos vom Tod ihres Vaters. Sie konnte es nicht ertragen, zu sehen, wie er gestorben war.

»Wie lange geht das schon so?«, fragte Tucker.

»Das ist der erste Brief dieser Art«, erwiderte Deidre. »Was haben Sie damit zu tun? Haben Sie ihn etwa mitgebracht?«

Tucker packte sie unsanft am Arm. »Hören Sie einfach damit auf, okay?«, sagte er. »Es handelt sich hier um eine ernste Sache und das wissen Sie.«

Deidre zwang sich, die Fotos nicht anzuschauen. »Es war schon vorher ernst, aber das ist Ihnen anscheinend noch nicht aufgefallen«, gab sie zurück und fühlte, wie sein Griff sich fester um ihren Arm schloss. »Warten Sie«, lenkte sie schließlich ein, »okay, warten Sie, es tut mir Leid. Ich … lassen Sie mich erst los!«

Zu ihrer Überraschung folgte er ihrer Aufforderung unverzüglich.

Deidre wandte sich der Tür zu und drehte den Schlüssel, der mit einem vertrauenerweckenden Geräusch den großen Bolzen zurücknahm, der den Eingang blockierte.

Sie öffnete die Tür, betrat den Flur und drehte sich herum. Tucker hatte sie die ganze Zeit über nicht aus den Augen gelassen.

»Sieht so aus, als würde ich Sie schließlich doch bitten hereinzukommen, Detective Tucker.«

»Also, warum sind Sie gekommen?«, fragte sie einen Augenblick später. Sie hatte das Fenster geöffnet, um die frische Brise hereinzulassen, die vom Meer herüberwehte. Und eine Flasche Mineralwasser aufgetischt. Der Umschlag mitsamt dem Inhalt lag verschlossen auf dem ehemaligen Schreibtisch ihres Vaters.

Tucker starrte zunächst schweigend aus dem Fenster. Dann entschloss er sich, endlich zu antworten. »Es gibt Neuigkeiten. Vielleicht kann ich Ihre Hilfe gebrauchen.«

Deidre lachte kurz auf. Es klang eher wie ein Bellen. Diese Nachricht schien sie nicht gerade zu amüsieren. »Sie sind also noch nicht sicher?«, hakte sie nach.

Tucker biss die Zähne zusammen, bevor er antwortete. »Ich *brauche* Ihre Hilfe. Ich bitte Sie um Ihre Hilfe«, sagte er.

»Sie haben vielleicht Nerven, Detective. Wissen Sie das?«

Tucker blickte sie direkt an, versuchte zu grinsen. »Das ist eine meiner besten Eigenschaften, wenn ich ehrlich sein soll.«

»Wer sagt das? Ihre Mutter?«

Tuckers Grinsen verschwand. »Okay, machen Sie mich nur weiter fertig. Damit habe ich sowieso gerechnet.«

Plötzlich war Deidre sehr erschöpft. Sie ließ sich auf die Couch fallen. »Ich verstehe langsam, welche Strategie Sie verfolgen«, erklärte sie dann. »Wenn es nicht gleich beim ersten Mal klappt, versuchen Sie es wieder – immer wieder.«

Tucker ließ sich auf der Couchlehne nieder. Er kam ihr damit ziemlich nah. »Sie haben ja Recht, ich habe mich wie ein kompletter Idiot benommen. Ich bin mir dessen bewusst und es tut mir Leid, okay? Ich bitte Sie dafür um Entschuldigung.«

»Uff.« Deidre stieß einen Ton echten Erstaunens aus. »Sie müssen ja ziemlich verzweifelt sein.«

Tucker rückte noch näher an sie heran und fixierte sie. »Ich will diesen Typen festnageln«, sagte er. »Und ich glaube, dass Sie mir dabei helfen können.«

Deidre nahm einen Schluck Mineralwasser und konzentrierte sich darauf, wie es kühl und sanft ihre Kehle hinunterrann. Was war passiert? Sie stellte die Wasserflasche auf den Boden. »Früher waren Sie ganz anderer Meinung.«

Tucker begann im Zimmer herumzuwandern, als könne er das Stillsitzen nicht länger ertragen. »Wir haben Ellen Bradshaws Angehörige ausfindig gemacht. Ihren Vater und ihre Mutter.«

Deidre zuckte zusammen. Sie fragte sich, wie lange Ellen Bradshaws Tod sie wohl noch derartig belasten würde. »Wie haben sie es aufgenommen?«

»Als hätte sie ein Lastwagen überfahren«, sagte Tucker. »Aber es war verrückt. Natürlich waren sie schockiert, aber gleichzeitig kam es mir so vor, als hätten sie so was erwartet. Während des Gesprächs hat der Vater kurz das Zimmer verlassen. Die Mutter ergriff die Gelegenheit und erzählte uns, dass ihre Tochter angeblich in irgendeine komische Sache verwickelt war. Etwas, worüber sie und ihr Mann sich große Sorgen gemacht hätten. Sie hat nicht wörtlich gesagt, es handle sich um einen Kult ...«

»Aber Sie glauben, das war's, was sie gemeint hat.«

»Ich denke, ich muss mich mit der Tatsache vertraut machen, dass es eine Möglichkeit ist«, gab Tucker zu. »Leider hörte Mrs. Bradshaw auf, darüber zu sprechen, als ihr Mann zurückkam. Ich hatte den Eindruck, dass das Thema für ihn tabu ist. Wir haben versucht, etwas zu arrangieren, um mit der Mutter alleine reden zu können, aber inzwischen ...«

»Inzwischen suchen Sie ganz plötzlich Informationen über dieses Phänomen«, beendete Deidre seinen Satz. »Und Sie möchten gerne wissen, was mein Vater herausgefunden hat.«

Tucker blieb stehen und lächelte sie an. »Ich habe immer gewusst, dass Sie ein kluges Mädchen sind.«

»Ich glaube, der Begriff, den Sie gebrauchten, war ›übergeschnappt‹.«

»Hat Ihnen noch nie jemand gesagt, dass es besser ist, die Vergangenheit ruhen zu lassen?«

»Niemand, den ich auch am nächsten Morgen noch respektieren würde.« Deidre stand unvermittelt auf und ging zum Fenster hinüber. Ihr Vater hatte dieses Apartment geliebt. Den Blick auf das Meer. Gemeinsam hatten sie sich darüber lustig gemacht. Martin Arensen war klar gewesen, dass er darin völlig dem Klischee entsprach, aber er liebte den Ozean, weil er niemals zur Ruhe kam. Immer in Bewegung war. Sich ständig veränderte. Wie das menschliche Bewusstsein, hatte er gesagt. Aber obwohl ihre Augen auf das Wasser blickten, sah Deidre nur Feuer.

Vielleicht war es die Sonne, deren Licht sich auf den Wellen spiegelte, oder die Reflektion auf dem Fenster. Es hatte sie aus der chromglänzenden Stoßstange des Wagens vor ihr angestarrt, als sie Angels Büro verlassen hatte. Sogar die Hitze auf dem Asphalt hatte geflimmert, auf dem Weg zum Apartment. Wo sie auch hinschaute, sah sie den Tod ihres Vaters.

Glaubte sie wirklich an die Existenz eines Feuerdämons? Sie wusste es nicht. Eines war jedoch sicher: Dass ein menschliches Gehirn hierbei eine wichtige Rolle spielte. Ein brillanter Denker. Jemand, der die ganze Sache ins Rollen gebracht hatte und nun im Hintergrund die Fäden zog. Was war schlimmer?, fragte sie sich. Ein teuflischer Dämon? Oder ein menschlicher Teufel, der so mächtig war, dass er andere von etwas überzeugen konnte, das gar nicht existierte? Und im Namen dieses nicht existierenden Dings jene anderen zum Mord anstiften konnte?

»Gut, ich weiß, Sie halten mich für ein egoistisches Arschloch«, unterbrach Tucker ihren Gedankenfluss. Seine tiefe Stimme spiegelte Anspannung wider. »Das ist mir egal. Worauf es ankommt ist, dass ich dasselbe will wie Sie.«

»Und was ist das?«, wollte Deidre wissen. Plötzlich spürte sie wieder ihre Müdigkeit.

»Ich will Gerechtigkeit für die Opfer«, antwortete Tucker. »Für Ellen Bradshaw und für Ihren Vater. Wenn Sie irgendetwas wissen, dann müssen Sie mir helfen, Deidre. Verabscheuen Sie mein Verhalten, aber helfen Sie mir. Sagen Sie mir, was sie wissen. Geben Sie mir die Unterlagen Ihres Vaters. Helfen Sie mir, diesen kranken Bastard zu fassen, damit die Morde endlich aufhören!«

Ein wahrhaft höllisches Geschäft, was er da vorschlug, dachte Deidre. Möglicherweise war es dumm von ihr, ihm zu trauen. Tucker hatte nicht nur die Rücksichtslosigkeit gepachtet, er war auch die Verkörperung von krankem Ehrgeiz.

Na und?, dachte sie, wenn ich etwas wirklich will, dann bin ich genauso entschlossen. Hatte sie nicht geschworen, alles zu tun, um den Mörder ihres Vaters seiner gerechten Strafe auszuliefern?

Abrupt drehte sie sich auf dem Absatz herum und ging hinüber zum Schreibtisch. Dann nahm sie ein paar Ordner aus der Hängeregistratur in der untersten Schublade. *Alles*, dachte sie und hielt Tucker die Unterlagen hin.

»Wie wär's *damit* für den Anfang, Detective Tucker?«

»Okay«, fasste Doyle zusammen. »Also, was haben wir?«

Er war mit Cordelia unterwegs zu ihrem Apartment. Weil sie unter Zeitdruck standen, hatte Angel ihnen sein Auto geliehen. Auf dem Weg dorthin versuchten sie einen Plan zu entwickeln, wie sie an Cordys Nachbarin herankommen könnten.

»Wir klopfen einfach an ihre Tür«, schlug Cordelia vor. Weiter waren sie noch nicht gekommen.

»Und dann?«, fragte Doyle.

Cordelia nahm die Kurve mit quietschenden Reifen. »Dann … sehen wir weiter. Wir handeln spontan, ganz einfach«, sagte sie strahlend, als sei das der sicherste Weg, die Welt zu retten. »Ich meine, Angel erzählt uns dauernd, wir müssten lernen, auf eigenen Füßen zu stehen, richtig?«

»Richtig«, stimmte Doyle ihr zu. Tatsächlich dachte er,

der Boss hätte in diesem Fall einen konkreteren Plan bevorzugt. Aber selbst Angel hatte zugeben müssen, dass er ihnen eine ziemlich große Aufgabe übertragen hatte. Immerhin ging es darum, eine völlig Fremde dazu zu bringen, ihnen so weit zu glauben, dass sie ihnen ihre tiefsten Geheimnisse anvertraute. Und das innerhalb von drei Tagen. Oder weniger.

Cordelia überfuhr eine gelbe Ampel. »Das Ende der Welt. Ich kann es immer noch nicht fassen«, sagte sie. »Ich hatte gehofft, das alles hinter mir zu lassen, als ich Sunnydale verlassen habe. Ich meine, manche Dinge muss man einfach nicht noch mal haben, was meinst du?«

»Ich gebe dir absolut Recht«, sagte Doyle lapidar.

»Und überhaupt, diese ganze Sache mit den Dämonen, was soll das eigentlich?« Es war mehr eine rhetorische Frage. Ihre ganze Aufregung ließ sie am Steuer des Wagens aus. »Die Typen machen doch nur Ärger. Sie sind ein verdammter …«

»Cord«, unterbrach sie Doyle. »Ich glaube, die Ampel ist rot.«

»Okay, okay, du musst ja nicht gleich auf den Rücksitz springen. Ich habe es gesehen«, sagte Cordelia. Sie trat auf die Bremse, worauf der Wagen mit einem Ruck zum Stehen kam. Doyle hatte das Gefühl, von seinem Sicherheitsgurt halbiert zu werden.

»Es ist nur, dass sie mich ankotzen«, machte Cordelia ihrer Verzweiflung Luft. »Sie denken an nichts anderes als sich selbst, wenn du mich fragst. Irgendwelche Leute dazu zu bringen, dass sie unschuldige Menschen als Todesopfer kennzeichnen, damit man das Ende der Welt heraufbeschwören kann! Ich meine, geht's noch egoistischer?«

»Moment mal«, protestierte Doyle. »Dieser Feutoch ist aber auch ein ziemlich extremer Fall. Sie sind nicht alle so übel.«

Er war stolz darauf, nicht über das Wörtchen ›sie‹ ins Stottern geraten zu sein. Cordelia wusste nämlich immer noch nicht, dass Doyle selbst zur Hälfte ein Dämon war. Und so, wie die Dinge lagen, war es anscheinend besser, es dabei zu belassen. Schließlich träumte er immer noch heimlich davon, mit ihr auszugehen. Die Ampel wurde grün und Cordelia trat aufs Gaspedal.

»Wir wissen also, was wir tun wollen. Oder?«, fragte Doyle. »Wir klopfen an ihre Tür und dann sind wir spontan. Nichts einfacher als das.« Genau in diesem Augenblick stellte er fest, dass sich in seinem Kopf eine ganz normale altmodische Migräne breit machte, die nichts mit seinen Visionen zu tun hatte.

»Hi, ich bin Cordelia, deine Nachbarin. Und das ist Doyle. Wir können doch reinkommen, oder?«

Doyle hatte das Gefühl, sein Kopf würde platzen. Cordelias Vorstellung von Spontaneität hatte nichts, aber auch gar nichts mit Feinfühligkeit zu tun. Obwohl er zugeben musste, dass ihre Strategie auch Vorteile in sich barg. Denn sie hatte bereits ihren Fuß in der Tür.

»Also, ich …«

Die Nachbarin fühlte sich verständlicherweise überrumpelt. Doyle konnte ihr Gesicht nicht genau erkennen, weil die Sonne sich in den großen Fenstern des Apartments spiegelte und ihn blendete. Deshalb bestand sie vor allem aus Umrissen und einer Stimme. Moment mal, dachte Doyle. Durch den Kopfschmerz bahnte sich eine Erinnerung ihren Weg.

»Ach ja, und wegen dieser Sache von heute Morgen, du

weißt schon, diese Münze, mach dir keine Sorgen«, sagte Cordelia, während sie versuchte, sich in die Wohnung zu drängen. »Ich habe sie nicht mehr. Meine Tasche ist runter-gefallen und sie muss irgendwo hingerollt sein. Aber das geht doch in Ordnung, oder?«, fuhr sie strahlend fort. »Ich meine, du wolltest sie doch nicht zurückhaben, oder?«

Die Hand der neuen Nachbarin zuckte und ihre Tür öffnete sich ein wenig mehr. »Nein, ich will sie nicht zurückhaben«, sagte sie. Doyle konnte die Erleichterung in ihrer Stimme hören. Vielleicht würde es doch nicht so schwierig sein, das Vertrauen dieser jungen Frau zu gewinnen, dachte er. Sie schien beruhigt, dass Cordelia keine Zielscheibe mehr war.

Die Nachbarin hatte zu spät begriffen, dass sie ihre uner-warteten Gäste nicht mehr abweisen konnte. Cordelia war nämlich schon in der Wohnung. Die junge Frau riss sich sichtbar zusammen und öffnete die Tür, um Doyle eben-falls hereinzulassen. Dann trat sie ein Stück zurück.

»Es tut mir Leid. Möchtet ihr nicht hereinkommen?«, fragte sie.

Cordelia bewegte sich zielstrebig wie eine Cruise Mis-sile und drehte sich zu Doyle um. »Nicht schlecht, was?« Doyle folgte den beiden in die Wohnung und registrierte blitzschnell, dass sie praktisch ein Spiegelbild von Corde-lias Apartment war. Außer dass hier wohl kein Geist namens Dennis als Mitbewohner auf sie wartete.

»Nette Einrichtung«, bemerkte Cordelia, im Um-schauen begriffen.

»Die gehört mir gar nicht«, erklärte die Nachbarin hastig und korrigierte sich dann schnell, als habe sie etwas Dummes gesagt. »Ich meine … das Apartment war möbliert. Ich habe es möbliert gemietet.«

Doyle schaute sie an und zum ersten Mal an diesem

Abend sah er ihr Gesicht klar vor sich. Braunes Haar. Spitze Nase, spitzes Kinn. Auseinander stehende braune Augen, die – obwohl sie ihr Bestes taten, einen anderen Eindruck zu vermitteln – tief in eine verwirrte Seele blicken ließen. Die Arme sah aus wie eine Maus, die alles tut, um zwei Katzen zu unterhalten, dachte Doyle. Und plötzlich war die Erinnerung, die noch vor wenigen Minuten dunkel in seinem Hinterkopf aufgestiegen war, klar und deutlich.

»Warte mal«, sagte er. »Kennen wir uns nicht?«

»Nicht doch«, protestierte Cordelia. Nachdem sie ihren Rundgang im Wohnzimmer beendet hatte, ging sie in die Küche. »Ich muss mich für ihn entschuldigen. Normalerweise benimmt er sich nicht so beschränkt«, sagte sie. »Obwohl, wenn ich jetzt darüber nachdenke …«

»Nein wirklich, das ist kein blöder Spruch«, wehrte sich Doyle. »Letztens im Supermarkt. Du hast mir geholfen, als ich einen von meinen … Anfällen hatte.«

»Stimmt, du hast recht«, erwiderte Cordelias Nachbarin. Aber auch das schien nicht gerade zu ihrem Wohlbefinden beizutragen. Sie wirkte so verdammt eingeschüchtert. Doyle fiel der Rat wieder ein, den er ihr mit auf den Weg gegeben hatte.

»Und – wieder alles in Ordnung bei dir?«, wollte sie wissen.

»Ja, ja, was man bei mir so darunter versteht …« Komm schon, du Idiot, mahnte er sich, denk dir was aus. Irgendwas, was den Ball in Bewegung hält.

Plötzlich passte alles zusammen. Die Mächtigen hatten spät reagiert, und die Botschaft war ungewöhnlich rätselhaft gewesen, aber sie hatten das Team nicht im Stich gelassen. Das letzte Bild, von dem Doyle nicht mehr gewusst hatte, ob es noch Teil der Vision oder schon Teil der Realität gewesen war … Jetzt stellte sich heraus: Es gehörte zu beiden Welten. Kein Zweifel, diese Frau war nicht nur ihre Verbindung zum Kult, sie war auch die Person, die sie beschützen sollten.

»Du wohnst jetzt also neben Cord. Die Welt ist klein.«

»Doyle!«, sagte Cordelia, die gerade aus der Küche hereinschwebte. Mehr Missbilligung konnte man wohl kaum in einer einzigen Silbe ausdrücken. Das brachte nur Cordelia. Obwohl, wenn er seine früheren Erfahrungen bedachte, hatte es durchaus noch andere Frauen gegeben …

»Ich geh mich mal kurz frisch machen. Ist doch in Ordnung, oder?«

»Natürlich«, die Nachbarin nickte. Cordelia verließ das Zimmer.

»Es tut mir Leid, aber ich bin nicht besonders gut im Smalltalk. Wahrscheinlich sind Vorträge mehr mein Ding, was?« Doyle machte einen kläglichen Versuch, witzig zu sein. Die junge Frau lächelte zaghaft. Er spürte, dass sie sich langsam entspannte. Offensichtlich war sie froh, dass zur Abwechslung mal ein anderer seine Unfähigkeit zur Schau trug.

»Ich bin Terri … Terri Miller«, sagte sie. Sie streckte ihm die Hand entgegen und drückte kräftig zu, aber ihre Hände fühlten sich kalt an.

»Angenehm. Ich bin Doyle … einfach nur Doyle … und deine Nachbarin ist Cordelia Chase. Aber … ich glaube, das sagten wir bereits.«

Terri lächelte wieder. Das Lächeln veränderte sie, stellte Doyle fest. Es machte ihr Gesicht weicher, lebendiger, hübscher.

Wenn sie lächelte, verlor ihr Gesicht diesen verzweifelten Ausdruck.

»Entschuldige. Ich bin keine sehr gute Gastgeberin. Willst du dich nicht setzen?«, fragte Terri. Sie deutete auf die Couch. Doyle setzte sich. Terri ließ sich auf einem Sessel gegenüber nieder. Sie blickte ins Abendlicht. Die untergehende Sonne schmeichelte ihrer Erscheinung. Sie sieht ... hübsch aus, dachte Doyle. Viel zu hübsch, um in so eine hässliche Sache verwickelt zu sein. »Vielleicht können wir ja mal was zusammen machen?«, schlug er vor. »So 'ne Art nachbarschaftliche Willkommens-Party.«

Für den Bruchteil einer Sekunde wirkte Terri völlig überrascht, fast erschrocken. Doch sie schien sich schnell zu fangen. »Klar doch. Wohnst du auch hier?«

Doyle lachte auf. »Nein, das ist nicht meine Preisklasse. Cordy und ich arbeiten zusammen. Ich habe sie nur nach Hause begleitet.«

»Du hast dich um sie gesorgt, das ist nett von dir.«

»Genau, ich bin der Ritter in der glänzenden Rüstung.«

»Wie wär's mit heute Abend?«, fragte Cordelia, die aus dem Badezimmer zurückkam und sich auf den Sessel neben Terri fallen ließ.

»Was?«, fragte Terri irritiert.

»Na, die Willkommens-Party«, antwortete Cordelia. »Wie wär's mit heute Abend? Jetzt! Ich meine, warum sollen wir Zeit verschwenden, das Leben ist kurz genug ...« Sie warf Doyle einen Blick zu.

»Also ... ja, wer weiß, was morgen ist«, stimmte er ihr zu. Cordelia nickte. »Morgen ist es vielleicht zu spät.«

Terris Kopf bewegte sich von einem zum anderen, als beobachte sie ein Tennisspiel.

»Aber, hey ... wenn du keine Lust hast ... wir wollen uns nicht aufdrängen«, fügte Cordelia hinzu.

»Ja.«

»Ja, du hast keine Lust, oder ja, du bist dabei?«, fragte Doyle.

»Ja, ich bin dabei. Aber ich brauche ein paar Minuten, okay?«

»Klar«, sagte Cordelia sofort und stand auf. »Komm einfach rüber, wenn du fertig bist. Wir sind ja nebenan. Bleib einfach sitzen, wir finden schon alleine raus.« Sie nahm Doyle beim Arm, zog ihn förmlich von der Couch herunter und drängte Richtung Eingangstür.

»Also, bis gleich«, rief Cordelia, während sie die Tür öffnete und in den Flur hinaustrat. Doyle folgte ihr und schloss die Tür hinter sich. Das kurze Stück zu Cordelias Apartment legten die beiden schweigend zurück.

»Ich glaube, sie mag dich«, sagte Cordelia schließlich und schloss die Tür zu ihrer eigenen Wohnung auf. Doyle verzog schmerzvoll das Gesicht. »Könntest du vielleicht versuchen, das zu sagen, *ohne* dass es wie die Überraschung des Jahrhunderts rüberkommt?«

Cordelia überlegte einen Moment. »Ich kann es versuchen.«

Sie warf ihre Handtasche auf einen Tisch. »Bleibt trotzdem noch eine Frage, oder?«

»Und die wäre?«

»Mag sie dich genug?«

Ich habe es getan, dachte Terri. Ich habe ein richtiges Gespräch mit richtigen Menschen geführt. Die mich genug mögen, um mich zu fragen, ob ich mit ihnen ausgehen will. Und sie hatte einfach zustimmen können, ohne Schuldgefühle. Ihre Nachbarin, Cordelia, würde nämlich nicht sterben. Nicht sie würde für Terri mit dem Leben bezahlen. Die Person, die das nun übernahm, war gesichtslos, namenlos. Terri war somit nicht mehr direkt verantwortlich für das, was geschehen würde, weil sie das Amulett weitergegeben hatte.

Plötzlich fiel alle Anspannung von ihr ab. Warum hatte sie sich nur so verrückt gemacht? Sie führte jetzt ein Leben, wie sie es sich immer gewünscht hatte. Alles, was sie tun musste, war, es zu leben.

Und sie würde *jetzt* damit anfangen. Von dieser neuen Entschlusskraft beseelt ging sie hinüber zum Kleiderschrank. Dort hing eine brandneue Garderobe, die ihr letzten Abend, als sie das Apartment in Augenschein genommen hatte, aufgefallen war. Die Kleidung war perfekt, einfach, aber geschmackvoll, und das Material erstklassig: sanfte Farben, die sie nicht erdrückten. Sie wusste genau, welches Kleid sie anziehen wollte. Seide, in einem warmen Farbton, fast wie Doyles blaue Auge. Terri zog das Kleid hervor, legte es aufs Bett und ging ins Badezimmer, um sich frisch zu machen. Auch dieser Raum war komplett ausgestattet. Auf den Regalen standen Terris Lieblingskosmetika, Marken, die sie sich vorher nie hatte leisten können.

Wenn meine Mutter mich jetzt sehen könnte, dachte sie. Sie ließ warmes Wasser ins Waschbecken einlaufen, wusch sich das Gesicht und griff mit geschlossenen Augen nach einem Handtuch. Dabei stießen ihre suchenden Finger gegen eine der Flaschen. Als sie herunterfiel und zerbrach, öffnete Terri erschrocken die Augen.

Oh nein!

Die Glassplitter auf dem Fußboden vermischten sich mit der teuren Lotion. Bestürzt über das, was sie getan hatte, kniete Terri nieder und versuchte die Bescherung aufzuwischen. Autsch! Als sie sich mit einem Glassplitter am Daumen verletzte, richtete sie sich abrupt auf und zog den Splitter heraus. Es blutete stark. Das hellrote Blut lief an ihrer Hand herab ins Waschbecken und zeichnete sich deutlich gegen den weißen Untergrund ab. Terri ließ Wasser über ihre Hand laufen, presste die andere Hand auf die Wunde.

Was passiert mit deinem Blut, wenn du lebendig verbrannt wirst? Bestürzt biss Terri sich auf den Daumen. Woher kam dieser Gedanke? Wie konnte sie so etwas denken? Das waren Gedanken, die zur alten Terri, zu ihrem alten Leben gehörten. Von dem sie nichts mehr wissen wollte.

Sie nahm den Finger aus dem Mund und öffnete das Medizinschränkchen. Wie erwartet fand sie ein nagelneues Set Verbandszeug. Sie wickelte eine der Binden so fest um ihren Daumen, dass es ihr fast das Blut abschnürte. Dann knallte sie die Tür des Schränkchens mit voller Wucht zu. Aus dem Spiegel blickte sie ein fremdes Gesicht an. Es war bleich, erschöpft und hilflos. Terri erschrak und ihre Augen füllten sich mit Tränen. »Oh mein Gott.«

Terri schloss die Augen und lehnte ihre Stirn an das kühle Spiegelglas. Plötzlich war sie total müde, ihre Begeisterung verflogen. All ihre Gedanken kreisten um eine einzige Frage: Wenn sie ihr Leben gegen das eines anderen Menschen eingetauscht hatte, wer war sie dann eigentlich geworden?

Das ist eine gute Frage, sagte Doyle sich, während er im Wohnzimmer auf Cordelia wartete, die sich gerade umzog. Manchmal hatte Cordy ein echtes Talent, Dinge auf den Punkt zu bringen, und heute war anscheinend so ein Tag.

Mochte Terri Miller ihn genug, um ihr neues Leben aufzugeben und ihnen dabei zu helfen, die Welt zu retten? Er hoffte es. Plötzlich überlief es ihn eiskalt. Das Leben deiner Träume, dachte er. Wenn die Illuminati ihm die gleiche Chance anbieten würden, was würde er tun? Wie weit würde er gehen, um das zu bekommen, wovon er sein Leben lang geträumt hatte?

So sehr unterschied er sich gar nicht von Terri Miller. Das hatte er instinktiv gespürt, schon in jener Nacht, als sie sich zum ersten Mal im Supermarkt begegnet waren. Man hätte meinen können, Doyle wünschte sich ein tolles Auto, genug Geld, um ein sorgenfreies Leben zu führen und sich nie wieder Gedanken um seine Spielschulden machen zu müssen, aber der Halbdämon wusste, das waren im Grunde Kleinigkeiten verglichen mit dem, was er sich aus tiefstem Herzen wünschte. Zu sein wie die anderen. Dazuzugehören.

Kein Wunder, dass er den Drang verspürt hatte, Terri zu beschützen. Sie war eine Außenseiterin, genau wie er. Als man ihr ein neues Leben anbot, hatte sie klug gewählt. Sie hatte nicht nach den Sternen gegriffen. Sie hatte das Einfache gewählt, nicht das Große, das Leuchtende. Nicht die Flamme von Reichtum, Berühmtheit und Erfolg, in der sie hätte verbrennen können. Sie hatte das gewählt, von dem sie immer ausgeschlossen gewesen war.

Ein ganz normales Leben.

Ich kann dich gut verstehen, Terri Miller, dachte Doyle. Und genau deshalb begriff er zum ersten Mal, worin die Macht des Feuerdämonen-Kults bestand. Es ging nicht um Reichtum und Berühmtheit, obwohl die Anhänger auch das haben konnten, wenn sie wollten. Was ihnen versprochen wurde, war die Erfüllung ihrer tiefsten, geheimsten Herzenswünsche. Das, was das Leben ihnen bisher verweigert hatte.

Drei Tage, rief Doyle sich ins Gedächtnis. In dieser Zeit musste er Terri Miller irgendwie davon überzeugen, dass sie sich für das, worauf sie ihr Leben lang gewartet hatte, nicht selbst belügen durfte. In nur drei Tagen musste er ihr Vertrauen gewinnen.

Doyle zuckte zusammen, als es an der Wohnungstür klopfte. Cordelia kam aus dem Schlafzimmer. Sie war perfekt gestylt und nestelte noch an einem Paar Ohrringen herum, die das Outfit perfekt machen sollten.

»Bist du fertig?«, fragte sie.

Doyle stand auf.

»Fertiger geht's nicht«, erwiderte er. »Lass uns gehen!«

11

Angel fuhr durch die Straßen und hörte den Polizeifunk ab. Obwohl er eigens dafür ein Spezialradio eingebaut hatte, war der Ton kaum verständlich. Seit Stunden ging das nun schon so. Es war zwecklos. Er hätte auch zu Hause bleiben und von dort aus den Polizeiaktivitäten lauschen können. Das Herumfahren war lediglich der Versuch, etwas gegen seine Gefühle von Nutz- und Hilflosigkeit zu tun. Wenn er etwas hasste, dann diesen Zustand. Vor allem, wenn so viel auf dem Spiel stand wie jetzt.

Er versuchte sich einzureden, dass er positiver an die Sache herangehen müsse. Die Aussicht, Feutoch aufzuhalten, bevor er die Welt in einen großen roten Feuerball verwandelte, war doch gar nicht so schlecht. Cordelia hatte am Abend das Auto zurückgebracht und berichtet, dass Doyle mit ihrer Nachbarin ausgegangen war. Eigentlich waren die drei zusammen losgezogen, aber als Cordelia klar geworden war, wie gut Doyle sich mit dieser Terri Miller verstand, hatte sie ihm das Feld überlassen und war zum Büro zurückgefahren. Sie hatte Angel ebenfalls mitgeteilt, dass Doyle die Kleine als Teil seiner Vision erkannt hatte, was ein Beweis dafür war, dass die Mächtigen ihr Team nicht im Stich gelassen hatten. Sie waren nur nicht ganz so hilfsbereit gewesen wie sonst.

Aber selbst nach dieser Nachricht hatte Angel sich

nicht besser gefühlt. Stattdessen war sein Adrenalinpegel nur noch gestiegen. Und das in einer Situation, in der er rein gar nichts tun konnte. Das war eine Tatsache. Er fuhr wie ein Idiot durch die Straßen von L.A., während Feutoch in aller Ruhe den Weltuntergang vorbereitete. Nicht gerade ein Hochgefühl.

Er bog um eine Ecke, bemerkte kaum, wo er sich befand. Routinemäßig hatte er ein paar Orte abgeklappert, an denen die Dämonen sich regelmäßig trafen, und versucht, mehr über diesen Feutoch herauszufinden. Aber wenn einer von diesen Schätzchen, die er sich vorgenommen hatte, etwas über den Feuerdämon oder den Kult wusste, so hatte er es für sich behalten. Warum hatte ihn das bloß nicht überrascht?

Zwar würden die meisten Dämonen die Bedingungen, die auf der Erde herrschen würden, wenn Feutoch den Ton angab, nicht sonderlich mögen, aber zumindest wäre dann die Vorherrschaft der Menschen zu Ende. Ein Zustand, den die meisten von ihnen unnatürlich fanden, um nicht zu sagen frustrierend.

Angel bremste an einer Ampel und stellte fest, dass er zu den *La Brea Tar Pits* gefahren war, ein Touristenziel in der Nähe des letzten Feuertodes. Er fuhr ein paar Blocks weiter zum eigentlichen Tatort, hielt auf der gegenüberliegenden Straßenseite und ließ den Motor laufen.

Die gelbe Polizeiabsperrung war verschwunden, der Briefkasten repariert worden. Ebenso die Straßenlaterne. Obwohl das keine so gute Idee gewesen war, denn sie setzte nun den völlig verbrannten Gehweg in Szene.

Wie hieß noch mal die Frau, die hier gestorben war? Ach ja, Ellen Bradshaw. Was hatte sie sich wohl erträumt? Welcher ihrer Wünsche war ein Menschenleben wert gewesen?, fragte sich Angel. Aber das Wichtigste von allem, warum hatte sie ihre Meinung über die Illuminati geändert?

Angel stieg aus und ging zu dem verkohlten Gehweg hinüber. Opfer hatte es schon immer gegeben. Einige waren unschuldig, andere nicht. Das war Angel klar. Aber irgendwas an der Art, wie der Feuerdämonen-Kult einen Menschen dazu brachte, andere als tödliches Ziel zu zeichnen, ging darüber hinaus. Dass die Mitglieder des Kultes sich nicht als Opfer fühlten, verschleierte lediglich die Tatsache, dass sie nichts als Schachfiguren in diesem Spiel waren. Betrogene, die auf den ältesten Trick der Welt reingefallen waren. Das Versprechen, dass sich ihre Träume erfüllen würden.

Die Erfüllung der Träume, dachte Angel. Das war's. Das, woran er nicht zu denken wagte. Angel wusste genau, was sein Wunsch gewesen wäre, wenn die Illuminati ihm den Handel angeboten hätten. Und gerade weil er das wusste, war ihm auch klar, wie verführerisch und damit machtvoll dieses Angebot war. Und wie schmal der Grat zwischen Gut und Böse. Nein, er war nicht gerade ein Engel gewesen in der guten alten Zeit, den Tagen von Angelus, dem mächtigsten Vampir aller Zeiten. Aber er war nicht wirklich dafür verantwortlich gewesen. Nicht so wie heute. Er hatte kein Bewusstsein gehabt. Den Unterschied zwischen richtig und falsch … ja, es hatte ihn gegeben, aber in seinem Leben war er bedeutungslos gewesen. Gut und böse. Begriffe aus einer anderen Welt, die nicht die seine war.

Er hatte keine Seele gehabt. Jetzt aber schon. In diesem Augenblick fühlte Angel sich der menschlichen Natur vielleicht näher als je zuvor in den letzten zweihundert Jahren. Ja, er verstand sie gut. Verstand so gut, was es bedeutete, sich nach etwas zu verzehren. Sich etwas mit

141

aller Kraft zu wünschen. Das Unerreichbare. Das, was man sich zwar wünschen, aber dennoch nicht haben konnte. Und gerade weil er das wusste, weil er die Macht dieser Wünsche kannte, war ihm auch klar, mit welcher immensen Macht er es zu tun hatte.

Bei dieser Sache ging es nicht nur um Feutoch. Obwohl das allein schon schlimm genug war. Es ging um den Kampf gegen die menschliche Natur. Die Menschen selbst machten das überhaupt erst möglich. Menschen, die den Dämon angerufen hatten. Menschen, die die Morde möglich machten. Aus Angels Perspektive waren sie deshalb genauso schuldig wie Feutoch. Aber das war der Punkt, an dem der Dämon sich wahrlich selbst übertroffen hatte: Er hatte das Ganze so arrangiert, dass seine menschlichen Anhänger ihre Opfer nicht persönlich töten mussten. Sie mussten ihren Opfern nicht in die Augen blicken, während ihnen das Lebenslicht ausging. An diesem entscheidenden Punkt sprang der gute alte Feutoch selbst ein und übernahm den Job. Und mit jedem dieser Tode hielt er die Illusion seiner Anhänger aufrecht, dass sie ihr neues Leben ganz umsonst erhalten hatten. Dass er es ihnen geschenkt hatte. Diese geschickte Konstruktion machte es dem menschlichen Bewusstsein leicht, den hohen Preis dafür zu verdrängen.

Aber von Zeit zu Zeit ging es eben schief. So wie bei Ellen Bradshaw. Wie viele Anhänger Feutochs waren wohl im Laufe der Jahrhunderte zu seinen Opfern geworden?, fragte er sich. Dem Dämon war das sicher gleichgültig. Jeder Tod verschaffte ihm ein Stück mehr Leben. Ohne seine menschlichen Komplizen jedoch war der Dämon nicht viel mehr als heiße Luft. Das große böse Monster konnte sich nicht einmal zeigen. Doch mit ihrer Hilfe wurde er unbesiegbar.

142

Nicht wenn ich dabei auch ein Wörtchen mitrede, dachte Angel und ging zurück zu seinem Wagen. Er legte den Gang ein und entfernte sich von dem Ort, an dem Ellen Bradshaw ihren feurigen Tod gestorben war.

Die Frage war: Würde Angel die Gelegenheit haben, *rechtzeitig* ein Wörtchen mitzureden?

Es dauerte zu lange.

Er schlich in seinem Apartment herum, unfähig zur Ruhe zu kommen. Diese Untätigkeit war nicht mehr zu ertragen. Es dauerte einfach zu lange. Auf diese Weise. Auf die alte Weise. Er wollte die Transformation sofort. Wollte, dass die Erde vom Höllenfeuer beherrscht wurde.

Er öffnete den Kühlschrank und nahm ein Bier heraus. Öffnete die Flasche und warf den Deckel zu Boden. Er wollte jetzt nichts trinken. Er wollte etwas tun. Da war auch noch etwas anderes, das ihm zu schaffen machte. Eine ganze Menge sogar, um genau zu sein.

Er nahm trotzdem einen Schluck aus der Flasche. Die kühle Flüssigkeit erfrischte ihn. Immerhin war er doch der Spielmaster, oder etwa nicht? Er rekrutierte die neuen Mitglieder des Kultes und sorgte auf diese Weise dafür, dass der Feuerdämon seine Opfer bekam. Ohne ihn wäre Feutoch gar nichts. Und er fand, diese Tatsache verdiente ein wenig Aufmerksamkeit. Ein wenig Respekt.

Beispielsweise wäre es nur fair gewesen, wenn er dafür zum – sagen wir mal – offiziellen Stellvertreter des Dämons ernannt worden wäre. Der Mensch, der am meisten profitierte … nach der Wende. Aber das war offensichtlich nicht der Fall. Nicht er, sondern der Prophet würde von der ganzen Sache am meisten profitieren.

Er nahm noch einen Schluck aus der Flasche und begann, im Wohnzimmer auf und ab zu gehen. Das

Ganze war ein großer Beschiss. Alles, was der Prophet zu tun hatte, war, den Dämon anzurufen, sich zurückzulehnen und die Aussicht zu genießen.

Der Prophet musste sich nicht damit abquälen, fremde Menschen anzusprechen, sie einzuschätzen, ob sie gute Mitglieder werden könnten, so wie er. Und bisher hatte er dabei wenig Fehler gemacht. Darauf konnte er stolz sein. Die wenigen Patzer hatte er schnell und effektiv ausgebügelt. Ellen Bradshaw und Joy Clement waren die besten Beweise dafür.

Er machte die ganze Arbeit und der Prophet bekam die Belohnung dafür. Das war eine Sackgasse für ihn. Aber am meisten hasste er, dass er nichts, aber auch gar nichts dagegen tun konnte. Es gab keine Adresse für ein Protestschreiben. Er wusste ja nicht einmal, wer der Prophet war. Und er verstand sogar, dass das so sein musste. So war es immer gewesen. Aber das bedeutete auch nicht, dass er davon begeistert war.

Die Unwissenheit nagte an ihm. Es war gefährlich, dass er nicht wusste, wer der Prophet war. Es bedeutete, dass sein Gefühl, alles unter Kontrolle zu haben, nicht mehr als eine Illusion war. Sie konnten ihm jederzeit ein Bein stellen, wenn er es am wenigsten erwartete. Ihm die Siegestrophäe aus der Hand reißen, gerade wenn er danach griff.

Er stellte die halbvolle Bierflasche auf den Tisch und spielte die Möglichkeiten durch. Viele waren es nicht: Lass alles beim Alten. Erhalte den Status quo. Oder verändere deine Perspektive und damit den Kontext. Worum ging es denn bei der ganzen Geschichte? Feutoch brauchte Leben. Und seine Aufgabe war es, sie ihm zu besorgen. Warum konnte er die Sache nicht ein bisschen beschleunigen? Seinen eigenen Zeitplan aufstellen? Er konnte sich nicht vorstellen, dass der Dämon sich darüber beschweren würde. Jedes Leben brachte ihn schließlich näher an sein Ziel. Einzig und allein der Prophet hatte vielleicht was dagegen. Weil das die Rollen vertauschte und er, der Prophet, dann nicht mehr die Kontrolle über die Situation hatte.

Lächelnd ging er in den Flur und zog sein Jackett an. Wenn diese Aktion die Identität des Propheten enthüllte, dann hatte er nichts dagegen. Jeder, der sich exponierte, konnte als Opfer gezeichnet werden. Und Opfer wurden getötet. Auf diese Weise wäre es vielleicht möglich, Feutoch zu helfen und gleichzeitig einen lästigen Konkurrenten abzuschütteln. Nicht schlecht.

Er steckte den Schlüssel ein und pfiff *Come on, Baby, Light my fire*, während er seine Wohnung verließ.

»Hey Mann, willst du mitfahren?«

Septimus hielt den Kopf gesenkt und ging weiter. Er hatte gelernt, besser nicht aufzuschauen und Augenkontakt zu vermeiden. Am besten tat er so, als habe er nichts gehört. Er lebte schon lange auf der Straße. Und er war schon oft angemacht worden. Manchmal hatte er das Gefühl, dass man sich schon sein ganzes Leben über ihn lustig gemacht hatte. Er hatte die Arschkarte gezogen, so viel war klar. Septimus Stephens, das leichte Opfer.

»Mann, komm schon, sei doch nicht so«, sagte die Stimme. »Wir helfen dir bei dem, wonach du suchst.«

Septimus handelte gegen seinen Instinkt, als er stehen blieb. Woher wusste dieser Typ, dass er etwas suchte? Immer noch misstrauisch beäugte er das Auto. Groß und auffällig. Ein ausländisches Auto, dachte er. Drei Typen saßen drin. Zwei vorne, einer hinten. Der Typ auf dem Beifahrersitz lehnte sich aus dem offenen Fenster.

»Ich suche Terri«, brachte Septimus heraus. »Wissen Sie, wo ich sie finden kann?«

»Jagd auf 'ne Tussi!«, rief der Typ auf dem Rücksitz.

»Halt's Maul, Sam«, sagte der Typ vorn, ohne sich auch nur umzudrehen.

Er lächelte aufmunternd, sodass Septimus geneigt war, ihm zu vertrauen.

»Terri, na klar«, sagte er. »Ich glaube, ich kenne sie. Warum steigst du nicht ein? Ich wette, zusammen finden wir sie.«

Septimus zögerte noch. Er sollte nicht zu Fremden ins Auto steigen. Das hatte sein Vater ihm immer wieder gesagt. Aber jetzt war die Versuchung groß. Er tastete mit der Hand nach dem Briefumschlag in der Innentasche seines Mantels. Dort war er sicher, auch wenn Septimus ihn dafür mehrmals hatte falten müssen. Er hatte sich geschworen, ihn nicht herauszunehmen, bevor er ihn Terri zeigen konnte. Es war eine Art Abmachung mit dem Schicksal. Ein Beweis dafür, wie wichtig es ihm war, sie zu finden. Er dachte daran, wie ihre Augen leuchten würden, wenn er ihr die Briefmarken mit den Tieren zeigte. Das gab den Ausschlag. »Okay«, sagte er. »Ich komme mit.«

»Guten Abend, George.«

»Guten Abend, Sir.« Der Parkplatzwächter beschloss, diesem Typen auf der Stelle seinen besten Service zukommen zu lassen. Er hatte definitiv das richtige Charisma, dachte George. Blond, groß, schlaksig und auf eine subtile Art gefährlich. Mit einem Blick, den die meisten Frauen in L.A. gerne auf sich gezogen hätten. Die schwarze Limousine, aus der er sich gerade herausschälte, schmälerte diesen Eindruck nicht gerade. Es würde ihm ein Vergnügen sein, dieses Schätzchen einzuparken.

Vielleicht würde er einen kleinen Umweg machen, dachte George.

»Pass gut auf sie auf«, sagte der Typ und gab ihm die Wagenschlüssel. »Ich vertraue dir, George. Um ehrlich zu sein« – seine Stimme wurde vertraulicher –, »du könntest mir einen Gefallen tun.«

»Wenn ich Ihnen helfen kann, Sir«, sagte George und versuchte, dabei möglichst cool auszusehen.

»Ich habe das Gefühl, sie zieht ein bisschen nach rechts. Fahr ein paar Runden auf dem Platz herum, okay? Und sag mir, wenn du meinst, dass ich sie besser in die Werkstatt bringen soll. Du fährst 'ne Menge Autos. Ich nehme an, du hast ein gutes Gefühl für so was.«

»Na klar, Sir!«, sagte George. Es sah ganz so aus, als würde das seine große Nacht werden. Wenn das Trinkgeld dieses Typen so groß war wie sein Herz für Autos, dann würde George am Morgen sein eigenes Autosparschwein tüchtig füttern können.

»Wunderbar«, sagte der Typ. »Dann also bis nach dem Essen! Kannst du mir was empfehlen?«

»Keine Ahnung«, erwiderte George beim Einsteigen. »Solche Restaurants sind nicht meine Preisklasse.«

Komm schon, Partner, sprach Doyle sich Mut zu. Du wirst das Kind schon schaukeln.

Er blickte Terri Miller über den Tisch hinweg an. Sie saß da und nahm kleine Schlucke ihres weißen Zinfandel. Wenn Feutoch nicht ihr Ende war, dann dieser Wein, stellte Doyle fest. Obwohl er zugeben musste, dass sein eigener Geschmack auch nichts in L.A. zu suchen hatte. Er trank am liebsten ungekühltes Guinness. Heute Abend gab es allerdings nur irgendein kaltes Gebräu aus Oregon.

»Schade, dass Cordelia gehen musste«, platzte Terri plötzlich heraus.

Doyle jaulte innerlich auf. Er war ziemlich sicher, dass Cordy abgehauen war, damit er in Ruhe seinen Charme spielen lassen konnte. Leider war ihm dieser Charme gerade ausgegangen. Ein Umstand, für den er vor allem diese Umgebung verantwortlich machte. Er mochte diese Art Bar nicht besonders. Mach schon, trieb er sich selbst an, schließlich hast du nicht alle Zeit der Welt. »Ja, schade«, hörte er sich selbst sagen.

Cordelia hatte sich damit entschuldigt, noch mal ins Büro zurückzumüssen. »Wir haben manchmal seltsame Arbeitszeiten.«

Terri nahm noch einen Schluck Wein und musterte prüfend die Tischdecke. »Was für eine Arbeit ist das denn eigentlich?«, wollte sie wissen.

»Ach, das Übliche«, erwiderte Doyle. »Wir bekämpfen die Mächte des Bösen und versuchen, die Welt etwas sicherer zu machen, für die einfachen Leute auf der Straße.«

Terris Hand zuckte plötzlich, sodass sie ein wenig von dem Wein verschüttete.

»Hey, langsam«, sagte Doyle und riss sich zusammen. Angel würde sicher wissen, wie man eine junge Frau in einem ganz normalen Gespräch darum bat, bei der Rettung der Welt zu helfen. Doyle jedoch würde das nicht einmal versuchen. »Eigentlich ist es ziemlich langweilig. Wir machen eine Art Recherche für ein großes Unternehmen.«

»Ach so, das sollte ein Witz sein?«, fragte Terri.

»Natürlich, oder seh ich etwa aus wie Superman?«

Terri entspannte sich. »So darfst du nicht von dir denken«, sagte sie mit einer plötzlichen Heftigkeit, die sie beide überraschte. »Du hast viele gute Eigenschaften. Du musst sie nur schätzen lernen. Wenn du es nicht tust, dann wird es auch kein anderer tun.«

Eine Pause entstand.

»Mhm, danke«, sagte Doyle. »Ich danke dir für dein Vertrauen.«

Terri barg ihr Gesicht in den Händen. »Ich habe dir einen Vortrag gehalten, stimmt's? Das wollte ich nicht. Ich hasse es, wenn Leute das tun.«

»Mach dir nichts draus«, erwiderte Doyle leichthin. »Ich habe es ja auch darauf angelegt, oder nicht?«

Terri hob den Kopf wieder. Doyle entdeckte den Ansatz eines Lächelns auf ihren Lippen.

»Sind wir quitt?«, wollte er wissen.

Das Lächeln war jetzt deutlich sichtbar. »Quitt«, sagte Terri. »Ich gebe dir keine Ratschläge mehr, wie man sich bei einer Verabredung verhält, und du lässt mich in Ruhe damit, dass ich keine Süßigkeiten von Fremden nehmen soll.«

»Hey … ich habe nie was von Süßigkeiten gesagt«, protestierte Doyle. »Nur fürs Archiv: Ich rate dir, halte dich an die Jungs mit den teuren Geschenken. Eine Tüte Schokoladenbonbons kann jeder Trottel kaufen.«

Terri lachte laut auf. Ihr Gesicht strahlte förmlich vor Begeisterung. Doyle fühlte, wie sein Selbstvertrauen zurückkehrte, obwohl er plötzlich ein seltsames Gefühl in der Magengegend hatte. Sie ist wirklich nett, dachte er, wie zuvor schon in ihrer Wohnung. So natürlich. Und so hungrig nach Aufmerksamkeit, dass selbst seine müden Versuche, sie aufzuheitern, ihr zu gefallen schienen. Und was machte er? Er missbrauchte ihr Vertrauen. Nein, das stimmte auch wieder nicht, dachte er. Das Ganze war ja viel komplizierter. Er gab sich Mühe, die Welt zu retten, und die Frau ihm gegenüber war nun einmal die einzige Verbindung zu jenen Mächten, die sie unbedingt zerstören wollten. Aber deshalb fiel es ihm noch immer nicht leicht, in diesem Kampf etwas zu opfern, das er langsam zu schätzen gelernt hatte: Terri Millers Vertrauen. Mach einfach deinen Job und hör auf zu denken, rief er sich selbst zur Ordnung.

»Also, wo kommst du her?«, fragte er zwischen zwei Schluck Bier. »Du bist nicht aus dieser Gegend, oder?«

»Ist das so offensichtlich?«

»Natürlich nicht!«, sagte Doyle sofort.

»Dass *du* nicht von hier bist, ist allerdings ziemlich offensichtlich«, konterte Terri.

»Aus L.A. komm ich in der Tat nicht. Ich schwöre, ich bin aus West Covina.«

Terri lachte wieder. »Und ich aus Kansas«, gab sie zu und verdrehte die Augen. »Was denkst du? Ein richtiges Landei!«

»Naja«, meinte Doyle, »hier bist du bestimmt nicht in …«

»Noch eine Runde?«, unterbrach die Kellnerin das Gespräch.

»Klar«, sagte Doyle. »Warum nicht?« Je länger sie blieben, desto größer wurden seine Chancen.

»Noch mal dasselbe?«

Doyle nickte.

Die Kellnerin machte sich eine Notiz und verschwand.

»Also, wo waren wir stehen geblieben?«, wollte Doyle wissen.

»Wir haben darüber gesprochen, wie wir nach L.A. kamen«, half Terri nach. Sie trank den letzten Schluck Wein aus. »Ich habe den Vortrag gehalten, also darfst du damit anfangen, deine Lebensgeschichte zu erzählen.«

150

Sie taut langsam auf, dachte Doyle, mit ein bisschen Glück kann ich dieses Gespräch über die gute alte Zeit in ein Gespräch über die nicht ganz so gute Gegenwart verwandeln. Mit Glück, wie gesagt. »Um ehrlich zu sein«, fuhr er fort, »gibt es da nicht so viel zu erzählen. Ich hatte einfach keine Lust mehr, an einem Ort zu wohnen, wo mich jeder seit meiner Kindheit kennt. Ist dir schon mal aufgefallen, dass die Leute, die sich so für das Leben in Kleinstädten begeistern, niemals in einer aufgewachsen sind?«

Terri nickte zustimmend. »Oh, ich weiß genau, was du meinst. In einer Kleinstadt wirst du von jedem beobachtet. Aber ich dachte, in einer Riesenstadt wie L.A. …« Ihre Stimme wurde unsicher.

Doyle hielt die Luft an. Endlich. Sie öffnete sich. Jetzt musste er nur noch durch die Tür gehen. »Und wie läuft es so? Ich meine, ich weiß aus eigener Erfahrung, dass es ganz schön schwer sein kann, hier anzukommen. Neue Freunde zu finden und so.«

Terri machte eine undeutliche Handbewegung. »Ach, es ist schon in Ordnung. Am Anfang war es schwierig, aber jetzt …« Sie warf Doyle einen Blick zu. »Die neue Wohnung hat mir echt geholfen.«

Wenn er nicht ziemlich schwer von Begriff war, dann versuchte sie ihm zu sagen, dass sie ihn mochte. »Das freut mich.« Doyle lächelte.

»Ein Bier, ein Weißwein«, verkündete die Bedienung.

Doyle lehnte sich zurück, während sie die Getränke abstellte und die leeren Gläser mitnahm. Plötzlich stellte er fest, dass er hungrig war. Informationen aus ahnungslosen Menschen herauszukitzeln machte wirklich Appetit. »Können wir die Karte haben?«, fragte er plötzlich. Er schaute Terri an. »Ich werde langsam hungrig, und du?«

151

Terri wurde rot. »Du musst nicht … ich habe nicht damit gerechnet, dass du mich zum Essen einladen willst«, stotterte sie.

Doyle grinste breit. »Hey, jetzt lass mich nicht im Regen stehen. Ich versuche gerade mein Bestes, um spontan und charmant zu sein.«

Die Bedienung räusperte sich, um klarzumachen, dass sie nicht den ganzen Abend Zeit hatte. Terri hob das Kinn. »Ich bin halb verhungert und ein Blick auf die Karte kann ja nicht schaden.«

Ausgezeichnet, dachte Doyle. Als er die Möglichkeiten abcheckte, die das Menü ihm bot, machte er sich allerdings eine Notiz im Hinterkopf: Angel dringend um ein Spesenkonto bitten.

Hellwach betrat er das Restaurant. Sofort hatte er die ganze Aufmerksamkeit des Oberkellners am anderen Ende des Raumes inne. In diesem Augenblick hörte er es auch schon: Das Motorengeräusch der Corvette und leichtes Reifenquietschen. Er hatte damit gerechnet, dass George der Versuchung, aufs Gas zu treten, nicht würde widerstehen können. Tatsächlich hatte er darauf gezählt.

Er machte ein paar Schritte auf den Kellner zu, blieb kurz stehen und fasste in die Manteltasche. Er holte den Beeper hervor und sah nach, wer angerufen hatte. »Tut mir Leid, aber es sieht so aus, als müsste ich das Essen verschieben.«

Er drehte sich auf dem Absatz herum und beschleunigte seinen Schritt.

»Sir«, hörte er den Oberkellner hinter sich rufen. »Wenn Sie mir den Namen der Leute geben, mit denen sie verabredet sind …«

Er stieß die Tür auf und ließ sie hinter sich zuschlagen. Die Hände in den Manteltaschen vergraben lief er langsam die Straße hinunter, mehr als zufrieden mit sich.

Er würde sich gründlich umschauen. Vielleicht könnten es drei werden heute Nacht. Drei Opfer für Feutoch. Er würde es nicht gleich übertreiben. Nur … ein bisschen die Muskeln spielen lassen. Aber vor allem würde er dafür sorgen, dass die Opfer der heutigen Nacht nicht mehr lange lebten.

12

—————■—————

»Nein, nein«, sagte Septimus. »Wir sind falsch hier, wir müssen zurück.«

Er hatte das Gefühl, seit Stunden in diesem Auto zu sitzen. Bis sie auf die Autobahn gefahren waren, schien alles noch halbwegs in Ordnung zu sein. Jetzt war er sicher, dass sie ihn von Terri weglotsten.

»Wir müssen zurück«, wiederholte er. »Ich kenne Terri. Sie würde nicht so weit fortgehen.«

»Vertraue mir, Septimus, okay?«, sagte der Typ vorne, den sie Doug nannten. »Jede Tussi auf der Welt will dahin, wo wir jetzt hingehen.« Sie nahmen eine Ausfahrt und fuhren durch eine Gegend, in der es viele Geschäfte gab. Septimus musste sich schrecklich zusammenreißen, um nicht zu weinen. Die Straßen hier sahen aus, als wollten die Bewohner dieser Gegend vom Boden essen. Aber das war sicher nicht die Absicht hinter der tadellosen Reinlichkeit, denn es gab genug exklusive Restaurants und hell erleuchtete, aufwändig dekorierte Schaufenster. Terri würde niemals hierher kommen.

»Lasst mich raus«, bettelte er. »Ich will, dass ihr mich hier rauslasst.«

Doug zuckte die Schultern. »Wie du willst, Kumpel.« Auf ein Zeichen von ihm fuhr der Wagen an den Straßenrand und hielt vor einer eleganten Boutique. Es war nach Geschäftsschluss, aber trotzdem noch eine Menge Be-

155

trieb. Die Leute stoben auseinander wie Vögel, als Septimus aus dem Auto ausstieg.

»Hoffentlich findest du deine Freundin«, sagte Doug,
als er sich zur hinteren Wagentür beugte, um sie zu
schließen. »Hey … und ich wünsche dir ein echt schönes
Leben.« Er lachte hämisch auf. »Aber wenn ich du wäre,
würde ich mich nicht drauf verlassen.«

Der Wagen schoss reifenquietschend davon und ließ
Septimus allein zurück. Es ist schon in Ordnung, sagte er
sich. Als Erstes musste er von diesen hellen, makellosen
Straßen weg, wo er auffiel wie ein Fisch auf einem Fahr-
rad. Er senkte den Blick, um nicht sehen zu müssen, wie
die entgegenkommenden Passanten ihm auswichen,
und machte sich auf den Rückweg.

»Das ist alles?«, bellte Angel Doyle an.

Nach seiner so genannten Verabredung mit Terri Miller
hatte Doyle Angel aus einer Telefonzelle angerufen. Dort
hatten sie verabredet, sich im Büro zu treffen, wo Angel
gespannt Doyles Bericht erwartete. Auf dem Weg dorthin
hatte Doyle verzweifelt versucht, dem Abend, der beinahe
in einem totalen Desaster geendet hatte, noch etwas Posi-
tives abzugewinnen. Doyle fühlte sich krank; er wurde das
Gefühl nicht los, dass Angel, wäre er an diesem Abend an
seiner Stelle gewesen, genau die Information bekommen
hätte, die das Team so dringend brauchte. Doyle dagegen
hatte nicht mehr erreicht, als einen guten ersten Kontakt
zu knüpfen, was so weit nicht das Schlechteste war. Das
Problem war nur: Es reichte nicht aus.

Am schlimmsten war, dass Terri seine Einladung für
den morgigen Abend abgelehnt hatte. Als Grund hatte
sie angegeben, sie habe schon eine Verabredung. Und
die könne sie unmöglich absagen. Doyle hatte gedacht,

das könne man auch positiv interpretieren, aber das Argument hatte er bisher nicht anbringen können. Es war nicht einfach, seine Meinung zu sagen, wenn der Boss einem gerade den Kopf abriss.

»Eine Spesenabrechnung für ein Abendessen inklusive Drinks – und alles, was ich dafür bekomme, ist, dass sie morgen Abend nicht mit dir ausgehen will? Was ist los mit dir? Hast du ein Problem?«

»Hey«, protestierte Doyle von der Couch aus. Es baute ihn nicht gerade auf, dass Angel ihm jetzt das vorwarf, was er sich selbst schon vorgehalten hatte.

»Ich habe nie behauptet, dass ich so was wie ein Casanova bin. Und du hast selbst gesagt, dass ich keinen Druck machen soll.«

»Ja, aber das Ganze muss irgendwie fruchten, Doyle. Uns bleiben nur noch zwei Tage.«

»Ich weiß«, erwiderte Doyle bockig. »Ich kann rechnen.«

Angel ging ruhelos auf und ab. Eigentlich, dachte Doyle, hätte er schon längst tiefe Spuren im Boden hinterlassen haben müssen.

»Vielleicht macht sie irgendwas, was Frauen eben so tun, zum Beispiel …«

Doyle schüttelte den Kopf. »Das ist nicht ihre Art. Sie ist irgendwie … süß.«

Angel blieb stehen und wirbelte herum. »Süß«, äffte er in einem Tonfall nach, der deutlich machte, dass er diese Bezeichnung für mehr als unangebracht hielt. »Sie ist eine Anhängerin von Feutoch. Sie hat Cordelia gezeichnet.«

»Ich weiß«, sagte Doyle noch einmal. »Ich habe ja auch nicht gesagt, dass sie völlig unschuldig ist, ich meine nur …«

157

»Du magst sie«, unterbrach Angel ihn. »Du hast dich tatsächlich in sie verknallt.«

Und Buffy hat sich in dich verknallt, dachte Doyle, sagte aber nur: »Ja und, was ist damit?«

»Vielleicht irrst du dich ja. Vielleicht gibt es einen ganz anderen Grund, warum sie dich nicht sehen will. Es ist schwer, objektiv zu bleiben, wenn man sich in jemanden verknallt hat.«

Plötzlich hatte Doyle die Nase voll. Er sprang auf. »Okay«, sagte er. »Ich bin weg.«

»Hey«, sagte Angel. »Jetzt raste bloß nicht aus. Ich habe nur ...«

»Du willst einfach nur sagen, ich bin ein Vollidiot«, beendete Doyle den Satz.

Er ging um die Couch herum und schaute Angel durchdringend an. »Du glaubst, ich bin mit der Sache überfordert, stimmt's? Dass ich nicht mehr klar denken kann, weil ich persönlich betroffen bin, anstatt die große Wir-Retten-Die-Welt-Angelegenheit im Auge zu behalten. Fahr zur Hölle.« Sie schwiegen beide.

»Da war ich schon«, sagte Angel versöhnlicher.

Doyle packte sein Jackett und ging zur Tür. »Warte morgen nicht auf mich. Ich bin erst abends zurück.«

»Und dann?« Mit einer heftigen Bewegung zog Doyle seine Jacke an. »Der Grund, warum Terri mich nicht treffen will«, sagte er gleichmütig, »ist, dass sie zu einem Meeting muss. Eins, das sie nicht versäumen und nicht absagen kann. Ich wette, es handelt sich nicht um die Weight Watchers.«

Angel stieß einen überraschten Laut aus. »Warum hast du das nicht gleich gesagt?«

»Du hast mir ja keine Chance gegeben«, sagte Doyle.

158

»Du warst zu beschäftigt, mir klar zu machen, dass ich zu nichts zu gebrauchen bin.«

»Doyle.« Doyle hielt inne, als er die Tür öffnete, drehte sich aber nicht um. »Was ist?«

»Um wie viel Uhr ist das Meeting?«, fragte Angel.

»Um sieben Uhr. Ich weiß allerdings nicht, wie weit es bis dahin ist. Ich dachte, ich bin ab fünf an Terris Haus und beobachte sie. Ich verfolge sie und finde heraus, wohin sie geht.«

»Guter Plan.«

»Danke für dein großes Vertrauen.« Ohne zurückzuschauen verließ Doyle das Büro. Gerade als er die Tür hinter sich schließen wollte, schaltete sich der Polizeifunk ein.

George hatte beschlossen, sich eine kleine Belohnung zu gönnen. Normalerweise fuhr er während der Woche sofort nach der Arbeit nach Hause. Es war ein weiter Weg von dem Restaurant, in dem er arbeitete, zu der kleinen Wohnung über der Garage seiner Eltern in Santa Monica. Eigentlich hatte er den Job in Beverly Hills nur angenommen, weil der Typ, der ihn vermittelt hatte, ein Kumpel von seinem Vater war.

Aber heute Abend hatte er wirklich Grund zum Feiern. Der Typ in der schwarzen Corvette war Schuld daran. Mit einem Hundert-Dollarschein, in dem eine Münze steckte. Das Ding hatte ihn nicht sonderlich interessiert, umso mehr allerdings die hundert Dollar. Selbst wenn er die Hälfte davon auf den Kopf haute, hatte er immer noch genug übrig für sein Autosparkonto.

Aber so viel wollte er gar nicht ausgeben. Nur der Gedanke, in eine von den Bars in Beverly Hills zu gehen, in denen der Barkeeper ihn normalerweise anschaute,

159

als könne er sich kein Glas Wasser leisten, war verlockend. Er würde den Hunderter auf den Tisch legen und sich dabei einfach nur großartig fühlen. George trank ein Bier, dann noch eins. Plötzlich war es fast Mitternacht. Zeit zum Aufbruch. Seine Mutter würde auf ihn warten. Sie wusste, dass er nie unter der Woche ausging, und würde sich Sorgen machen. Er sah sie schon im Bademantel auf der Wohnzimmercouch sitzen.

Der Boden schwankte ein wenig, als George die Bar verließ, und der Gehsteig draußen war auch nicht mehr so stabil wie am frühen Abend. Er schaffte es gerade noch bis zum Parkhaus, bevor es zumachte. Am Wochenende war es bis morgens geöffnet, aber an Wochentagen schlossen sie um Mitternacht.

George klemmte sich hinter das Lenkrad seines alten Chevy, startete den Motor und fuhr vorsichtig auf die Straße. Da er der Meinung war, dass ein bisschen Musik nicht schaden konnte, um ihn wach zu halten, schaltete er das Radio ein. In diesem Augenblick bemerkte er aus den Augenwinkeln ein seltsames Flackern auf dem Beifahrersitz. Er wandte den Kopf.

»Was zur ...?«

Dann schrie er nur noch, während der Wagen völlig außer Kontrolle geriet und auf den Gehweg raste, weil er das Lenkrad losgelassen hatte. Verzweifelt versuchte er, aus dem Auto zu springen. Er schaffte es nicht mehr. Es ist ja auch nicht so einfach, eine Autotür zu öffnen, wenn deine Finger in Flammen stehen und sich kräuseln wie ein Stück brennende Baumrinde.

Septimus lief weiter, obwohl er müde und hungrig war. Aber wenigstens waren jetzt nicht mehr so viele Leute auf den Straßen. Es war ruhiger. Und dunkler. In der Dunkelheit fiel er nicht so sehr auf. Dann fühlte er sich sicherer. An einer Ecke blieb er stehen und überlegte, in welche Richtung er weitergehen sollte. Während er noch zögerte, fuhr ein Auto aus dem Parkhaus. Es war keines von diesen schicken, teuren Autos wie jenes, in das Septimus vor ein paar Stunden eingestiegen war und das ihn in diese Gegend gebracht hatte. Dieses hier sah älter aus. Es ähnelte mehr den Autos, die er aus seiner Nachbarschaft kannte. Vielleicht ist das ein Zeichen, dachte er bei sich und verfolgte den Wagen aufmerksam mit den Augen. Wenn er nicht zurück zum Parkhaus fuhr, so hatte Septimus entschieden, dann würde er der Richtung folgen, die der Wagen einschlug.

Der Wagen fuhr nach links, in die Richtung, die Septimus schon vorher eingeschlagen hatte. Er nahm es als Bestätigung dafür, dass er das Richtige getan hatte. Er würde es schaffen. Er würde Terri finden. Alles würde gut werden.

Doch während er das Auto weiter beobachtete, explodierte im Inneren ein Licht. Die Reifen quietschten, der Wagen wurde herumgerissen und fuhr über den Bürgersteig. Septimus konnte die Flammen im Inneren klar erkennen. Für den Bruchteil einer Sekunde hatte er sogar geglaubt, Gestalten in den Flammen zu sehen. So unglaublich es war, aber sie wirkten auf ihn wie zwei Liebende, die sich umklammert hielten. Dann verschwammen die Umrisse in den hoch auflodernden Flammen.

Septimus blieb wie angewurzelt auf dem Gehweg stehen. Er spürte die Hitze der Flammen, gleichzeitig brach ihm der kalte Schweiß aus. Er wusste, was Feuer bedeutete. Hatte sein Vater ihm das nicht eingebläut? Praktisch seit seiner Geburt?

161

Feuer bedeutete ewige Verdammnis. Ewiges Höllen-feuer.

Es kam über alle, die die falschen Entscheidungen tra-fen. Der Ort, an dem jene endeten, die den falschen Weg einschlugen. In diesem Augenblick begann er zu rennen. Er stürzte an dem Wagen vorbei, die Straße hinunter. Schaute nicht zurück. Nur weg, weg von diesem Feuer.

Erst als die Sirenen aufheulten und seine eigene Stim-me übertönten, wurde ihm bewusst, dass er die ganze Zeit über geschrien hatte.

Angel wirbelte herum, als im Radio der Polizeifunk an-sprang. Doyle, der gerade das Büro verlassen wollte, ver-harrte in der Tür. Feuerwehr und Notarztwagen wurden in Beverly Hills zum Einsatz gerufen.

»Die Uhr«, rief Doyle. »Schau auf die Uhr.«

Angels Blick fiel auf die Ziffern der Digitaluhr, die auf dem Regal neben dem Radio stand.

12:01.

Die erste Minute des neuen Tages.

Und wenn Angel sich nicht absolut täuschte, hatte Feu-toch seiner Liste von Opfern soeben ein weiteres hinzu-gefügt.

13

Detective Kate Lockley hatte beim morgendlichen Blick in den Spiegel schon besser ausgesehen. Aber das war auch kein Wunder. Den größten Teil der Nacht hatte sie damit verbracht, in einem unauffälligen Polizeifahrzeug auf einen Drogendealer zu warten, hinter dem das Department schon eine ganze Weile her war. Sie hatten einen anonymen Hinweis bekommen, dass er sich in einer Wohnung im Osten von L.A. versteckte. Es hatte sich angehört, als müssten sie nur vor dem Haus auf ihn warten, um ihn festzunehmen.

Nun, gewartet hatten sie jedenfalls, sie und ihr Partner, aber der Typ war nicht aufgetaucht. Entweder hatte er es sich anders überlegt, oder der Tipp war eine Finte gewesen. Jetzt musste Kate zu allem Überfluss den Papierkram erledigen, in dreifacher Ausfertigung, bevor sie nach Hause gehen und endlich duschen konnte. Vielleicht auch noch ein bisschen schlafen, ehe ihr normaler Dienst begann.

Aber sie war selbst schuld, sagte sie sich. Sie hatte angeboten, sich um den Papierkram zu kümmern, damit ihr Partner seine Kinder vor der Schule noch zu Gesicht bekam.

Sie begrüßte den Kollegen am Eingang und begab sich auf direktem Weg zur Kaffeemaschine. Jemand hatte gerade frischen Kaffee gemacht, stellte sie angenehm überrascht fest. Das bedeutete, er würde weniger bitter schmecken als sonst.

Sie füllte einen Styroporbecher und wollte die Kanne gerade an ihren Platz zurückstellen, als Tucker um die Ecke kam. Der hat mir gerade noch gefehlt, dachte Kate. Ihr einziger Trost war, dass Tucker noch schlimmer aussah als sie. Aber er hatte auch allen Grund dazu. Kate wusste, was letzte Nacht geschehen war. Jeder Cop in der Stadt wusste Bescheid.

Sie gewährte der Solidarität mit einem Kollegen Priorität vor ihrer persönlichen Abneigung und hielt ihm die Kaffeekanne hin.

Tucker blieb stehen und schaute sie verblüfft an. »Haben Sie Gift hineingetan?«

»Wieso? Sollte ich?«, erwiderte Kate.

Zu ihrer Überraschung erntete sie dafür ein Lächeln. Tucker legte die letzten Schritte zur Kaffeemaschine hastig zurück, lehnte sich dann an die Wand und seufzte. Er schien wirklich erschöpft.

»Wahrscheinlich sollten Sie das wirklich. Obwohl ich das natürlich in der Öffentlichkeit niemals zugeben würde.«

»Es würde sowieso niemand glauben, dass wir jemals bei irgendwas einer Meinung sein könnten«, antwortete Kate. Sie stellte ihren Becher ab und füllte einen zweiten. »Milch und Zucker?«, fragte sie.

Tucker hob die Brauen. »Warum sind Sie plötzlich so nett zu mir? Sind Sie krank?«

Kate stellte den Becher ab und versuchte, sich zusammenzunehmen. Sie konnte den Typ nach wie vor nicht ausstehen, aber irgendwie tat er ihr Leid. An diesem Morgen hätte sie um keinen Preis in seiner Haut stecken wollen. Und damit ging es ihr wie allen anderen Kollegen auch. Es gab eine Menge Dinge, die einem Polizisten das Leben schwer machen konnten, aber die Untersuchung einer Serie von Mordfällen, bei der man nicht vorankam, gehörte zum Schlimmsten, was einem Cop passieren konnte. Vor allem, wenn man sie leitete und die Sache von besonderer Dringlichkeit war.

Tucker hatte seine Vorgesetzten, den Bürgermeister und so ziemlich jeden anderen Vertreter des Volkes in dieser verdammten Stadt am dicken, gebräunten Hals. Ganz zu schweigen von der gesamten Bevölkerung von Los Angeles und Umgebung. Diese Art der Berühmtheit wünschte Kate ihrem schlimmsten Feind nicht. Es machte alles nur noch schwieriger.

»Danke, aber mir geht es gut«, sagte sie. »Allerdings könnte ich Ihnen die gleiche Frage stellen.« Kate konnte es nicht fassen, aber Tucker kicherte tatsächlich vor sich hin.

»Nun«, sagte er, richtete sich auf und nahm den Kaffee, den sie für ihn eingegossen hatte, vom Tisch. »Jetzt, wo wir so eine Art Basisvertrauen etabliert haben, sind wir auf dem besten Weg zu einem bedeutsamen Gespräch. Ich muss Sie wohl mal zum Abendessen einladen.«

»Passen Sie auf, dass Ihr Glück Sie nicht plötzlich verlässt«, riet ihm Kate.

»Autsch«, konterte Tucker. »Das war mein Ego. Es hat sich gerade verabschiedet.«

Kate nahm einen Schluck Kaffee. »Seltsam«, sagte sie. »Ich hätte gedacht das würde mehr Lärm machen.«

Tucker tat Milchpulver in seinen Kaffee und rührte um. »Also, Detective Lockley«, begann er, »was treibt Sie so früh am Morgen in Ihrer vollen Schönheit ins Büro?«

»Ich war die ganze Nacht auf einem Beobachtungsposten«, entgegnete Kate.

»Sieht man Ihnen gar nicht an.«

»Und ich habe den Typen nicht erwischt.«

»Dumm gelaufen.«

»Wir haben gehört, was passiert ist«, platzte sie zu ihrem eigenen Erstaunen heraus. »Im Sprechfunk, während wir im Auto saßen und nichts Besseres zu tun hatten.«

Tucker schnaubte. »Ich nehme an, das ganze Land weiß inzwischen Bescheid.« Er knallte das Milchpulver auf den Tisch zurück. »Verdammt!«, explodierte er. »Das ist einfach unmöglich. Zwei Monate! Zwei ganze Monate! Und wir haben nicht mehr in der Hand als am Anfang. Und wenn Sie mir jetzt mit dem dummen Spruch kommen wollen, dass ich nicht die Geduld verlieren darf, werde ich Ihnen mit diesem roten Holzding hier ihr hübsches Mundwerk stopfen.«

»Ich würde nicht im Traum daran denken«, gab Kate zurück. »Rot ist außerdem nicht meine Farbe.« Obwohl sie im Stillen dachte, dass das gar nicht so falsch war. Einen Killer wie diesen Crispy Critter fasste man nun mal nicht im Handumdrehen. Aber diese Erkenntnis würde Tucker auch nicht helfen, ihn zu schnappen.

Tucker schüttelte den Kopf. »Tut mir Leid.« Er warf das Plastikteil, mit dem er den Kaffee umgerührt hatte, in den Mülleimer, nahm einen Schluck Kaffee und fixierte Kate über den Rand des Bechers hinweg. »Sie lassen sich nicht so leicht aus der Ruhe bringen, was, Kate? Ich verstehe, warum Sie und Deidre so dicke Freundinnen sind.«

»Was haben Sie gerade gesagt?«, fragte Kate ungläubig.

»Verlangen Sie nicht zu viel von mir«, brummte Tucker. »Ich habe schon gesagt, dass es mir Leid tut.«

»Nein, das meine ich nicht«, presste Kate hervor. »Das

mit Deidre und mir. Über unsere Freundschaft. Seit wann nennen Sie sie beim Vornamen?«

Zum ersten Mal an diesen Morgen schien Tucker verunsichert. »Seit gestern, offen gesagt.«

»Gestern also«, wiederholte Kate. »Habe ich das richtig in Erinnerung, dass Sie mich erst vor ein paar Tagen zusammengestaucht haben, weil Sie glaubten, ich würde unberechtigterweise Informationen an sie weitergeben?«

»Das stimmte ja auch. Oder etwa nicht?«

»Das können Sie nicht beweisen.«

»Schauen Sie«, sagte Tucker. »Als wir Ellen Bradshaws Eltern vernommen haben, erzählte die Mutter etwas von einer ziemlich üblen Clique, mit der sie sich herumgetrieben haben soll.«

»Sie meinen einen Kult.«

Tucker nickte. »Das hat sie nicht direkt gesagt. Aber es war klar, was sie meinte. Da ist mir Deidres ... Ms. Arensens ... Theorie wieder eingefallen ...«

»Haarsträubende Theorie, wie Sie sie nannten«, korrigierte Kate ihn.

Tucker warf ihr einen verärgerten Blick zu.

»Also, was haben Sie dann gemacht?«

»Ich habe sie in ihrer Wohnung aufgesucht und um Gnade gewinselt.«

Kate musste ein Lachen unterdrücken. Bei dieser Unterhaltung wäre sie zu gerne dabei gewesen. »Und, hatten Sie Erfolg?«

Einen Moment lang schaute Tucker verdutzt aus der Wäsche. Kate fühlte, wie sie rot wurde. Er hatte angenommen, Deidre habe ihr die ganze Geschichte brühwarm erzählt. Dass Deidre sie mit Informationen versorgte, so wie Kate es umgekehrt tat. Und so hätte es auch sein sollen. Beruhige dich, Kate, sagte sie sich. Schließlich warst du die ganze Nacht im Dienst. Wahrscheinlich hat sie versucht, dich zu erreichen, und du findest gleich eine Nachricht von ihr auf deinem Schreibtisch.

»Wir sind nur alte Freunde«, erwiderte Kate und folgte einem nicht ganz verständlichen Impuls, Deidre in Schutz zu nehmen. »Keine siamesischen Zwillinge.«

»Schon gut«, sagte Tucker. »Regen Sie sich nicht gleich auf. Es hat gewirkt. Ich meine, ich hatte tatsächlich Erfolg damit. Sie hat mir die Unterlagen ihres Vaters geliehen. Ich bin immer noch dabei, sie durchzuarbeiten, aber bis jetzt haben sie nichts Neues gebracht. Zum Beispiel, warum alle Morde um Mitternacht passieren. Dieser letzte Fall ist der Verrückteste.«

»Der Junge in Beverly Hills«, sagte Kate.

Tucker nickte. »Sein Auto ist praktisch gegrillt worden. Niemand versteht, warum es nicht explodiert ist. Jetzt sind erst mal die Experten dran. Sie behaupten, dass das Feuer im Innenraum ausgebrochen ist.«

Kate schaute ihn skeptisch an. »Sie glauben also, dass er seinen Mörder gekannt hat? Ihn mitgenommen hat?«

»Vielleicht. Aber wenn es so war, wie ist der Killer rechtzeitig wieder rausgekommen?«

»Vielleicht ist er wieder ausgestiegen, bevor das Feuer ausbrach«, schlug Kate vor. »Vielleicht hat er irgendwas im Auto gelassen. Einen Mechanismus, den er von außen zünden konnte.«

»Wovon es bisher keinerlei Anzeichen gibt.«

»Aber sie haben ja gerade erst angefangen, das Auto zu untersuchen, oder?«, gab Kate zu bedenken. »Immerhin kann es ja sein, dass sie noch etwas finden.«

»Sie können Ihren Vater nicht verleugnen, Lockley«, bemerkte Tucker boshaft. »Alte Polizeischule.«

168

Kate zuckte zusammen. Zur Hölle mit ihm. Warum hatte sie sich die Mühe gemacht, nett zu sein? Tucker war ein echtes Arschloch. Wenn etwas nicht so lief, wie er es wollte, hielt er nach dem erstbesten Opfer Ausschau. Sie hatte einfach nur das Pech gehabt, ihm über den Weg zu laufen. Nun, das konnte man gerade rücken. Kate stürzte den Rest ihres Kaffees in einem Zug herunter. »Nur damit Sie es wissen«, erwiderte sie eiskalt. »Ich bin sehr stolz darauf, die Tochter meines Vaters zu sein. Er hat mir beigebracht, was Integrität bedeutet. Geben Sie sich keine Mühe. Ich bin sicher, der Begriff kommt in Ihrem Wortschatz nicht vor.«

Sie zerquetschte den Styroporbecher, warf ihn in den Mülleimer und lief den Gang hinunter zu ihrem Büro, ohne seine Antwort abzuwarten.

»Nein, ich sage ja nicht, dass du einen Fehler gemacht hast, ich habe nur gesagt, du hättest mich informieren sollen, das ist alles.«

Einige Stunden später war Kate endlich zu Hause. Sie hatte geduscht, etwas gegessen, aber von Schlafen konnte überhaupt keine Rede sein. Jedes Mal, wenn sie die Augen schloss, musste sie an Tucker oder Deidre denken, und mit der Ruhe war es vorbei.

Sie hatte keine Nachricht von Deidre auf ihrem Schreibtisch vorgefunden. Keine Nachricht auf dem Anrufbeantworter zu Hause. Ohne dieses zufällige Gespräch mit Tucker an der Kaffeemaschine hätte sie keine Ahnung gehabt, dass die beiden sich inzwischen miteinander verständigt hatten. Ihre Freundin hatte sie einfach nicht informiert. Was zur Hölle hatte das zu bedeuten?

Schließlich hatte Kate es nicht länger ertragen und zum Telefon gegriffen. Deidre tat so, als verstehe sie überhaupt nicht, worüber Kate sich aufregte. Eine seltsame Reaktion, fand Kate.

»Ich dachte, du wärst begeistert«, sagte Deidre. »Hast du mir nicht gesagt, ich sollte die ganze Sache der Polizei überlassen?«

Kate biss die Zähne zusammen.

»Ja«, erwiderte sie.

»Komm schon. Im Grunde habe ich dir einen Gefallen getan«, fuhr sie fort. »Tucker hat keinen Zweifel daran gelassen, dass er dich hochnehmen will, wenn ich mich recht erinnere.«

»Was soll das heißen?«

»Das heißt, wenn er begreift, dass du nichts von unserem Treffen gewusst hast, dann ist das praktisch ein Beweis dafür, dass du dich an die Vorschriften gehalten hast«, erklärte Deidre.

»Oh, das ist ja wunderbar«, sagte Kate. »Kate Lockley, eine Niete, die sich immerhin an die Vorschriften hält. Tolles Image. Ich habe Jahre gebraucht, um es aufzubauen. Und du ziehst meinen Kopf aus der Schlinge, stellst mich aber hin wie einen Trottel. Damit sehe ich in Tuckers Augen sicher gut aus. Dieses Raubtier wird mich zum Frühstück verspeisen.«

»Hör mal«, versuchte Deidre einzulenken. »Wenn ich irgendwie zwischen eure Fronten geraten bin, dann geschah das unbeabsichtigt und es tut mir Leid. Aber ich glaube, dass ich von Anfang an klargemacht habe, worum es mir geht: Ich will herausfinden, wer meinen Vater umgebracht hat – und dafür werde ich alles tun, was nötig ist, verstehst du? Wenn Tucker plötzlich auf die Idee kommt, dass ich seine neue Freundin bin, dann bin ich eben seine neue Freundin. Mehr gibt es dazu nicht zu sagen.«

»Weiß Angel Bescheid?«

»Ich wüsste nicht, was Angel das angeht«, sagte Deidre verärgert.

Pause.

»Es tut mir Leid, dass du dich darüber so aufregst, aber ich habe das Gefühl, du machst wirklich aus einer Mücke einen Elefanten. Ich habe Tucker lediglich die Informationen gegeben, die wir beide vergeblich versucht haben, an ihn heranzutragen.«

»Das ist mir klar«, sagte Kate. »Aber das nächste Mal unterrichtest du mich bitte, wenn sich was Neues ergibt. Ich habe für dich meinen Kopf riskiert, Dee. Und um ehrlich zu sein, ich finde, dafür verdiene ich etwas mehr Respekt.«

»Wie oft um alles in der Welt soll ich denn noch sagen, dass es mir Leid tut?«

Pause.

»Versprich mir nur, dass du nicht gleich zu Angel rennst«, sagte Deidre.

»Nein«, bestätigte Kate.

»Was meinst du mit ›nein‹?«

»Ich werde dir überhaupt nichts versprechen. Du müsstest mich inzwischen gut genug kennen, um zu wissen, dass ich nicht zu den Leuten gehöre, die irgendwohin rennen. *Du* bist Angels Klientin. Wie du mit ihm verfährst, ist deine Angelegenheit, nicht meine. Viel Glück bei deiner Untersuchung, Deidre. Wir sehen uns.«

»Kate, warte«, protestierte Deidre.

Kate beendete das Gespräch und zuckte die Schultern bei der Vorstellung, dass es höchste Zeit war, zum Büro zurückzufahren. In dem Moment klingelte das Telefon. Kate ignorierte es. Sie hatte für heute genug von Auseinandersetzungen. Dabei fing der Tag gerade erst an.

Sie zog ihr Jackett über, nahm die Autoschlüssel und stürzte zur Tür. Das Telefon klingelte noch immer, als sie ihre Wohnung verließ.

14

Ich hätte nicht so hart mit Doyle umspringen sollen, dachte Angel.

Er tat, was er konnte. Dass das nicht Angels Fähigkeiten und Ansprüchen entsprach, dafür konnte Doyle nichts. Außerdem war er selbst momentan auch nicht in der Lage, mehr zu tun. Ich werde mich bei ihm entschuldigen, beschloss er. Wenn er ihn das nächste Mal sah. Er konnte nur hoffen, dass es ein nächstes Mal gab, so wie die Dinge lagen.

Denn es sah ganz so aus, als hätten die Anhänger des Dämons den Turbo eingeschaltet. Feutoch oder – wie die Presse ihn immer noch nannte – der Crispy Critter Killer hatte zwei Nächte hintereinander zugeschlagen.

Gestern war ein Jugendlicher in Beverly Hills in seinem Auto gebraten worden. Heute Nacht hatte es ein Feuer in einer Wohnung in Westwood gegeben. Dort war Angel jetzt. Dieses Mal hatte das Ungeheuer gleich zwei Opfer auf einmal erledigt.

Soweit Angel mitbekommen hatte, handelte es sich um Elise Madison, eine Kellnerin, und um ihren Freund, mit dem sie zusammenlebte, Stan McGraw. Sie waren beide bis zur Unkenntlichkeit verbrannt, im Schlaf vom Feuer überrascht. Und wie immer hatte es alles zerstört, was auf einen Einbruch hätte hinweisen können. Oder irgendwelche anderen Hinweise.

»Ich dachte mir schon, dass ich Sie hier finden würde«, sagte jemand. Angel dreht sich um und erblickte Deidre Arensen. Seit ihrem ersten Treffen hatten sie erst ein Telefonat geführt, bei dem sie ihm gesagt hatte, dass sie die Unterlagen ihres Vaters noch einmal durchgesehen, aber nichts Neues gefunden habe. Da Angel auch nichts zu berichten hatte, war das Gespräch kurz und auch nicht übermäßig freundlich verlaufen. Sie alle suchten nach neuen Informationen und kamen nicht weiter. Das war frustrierend.

»Was machen Sie hier?«, fragte Angel.

Deidre deutet mit dem Kopf auf das Apartmentgebäude und die Einsatzwagen davor.

»Ich nehme an, dasselbe wie Sie. Ist das nicht offensichtlich?«

Angel bemühte sich, nicht ausfällig zu werden.

Deidre verschränkte die Arme vor dem Oberkörper und fixierte die gegenüberliegende Straßenseite. Angel war nicht gerade begeistert von ihrer Anwesenheit am Tatort. Auch gut. Sie hatte nicht vor, es persönlich zu nehmen und ließ sich nichts anmerken.

»Wie viele Tote sind es bis jetzt?«

»Fünfzehn«, erwiderte Angel.

»Von denen wir wissen.«

»Von denen wir wissen.«

»Das bedeutet drei weitere, seit Ellen Bradshaw.«

Angel nickte.

»Das bedeutet, es werden mehr, in kürzerer Zeit.«

»Sieht ganz so aus«, gab Angel kurz angebunden zurück. »Sie haben nicht zufällig irgendwelche Neuigkeiten?«

»Warum erzählen *Sie* mir nicht etwas Neues?«, schlug sie vor.

Angel fixierte sie. »Zum Beispiel?«

»Was Sie vorhaben zu tun.«

Angel ballte die Faust in der Tasche. »Ich arbeite daran.«

»Beeilen Sie sich ein bisschen. Deshalb bin ich schließlich zu Ihnen gekommen, oder? An Tatorten herumstehen kann ich auch alleine. Ich habe gehört, dass Sie ein besonderes Kaliber sind. Erzählen Sie mir jetzt nicht, Sie sind mit ihrem Latein schon am Ende.«

»Ich habe nicht gesagt, dass …«, begann Angel, ließ den Satz jedoch unvollendet, als plötzlich Bewegung in die Leute auf der anderen Straßenseite kam. Die Tür eines Polizeiwagens flog auf und ein Polizeibeamter rief etwas.

»Wo ist der Bauer?«, verstand Angel. »Jemand muss Tucker auftreiben und ihn hierher bringen, aber schnell.«

»Was zur Hölle ist los?«, bellte eine zweite Stimme. Wie aus dem Nichts stand plötzlich ein Mann in Zivilkleidung neben dem Polizeiwagen. Alle wichen einen Schritt zurück.

»Das ist Tucker«, murmelte Deidre. »Er leitet die Untersuchung.

»Ah ja«, kommentierte Angel. »Der beliebteste Cop in der Stadt.«

»Ich hoffe für Sie, das Ganze ist wichtig. Denn falls es Ihnen noch nicht aufgefallen ist, ich bin gerade beschäftigt. Und wenn ich diesen Spitznamen noch einmal höre, Stevenson, dann werden sie den Rest ihres Lebens hinter Papierstapeln an ihrem Schreibtisch verbringen. Das kann ich Ihnen garantierten!«

Stevenson drehte schweigend das Radio lauter.

»Oh verdammt«, sagte Angel.

175

Deidre schaute ihn verwirrt an. »Was?«
»Noch ein Mord.«

»Ja, Mama, natürlich werde ich mir die Hände waschen. Ich weiß, das Geld, das ich annehme, ist schmutzig. Ja, und ich werde das Gericht essen, solange es warm ist.«

So freundlich wie möglich geleitete Rajit Singh seine Mutter zur Tür des Ladens, in dem er Nachtdienst schob. Seit Wochen schon versuchte er seine Mutter davon abzuhalten, ihm Essen vorbeizubringen. Schließlich war er gerade dabei, seiner Umwelt klarzumachen, dass er sein Leben im Griff hatte. Wie sah es da aus, wenn seine Mutter ihn ständig mit ihrer Hausmannskost versorgte.

Aber bis jetzt hatte er noch kein überzeugendes Argument gefunden. Sie beharrte darauf, dass er ihr einziger Sohn war und sie somit für ihn sorgen musste. Ende der Diskussion.

»Ruf mich an, wenn du zu Hause bist«, bat Rajit seine Mutter und hielt ihr die große Glastür auf. Es war nicht ungefährlich für eine Frau ihres Alters, nachts alleine unterwegs zu sein. Noch ein Argument, das nichts gebracht hatte. Wenigstens nahm sie immer das gleiche Taxiunternehmen, hatte oft sogar den gleichen Fahrer. Rajit nahm an, dass sie ihn ebenfalls heimlich bekochte.

Er brachte seine Mutter zum Taxi, ging zurück in den Laden und schloss die Tür hinter sich ab. Das war eigentlich nicht erlaubt. Aber er würde das Geschäft und damit auch die Kasse nicht unbewacht lassen, während er hinten aß. Er ging zur Kasse hinüber, öffnete sie und und sein Blick fiel erneut auf die alte Münze, die ihm vorhin schon aufgefallen war. Er nahm sie heraus. Dann blockierte er die Kasse und ging hinüber zur Toilette am anderen Ende des Ladens. Auf dem Weg dorthin stu-

176

dierte er die Münze. Vielleicht war sie ja wertvoll. Sie war unter dem Wechselgeld gewesen, so viel war sicher. Wahrscheinlich würde sie keiner vermissen.

Rajit beschloss, bei einer Zigarette darüber nachzudenken.

»Moment mal«, stotterte Deidre Arensen. »Was meinen Sie damit, es gibt noch einen Mord? Wie können Sie das wissen? Woher wissen Sie das?«

Angel deutete mit dem Kopf in Richtung Tucker, der ziemlich außer sich war.

»Ihr Kumpel da drüben hat es mir gerade verraten.« Er nahm Deidre am Arm und führte sie zum Bürgersteig, an die Stelle, wo er seinen Wagen abgestellt hatte. »Sie wollten doch, dass was passiert«, sagte er. »Also kommen Sie mit.«

»Stopp«, sagte Deidre. »Woher wollen Sie wissen, dass das stimmt? Ich denke, wir bleiben besser hier. Sie wissen nicht, was passiert ist und Sie wissen nicht wo.«

Statt einer Antwort schob Angel sie auf den Beifahrersitz und schaltete das Radio ein. Tuckers Stimme klang verzweifelt.

»Oh mein Gott«, flüsterte Deidre. »Oh mein Gott, nein.«

Angel öffnete das Handschuhfach, holte Papier und einen Stift heraus und gab das Ganze an Deidre weiter. »Wenn sie die Adresse nennen, schreiben Sie sie auf.«

Dann sprang er auf den Fahrersitz und startete den Motor augenblicklich. Das schwarze Plymouth Cabrio erwachte zum Leben und übertönte beinahe die Stimme aus dem Funkradio. Angel warf Deidre einen Blick zu, aber sie schrieb schon hastig mit.

»Wo?«

»Culver City.«

»Der Junge kommt rum.« Ein kurzer Blick in den Rückspiegel und Angel schoss aus der Parklücke auf die Straße in Richtung Tatort. »Schnallen Sie sich an.«

Deidre kam der Aufforderung nach.

»Ich bezahle Sie nicht dafür, dass sie mir Anweisungen erteilen, das wissen Sie aber?«

»Bis jetzt haben Sie mich noch gar nicht bezahlt.«

»Schreiben Sie's auf. Sie werden ihr Geld bekommen. Ich lotse Sie jetzt dorthin, Sie halten den Mund und konzentrieren sich aufs Fahren.«

Angel nickte stumm und gab Gas. Er fuhr schnell. Das Verdeck war heruntergelassen, sodass die kalte Nachtluft ihnen entgegenblies. Seit sie Westwood verlassen hatten, war kein Wort zwischen ihnen gefallen. Angel konzentrierte sich auf die Straße. Der Polizeifunk brachte die neuesten Informationen. Deidre saß neben Angel und kämpfte mit dem Wind, der ihr langes dunkles Haar zerzauste. Mit der einen Hand hielt sie die Adresse in Culver City fest, mit der anderen versuchte sie, die Haare zu bändigen.

Angel blieb das nicht unbemerkt. »Soll ich das Verdeck schließen?«

Deidre schüttelte den Kopf. »Nein, lassen Sie nur. Ich mag das. Es ist wie … eine Reinigung. Dann kann ich meine Gedanken klären. Vertreibt die Spinnweben im Hirn«, sagte sie lächelnd.

»Sind Sie sicher? Immerhin sprechen Sie von der Luft in L.A.«

Deidre hielt ihr Haar mit einer Hand zusammen und warf ihm einen Blick zu. »Ich habe mich schon gefragt, wann Sie endlich mit dieser Schmollnummer aufhören.«

»Wie kommen Sie denn darauf?«, erwiderte er. Gefühle wie Trotz oder beleidigt sein waren ein Luxus, den die

Menschen sich leisteten. Er hatte sich so etwas seit nunmehr zweihundert Jahren nicht mehr erlaubt. Er grübelte lediglich vor sich hin, wie so oft.

Deidre ließ ihr Haar wieder los. Wie zuvor wehte es wild um ihren Kopf herum und verbarg dabei wie zufällig ihr Gesicht. »Wenn Sie es sagen.« Sie blickte auf den Zettel mit der Adresse. »Es ist nicht mehr weit.«

Angel wechselte die Spur und fuhr nach rechts. Er wollte die Ausfahrt nicht verpassen. Keine Zeit verlieren. Zeit war kostbar und sie lief ihnen im Augenblick schneller weg, als er befürchtet hatte.

»Hier geht etwas Eigenartiges vor sich, stimmt's?«, sagte Deidre plötzlich. »Irgendwas stimmt nicht an der ganzen Geschichte.«

Der Polizeifunk sprang an. Aber es stellte sich heraus, dass die Nachricht nichts mit den Feuertoden zu tun hatte. Angel drehte es ab.

»Wie meinen Sie das?« Insgeheim dachte er das Gleiche. Die steigende Anzahl der Morde verhieß nichts Gutes, es sei denn, man war einer von Feutochs Anhängern.

»Dass zwei Orte in einer Nacht brennen«, sagte Deidre. »Das hat es noch nie zuvor gegeben, oder?«

»Jedenfalls …«, begann Angel.

»… wissen wir nichts davon«, beendete Deidre den Satz. Sie schwieg einen Moment, nestelte gedankenverloren an ihrem Haar herum. »Ich wünschte, wir wären schon weiter mit den Ermittlungen.«

»Da sind Sie nicht die Einzige«, erklärte Angel. Er wechselte noch einmal die Spur. »Natürlich könnte das zu diesem Prozess dazugehören. Es könnte bedeuten, dass Feutoch sich dem Zeitpunkt seiner Machtübernahme nähert. Vielleicht ist es ›normal‹.«

»Nein.«

Überrascht von der Entschiedenheit, mit der sie das sagte, warf Angel ihr einen Seitenblick zu. »Woher wissen Sie das?«

Deidre wurde rot. »Natürlich kann ich das nicht mit Sicherheit sagen, aber aus den Unterlagen meines Vaters geht hervor, dass die Morde nach einem ganz bestimmten Muster ausgeführt werden.«

»Hat Ihr Vater auch gesagt, warum das so ist?«

Deidre schüttelte den Kopf. »Dann hätte ich es Ihnen mitgeteilt. Aber ich nehme an, es ist eine Art Sicherheit. Vielleicht aus den frühen Tagen des Kultes. Wenn man die Bevölkerung zu sehr in Angst und Schrecken versetzt ...«

»Gerät sie in Panik und sucht nach einem Sündenbock. Dabei könnte es passieren, dass der ganze Kult ausgelöscht wird.«

»Das wäre möglich.«

»Das ist sogar sehr wahrscheinlich.«

»Aber damit haben wir immer noch keine Antwort auf die Frage, oder?«, sagte Deidre. »Warum steigt die Todesrate gerade jetzt?«

Angel schwieg einen Augenblick, konzentrierte sich auf die Straße und dachte nach.

»Vielleicht hat jemand beschlossen, seine eigenen Regeln aufzustellen?«, sagte er schließlich. In diesem Fall würden seine Chancen, die Welt zu retten, enorm sinken, dachte er. Wie nah war Feutoch seinem Ziel, sich dauerhaft zu manifestieren? Er wusste nur, dass er es bisher noch nicht geschafft hatte. Denn wenn es so wäre, hätte sich der Freeway, auf dem sie fuhren, längst in einen Feuerball verwandelt.

»Was glauben Sie, warum tun sie das?«, fragte Deidre unvermittelt. »Die Anhänger von Feutoch?«

180

Angel warf ihr einen verwunderten Blick zu. »Ich dachte, das ist offensichtlich. Er lässt ihre Träume wahr werden. Er gibt ihnen alles, was sie wollen.«

»Ja, aber«, Deidre beugte sich zu ihm hinüber, »wie um alles in der Welt schaffen sie es, mit dem Bewusstsein herumzulaufen, jemanden auf dem Gewissen zu haben?«

So wie jeder andere auch, dachte Angel. Sie setzen einen Fuß vor den anderen. »Sie müssen diesen Menschen nicht selbst ermorden«, sagte er laut. »Das macht es viel leichter, sich einzureden, dass man nicht wirklich etwas damit zu tun hat. Ein Unfall passiert ja immer mal wieder.«

»Aber hier handelt es sich nicht um Unfälle«, beharrte Deidre.

»Davon müssen Sie nicht *mich* überzeugen«, erwiderte Angel. »Aber Sie haben mich gefragt. Und ich sage Ihnen nur, wie es meiner Meinung nach funktioniert. Wenn man sich die Finger nicht schmutzig macht, ist es leichter, sich aus der Verantwortung zu stehlen. Das muss sich jemand ausgedacht haben, der die menschliche Natur sehr gut kannte und wusste, wie man sich ihrer Schwächen bedienen kann.«

»Na toll, da fühle ich mich doch gleich besser.«

»Sehen Sie nicht gleich so schwarz«, sagte Angel. »Die Sache ist doch die: Offenbar funktioniert das Ganze nicht immer. Und wer weiß, vielleicht gibt es mehr Aussteiger, als wir denken.«

»Sie meinen wie Ellen Bradshaw?«

Angel nickte. »Da wir nicht wissen, wer die Anhänger von Feutoch sind, wissen wir auch nicht, wer davon zu den Opfern gehört. Alles, was wir wissen, ist, sobald sie den Vertrag unterschrieben haben, hat der Dämon sie in der Hand.«

»Entweder du tötest oder du wirst getötet?«

»Teuflisches Motto. Wie man es auch wendet, Feutoch bekommt ein weiteres Leben.«

»Heißt das, wir haben keine Chance?«, fragte Deidre.

»Nein«, erwiderte Angel. Das Spiel war noch nicht entschieden. Aber leider hatte der Dämon alle Trümpfe in der Hand und sie nur eine Karte, deren Wert sie noch nicht kannten: Terri Miller.

»Hier ist es«, sagte Deidre plötzlich. »Nehmen Sie diese Ausfahrt und fahren Sie an der Ampel rechts.« Angel setzte den Blinker und machte sich bereit, die Spur zu wechseln. »Danach …«

»Ich glaube, das schaffe ich auch ohne Ihre Anweisungen«, unterbrach Angel. Schließlich musste er nur den Sirenen folgen.

»Das ist furchtbar,« würgte Deidre einige Augenblicke später hervor. »Grauenhaft … ich muss herausfinden, wie man es aufhalten kann.«

In einiger Entfernung lachte ein Mann hart auf. »Ziehen Sie eine Nummer und stellen Sie sich hinten an.«

Deidre und Angel standen in einer Menschenmenge auf der andern Straßenseite gegenüber dem Laden, in dem der Mord passiert war. Die Anwesenheit von Deidre und eine Horde von Cops hielten Angel davon ab, sich den Tatort näher anzuschauen. Es gab wenige Momente, in denen Angel sich die Anwesenheit von Fernsehreportern herbeiwünschte, aber heute Nacht war es tatsächlich der Fall. Das Opfer – ein Angestellter – war in der Toilette des Ladens vom Feuer überrascht worden. Die Polizei versuchte noch immer, dessen völlig hysterische Mutter zu beruhigen, die gerade in einem Taxi den Parkplatz verlassen wollte, als das Unglück geschah. Sie hatte ihrem Sohn etwa um Mitternacht etwas zu essen gebracht. So wie immer, wenn er Nachtschicht hatte.

Nach Aussagen von Mrs. Singh hatte ihr Sohn sie zum Taxi gebracht, die Glastür hinter sich abgeschlossen und war zur Toilette gegangen, um sich die Hände zu waschen. Danach wollte er das Essen zu sich nehmen, das sie ihm gebracht hatte. Ihr Sohn war ein guter Junge. Sie hatte ihn zur Sauberkeit erzogen.

Als die Polizei ankam, waren die großen Glastüren des Ladens noch immer verschlossen gewesen. Sie hatten sie einschlagen müssen, um hineinzugelangen. Die Sprinkleranlage war automatisch angesprungen und hatte das Feuer auf die Toilette beschränkt. Aber die übrigen Geschäftsräume standen praktisch unter Wasser. Und die verschlossenen Türen deuteten an, dass Rajit Singh geglaubt hatte, allein im Laden zu sein, als man ihn ermordet hatte.

»Was ist das bloß für ein Typ?«, hörte Deidre jemanden neben sich sagen. »Ein Hexenmeister?«

Auf der anderen Straßenseite brach plötzlich hektische Aktivität aus. Zwei Beamte trugen eine Bahre, auf der, so vermutete Angel, die Überreste von Rajit Singh lagen. Seine Mutter versuchte verzweifelt, sich über die Bahre zu werfen, wurde jedoch von der Polizei zurückgehalten. Angel und Deidre beobachteten, wie eine Polizistin herbeilief, die Mutter an den Schultern nahm und sie freundlich, aber bestimmt, von der Bahre wegzog. Nach ein paar Schritten brach Mrs. Singh auf dem Bürgersteig zusammen. Abrupt wandte Deidre sich zu Angel um. »Ich muss hier weg«, sagte sie. »Bringen Sie mich weg von hier.«

»Tut mir Leid«, sagte Deidre wenig später. Sie nahm einen Schluck Kaffee und verzog das Gesicht. »Der schmeckt ja noch schlechter als das Zeug, das Sie mir damals angeboten haben.«

»Gut so, Sie wollen mich beleidigen. Anscheinend geht es Ihnen besser«, erwiderte Angel.

Sie saßen in einem Bistro, das die ganze Nacht über geöffnet hatte. Angel hatte entschieden, dass sie eine Pause brauchten, ehe sie nach Westwood zurückkehrten. Deidres Wagen stand noch immer vor dem Apartmenthaus, wo die beiden anderen Opfer von Feutoch ihr Leben ausgehaucht hatten.

»Das ist keine Beleidigung, sondern eine Tatsache«, sagte Deidre.

»Sie sollten wissen, dass ich den Kaffee nicht selbst mache.«

»Wegen eben«, erklärte Deidre. »Ich hab nicht damit gerechnet, dass mich das so umhaut – diese Mutter-Kind-Geschichte. Als ich die Frau mit ihrem Sohn gesehen habe …« Ihre Stimme versagte.

»Ist schon in Ordnung«, beruhigte sie Angel. Er gab nicht vor, sie zu verstehen. Um die Wahrheit zu sagen, er hatte keine Ahnung, was in ihr vorging. Schon lange war er kein Mensch mehr. Außerdem waren die Erinnerungen an seine Eltern nicht die besten.

Deidre nahm noch einen Schluck Kaffee. Diesmal schien sie der Geschmack nicht zu stören. Dann stellte sie die Tasse zurück und sah Angel an.

»Wir werden verlieren, nicht wahr?«, fragte sie.

»Nein, das werden wir nicht!«

»Wie können Sie so etwas sagen? Drei weitere Morde, allein in dieser Nacht. Und es geht uns nicht anders als der Polizei. Wir haben nichts in der Hand.«

»Das ist nicht wahr«, sagte Angel. »Wir wissen, womit wir es zu tun haben.«

Deidre schnaubte. »Tut mir Leid, wenn diese Tatsache mich nicht gleich Purzelbäume schlagen lässt, aber ich habe das Gefühl, in diesem Fall ist Unwissenheit eher ein Vorteil.«

»Unwissenheit ist niemals ein Vorteil. Außerdem vergessen Sie Terri Miller.«

»Wer zum Teufel ist Terri Miller?«

»Cordelias Nachbarin«, erklärte Angel. »Sie erinnern sich, diejenige, die …«

»Ich erinnere mich«, fuhr Deidre ihn an. »Was ist mit ihr?«

»Doyle ist mit ihr ausgegangen. Er hat ihr Vertrauen gewonnen.«

»Doyle!«, Deidre war außer sich. »Sie haben etwas von so großer Wichtigkeit Doyle überlassen?«

»Doyle hat verborgene Qualitäten«, erwiderte Angel. Etwas, das er selbst vor kurzem noch ernsthaft in Frage gestellt hatte. »Außerdem hat sich herausgestellt, dass die beiden sich schon mal begegnet sind. Nur einmal, aber das reichte, um daran anzuknüpfen.«

»Sie sind also ausgegangen und …«

»Das wird sich heute Abend nicht wiederholen.«

»Ich wusste es!« Deidre explodierte förmlich.

»Sie wird heute nicht mit ihm ausgehen«, fuhr Angel fort, »weil sie eine Verabredung hat, die sie nicht absagen kann.«

Deidre verstummte. »Oh!«

In der Pause, die nun entstand, trank Angel einen Schluck Wasser. Nicht dass er durstig gewesen wäre, aber er wirkte so eher wie ein Mensch.

»Sie glauben also, es handelt sich um ein Treffen der Kultmitglieder?«

185

»Ich halte es für möglich.«

»Wie wollen Sie das herausfinden?«

»Doyle wird ihr folgen.«

»Und was werden Sie tun?«

»Ich werde Doyle folgen.«

Allmählich erschien ein Lächeln auf Deidre Arensens Gesicht. »Vielleicht wollen Sie eine Spur legen? Vergessen Sie nicht, ein paar Brotkrümel mitzunehmen.«

»Danke für den Hinweis. Ich wusste doch, dass ich auf dem Weg nach Hause noch etwas besorgen wollte.«

Als sein Pager sich meldete, war er gerade in einer Bar. Das Gerät steckte in seiner Jackentasche, direkt neben dem Herzen.

Obwohl es verwegen war, zu behaupten, er habe noch ein Herz. Wenn man für *Wolfram & Hart* arbeitete, blieb das nicht ohne Folgen für das Gefühlsleben.

Er nahm den Beeper heraus, um zu sehen, wer ihn sprechen wollte. Dann stürzte er den Rest Bier hinunter und legte ein paar Scheine auf den Tresen. Als er von seinem Barhocker glitt und zum Ausgang hinüberlief, folgte ihm der bedauernde Blick des Barkeepers, den er nicht beachtete. Erst im Wagen zückte er sein Handy und wählte die Nummer. Der Anruf wurde nach dem ersten Klingeln beantwortet.

»Ich habe Ihre Nachricht erhalten.«

Aufmerksam lauschte er der Stimme am anderen Ende. »Ja, ich danke Ihnen. Das ist wirklich sehr interessant«, bemerkte er. »Gibt es sonst noch etwas?«

Diesmal war die Antwort kürzer. »Ich verstehe«, sagte er. »Ich werde mich darum kümmern. Ja, das ist mir klar.« Dann beendete er das Gespräch und legte das Telefon ins Handschuhfach. Er hielt einen Moment inne und zog schließlich etwas aus seiner Tasche. Warf es in die Luft und sah zu, wie es sich drehte. »Kopf, du verlierst. Zahl, du verlierst auch«, murmelte er.

Es war das Amulett von Feutoch.

15

»Ich bin immer noch der Meinung, du hättest Doyle Bescheid sagen sollen.«

»Ich habe dich schon verstanden, Cordelia«, sagte Angel. »Die Antwort ist immer noch die gleiche. Nein.«

Angel saß in seinem Wagen, der mit offenem Verdeck in der Garage von Cordelias Apartmenthaus stand. Er hatte den ganzen Tag darüber nachgedacht, sich aber schließlich entschlossen, Cordelia in seinen Plan einzuweihen, dass er Terri und Doyle beschatten wollte. Angel musste zugeben, dass es ihm nicht sonderlich behagte, aber er hatte keine Wahl. Er brauchte ihre Hilfe. Der erste Teil der Aktion würde noch vor Sonnenuntergang stattfinden.

Schließlich musste er sich vor einem tödlichen Sonnenbrand schützen und gleichzeitig die Verfolgung aufnehmen, ohne dass Doyle etwas merkte. Es waren einfach zu viele Unbekannte in dieser Gleichung, die den Erfolg der Aktion gefährden konnten. Deshalb lag er nun auf dem Vordersitz seines Wagens und telefonierte via Handy mit Cordelia.

»Du machst genau das, was sie wollen«, hörte er Cordelia durchs Telefon. »Du weißt schon … alle für einen …« Dann fiel ihr auf, dass sie nicht den richtigen Spruch getroffen hatte und sich verzettelte, also schwieg sie lieber.

»Ich glaube, du meinst ›teile und herrsche‹«, sagte Angel.

189

»Aber die Antwort ist immer noch die gleiche, Cord.«

»Verdammt«, sagte Cordy. »Hat dir heute Morgen jemand eine Pille für Starrsinn gegeben?«

»Ich habe dir doch erklärt, dass es besser so ist«, sagte Angel. »Es ist sicherer für Doyle. Wenn er nicht weiß, dass ich da bin, dann kann er auch niemandem versehentlich einen Hinweis geben.«

»Das würde Doyle niemals tun«, protestierte Cordelia.

»Nicht absichtlich«, stimmte Angel zu. »Das würde auch erklären, warum ich das Wort ›versehentlich‹ benutzt habe.«

»Rede nicht mit mir wie mit einem Schulkind, Angel«, entgegnete Cordelia ärgerlich. »Immerhin habe ich die Highschool abgeschlossen … Okay, bleib dran. Ich glaube, es geht los.«

In der Pause, die nun entstand, zog Angel die Autoschlüssel aus der Tasche und steckte sie ins Zündschloss.

»Sie verlässt ihre Wohnung«, bestätigte Cordelia.

»In welche Richtung geht sie?«

»Nicht zur Garage«, sagte Cordy einen Moment später. »Ich glaube, sie geht zu Fuß.«

»Wo ist Doyle? Kannst du ihn sehen? Hat er sie gesehen?«

»Noch nicht … okay, er folgt ihr«, unterrichtete ihn Cordelia. »Fahr aus der Garage und dann nach rechts.«

Angel setzte sich auf und startete den Motor.

»Danke, Cordelia.«

»Alles klar, wenn du wieder mal jemanden brauchst, um einen Kollegen auszuspionieren, brauchst du nur anzurufen.«

Das Telefon verstummte. Angel fuhr den Plymouth langsam aus der Garage.

190

Cordelia legte das Telefon voller Abscheu zur Seite. Während ihrer Glanzzeit als anerkanntes Biest der Sunnydale Highschool hatte sie Dinge getan, auf die sie keinesfalls stolz war, aber was Angel jetzt von ihr verlangte, ging darüber hinaus. Sie war sich noch nie so beschissen vorgekommen wie in diesem Augenblick, wo sie Doyle, ihren Kollegen, ausspionieren sollte. Und dass sie Angels Gründe verstand, half auch nichts. Zumindest nicht viel. Wenn Doyle sich völlig auf Terri konzentrierte, dann konnte Angel sich auf ... alles andere konzentrieren. Und wenn Doyle nicht wusste, dass Angel auch dort war, dann konnte nichts in seinem Verhalten darauf hindeuten. Aber irgendetwas an der Sache gefiel Cordelia trotzdem nicht. Schließlich waren sie ein Team. Also sollten sie auch handeln wie ein Team.

Nervös lief sie in ihrer Wohnung auf und ab, ging zurück zum Fenster und starrte hinaus. Die Menschen waren nicht mehr gemeinsam unterwegs, fiel Cordelia auf. So wie das eben in einer Millionenstadt wie L.A. möglich war, blieben sie für sich. Sie hatte sogar schon beobachtet, dass Leute die Straßenseite wechselten, um anderen nicht zu nahe zu kommen. Und dabei waren es keineswegs nur Fremde, denen man ausweichen wollte, vor denen man Angst hatte. Die Nachricht von den letzten Morden, vor allem die von dem Pärchen, das nachts in seinem eigenen Bett gegrillt worden war, verlieh dem Motto ›Traue keinem‹ eine neue Dimension. Der Crispy Critter Killer konnte jeder sein. Sogar jemand, den man kannte und liebte.

Unwahrscheinlich, dachte Cordelia. Aber schließlich kannten die Journalisten nicht die Wahrheit. Wussten nicht, dass der Mörder in Wirklichkeit ein Feuerdämon namens Feutoch war. Eine Kreatur, die vermutlich nur von ihrer Mutter geliebt wurde. Falls ein Feuerdämon überhaupt eine Mutter hatte.

Plötzlich drehte Cordy sich um und nahm die Wohnung in Augenschein, als betrachte sie sie zum ersten Mal. Das Apartment war großartig und sie wohnte ausgesprochen gerne hier. Vor allem verglichen mit dem Loch, in dem sie vorher gehaust hatte. Sie lebte so gerne hier, dass sie sogar in Kauf nahm, die Wohnung mit einem Geist zu teilen.

Aber hätte sie jemanden umgebracht, um hier zu leben? Cordy musste zugeben, dass Selbsterforschung nicht unbedingt ihre starke Seite war. Außerdem machte sie sich im Allgemeinen nichts aus Menschen, die sie nicht kannte. Dennoch konnte sie sich nicht vorstellen, einen solchen Schritt auch nur in Erwägung zu ziehen. Die alte Cordelia vielleicht. An einem Tag, an dem sie die Welt gehasst hatte, wäre sie vielleicht so weit gegangen. Aber nicht die Person, die sie jetzt war. Und das hatte sie vor allem Angel zu verdanken, erkannte sie plötzlich.

Angel, der mehr als hundert Jahre wieder gutmachen musste, in denen er Dinge getan hatte, die Cordelia sich nicht einmal vorzustellen wagte. Der die Verkörperung jener Tatsache war, dass man seine Vergangenheit nicht einfach abstreifen konnte, sondern sie überallhin mitnahm. Natürlich nur, wenn man davon ausging, dass Angel überhaupt als Verkörperung von irgendetwas betrachtet werden konnte. Jedenfalls war diese Vergangenheit eine Bürde, die nicht einfach verschwand. Nicht bevor irgendjemand da draußen beschloss, dass du genug gebüßt hast.

Bedeutete die Tatsache, dass Angel tot war, eigentlich, dass er keine Träume hatte?, fragte Cordelia sich plötzlich. Sie wusste, dass er fähig war zu lieben. Sie hatte gesehen, wohin das führte. Er durfte nicht glücklich sein, das war sein Fluch. Sobald er dem Gefühl nachgegeben hatte, waren sowohl seine Seele als auch sämtliche guten Vorsätze zur Hölle gefahren, im wahrsten Sinne des Wortes.

Wenn Angel einen Handel mit Feutoch abschließen könnte, was würde er sich wohl wünschen? Wieder ein Mensch zu sein? Noch einmal von vorne anzufangen? Oder wünschte er sich einfach nur, die ganze Last auf seinen Schultern loszuwerden und dem Weltuntergang zuzuschauen? Das war keine besonders beruhigende Vorstellung, fand sie.

Plötzlich wurde Cordelia von einem Geräusch aus der Küche aufgeschreckt. Sie hörte, wie sich die Kühlschranktür öffnete und wieder schloss. Dann beobachtete sie, wie eine Coladose durch die Küchentür auf sie zuschwebte.

»Oh«, war ihr Kommentar. »So schlecht geht's mir?« Die Dose blieb vor ihr in der Luft stehen. Cordelia nahm sie in die Hand, öffnete sie und trank einen Schluck. »Danke, Dennis. Ich glaube, genau das habe ich gebraucht.«

So weit war es also gekommen. Selbst der Geist konnte ihr ansehen, dass sie sich zu viele Sorgen machte. »Also, was glaubst du?«, fragte sie. »Wie weit ist er inzwischen wohl gekommen? Ich meine, jetzt kann ich ihn sicher nicht mehr aufspüren, oder? Er ist einfach zu weit voraus.«

In die Stille hinein erhob sich plötzlich ein Schlüssel vom Tisch und schwebte in der Luft. Ein kleiner, dicker Bär baumelte an der Kette.

»Oh mein Gott. Du hast ein Auto für mich gestohlen.«

Ich bin ihnen wohl entkommen, dachte Terri.

Kaum hatte sie ihre Wohnung verlassen, war da so ein Gefühl gewesen, dass jemand sie verfolgte. Zunächst hatte sie versucht, sich zu beruhigen. Schließlich lief sie nicht um Mitternacht bei stürmischem Regenwetter in einer dunklen Seitenstraße herum, sondern über taghelle, breite Straßen an einem wunderbaren Frühlingsabend in L.A.

Außerdem, wer um alles in der Welt würde sie wohl verfolgen wollen? Einer der Illuminati? Aber das machte keinen Sinn. Über ihre Zweifel war sie längst hinaus, schon seitdem sie mit Doyle ausgegangen war.

Sie wich einem gut gekleideten Geschäftsmann aus, der gerade ein Telefonat mit seinem Handy beendete. Sein Blick verfolgte sie, dann wandte er sich blitzartig ab. Seine Augen waren blutunterlaufen. Wahrscheinlich bin ich auch von der Paranoia angesteckt, die in der Stadt grassiert, dachte sie.

Terri blieb kurz stehen und suchte in ihrer Tasche nach dem Zettel, auf dem die Adresse des heutigen Meetings stand. Sie wusste nicht, wer die Nachricht geschickt hatte. Sie hatte sie einfach gestern Morgen in ihrem Briefkasten gefunden. Aber wahrscheinlich kam sie von Andy. Immerhin hatte er das Apartment für sie gemietet. Sie freute sich darauf, Andy wieder zu sehen. Sie war begierig, ihm mitzuteilen, wie gut es ihr ging und wie sehr sie sich schon in ihrem neuen Leben zu Hause fühlte. Vielleicht würde sie ihm sogar von Doyle erzählen. Nun, sie würde ihm keinen Namen verraten, aber vielleicht nebenbei eine Bemerkung fallen lassen, dass sie sich mit jemandem traf.

Die Adresse auf dem Zettel war noch etwa einen halben Block weit entfernt. Sie stopfte den Zettel zurück in die Handtasche und beschleunigte ihre Schritte. »Terri!«, hörte sie plötzlich eine vertraute Stimme. »Da bist du ja!«

Sie weiß Bescheid, dachte Doyle.

Terri hatte sich nicht nach ihm umgedreht, aber etwas in ihrer Körperhaltung, ihre verspannten Schultern, zeigten ihm, dass sie sich beobachtet fühlte. Seit Beginn der Verfolgung hatte er unablässig nur einen Gedanken: Diesmal durfte er die Sache nicht vermasseln.

Aber es war gar nicht so einfach, jemandem zu folgen. Vor allem nicht im hellen Tageslicht. Und leider hatte Doyle keinen der Vorteile, mit denen die meisten Verfolger in einschlägigen Filmen rechnen konnten. Lange Schatten, in denen man sich bequem verbergen konnte, Schaufensternischen, die perfekten Unterschlupf boten. Schnell wirksame Verkleidungen, die man überstreifen konnte, wenn man Gefahr lief, entdeckt zu werden. Seine Ausrüstung war simpel. Er hatte nur – Doyle.

Die beste Verkleidung, mit der er jeden Filmverfolger hätte toppen können, kam keinesfalls in Frage. Schließlich hätte es ihm auch wenig genutzt, sein Dämonengesicht aufzusetzen. Er wollte ja nicht auffallen.

Terri blieb auf dem Gehweg stehen und kramte einen Zettel aus ihrer Tasche. Als Doyle ebenfalls stehen blieb, stolperte ein Typ fast über ihn. Normalerweise hätte das zu einer Konfrontation geführt, aber stattdessen machte der Typ schnell einen Schritt zur Seite und ging an ihm vorbei. Dabei hielt er den Kopf gesenkt und vermied Blickkontakt. Es schien, als wollte jedermann vermeiden, bei einem Unbekannten einen Eindruck zu hinterlassen. Etwas, woran man sich erinnern konnte. Jeder, an den man sich erinnern konnte, war eine potenzielle Zielscheibe. Und Zielscheiben wurden allzu schnell zu

Mordopfern. Doyle blieb, wo er war, hielt den Körper abgewandt und blickte über die Schulter zu Terri. Komm schon, dachte er. Führ mich hin. Hilf mir. Hilf uns allen.

Er blieb stehen, während Terri den Zettel in die Handtasche zurückschob und weiterging. Sie war nur ein paar Schritte von einer Kreuzung entfernt. Welche Richtung würde sie einschlagen? Doyle wartete, bis Terri rechts abgebogen und seinem Blick entschwunden war, bevor er ihr nachstürzte. Er konnte es sich nicht erlauben, sie jetzt zu verlieren.

Nun, wenigstens hatte er einen Vorteil, dachte Angel. Doyle und Terri, oder um sie in der richtigen Reihenfolge zu nennen, Terri und Doyle, hatten nicht gerade ein Wahnsinnstempo drauf. Jedenfalls war Angel mehr als froh, an der roten Ampel halten zu können.

Die Sonne war endlich untergegangen. Es würde noch eine ganze Weile hell sein, aber der hässliche, große Scheinwerfer am Horizont war verschwunden. Das bedeutete, Angel konnte sich einigermaßen sicher fühlen. Falls Doyle und Terri endlich an ihrem Bestimmungsort ankommen würden ... Er wollte endlich etwas tun. Als es grün wurde, überquerte Angel die Kreuzung und fuhr an die Seite. Er befand sich ungefähr einen Block hinter Doyle, als dieser abrupt stehen blieb.

»Warum dieser Stopp?«, wunderte sich Angel. Er spürte die Anspannung in seinen Armen, während er das Lenkrad fester packte. Obwohl es noch Stunden bis Mitternacht waren, konnte Angel diesen permanenten Druck keine Sekunde loswerden. Es war, als laufe der Countdown unaufhörlich in seinem Hinterkopf, seit jenem Augenblick, als das Amulett von Feutoch aus Cordelias Handtasche gerollt war.

196

Jede Sekunde machte den Tod von Deidre Arensen wahrscheinlicher, ebenso wie den zahlloser anderer Opfer. Nur leider brachte ihn dieses Wissen keinen Schritt weiter. Er musste dem Ganzen irgendwie Einhalt gebieten. Koste es, was es wolle.

Als er sah, dass Doyle sich wieder in Bewegung setzte, richtete er sich auf. Bis zur nächsten Ecke, dann weiter, rechts abbiegen. Endlich! Angel warf einen Blick in den Rückspiegel und fädelte sich langsam wieder in den Verkehr ein.

»Terri, da bist du ja!«

Als sie Andys Stimme hörte, blieb sie irritiert stehen. Sie hatte so konzentriert nach dem richtigen Gebäude Ausschau gehalten, dass sie längst davor stand und es gar nicht gemerkt hatte. »Andy«, begrüßte sie ihn. »Hi.«

»Du bist spät dran«, stellte Andy fest und suchte ihren Blick mit seinen blauen Augen. »Ich hab schon befürchtet, du würdest nicht kommen.«

»Oh«, sagte Terri. »Nein, nein, ich meine, es tut mir Leid. Natürlich wollte ich dabei sein, ich hatte nicht vor, zu spät zu kommen.«

»Na«, wechselte Andy das Thema. »Und wie geht's dir?«

Terri begann, am Riemen ihrer Handtasche herumzunesteln. Warum war sie plötzlich so nervös, als müsse sie hier ein Examen ablegen? Sie hatte überhaupt nichts falsch gemacht. Wenn sie etwas getan hatte, dann das, was *sie* ihr aufgetragen hatten. Reiß dich zusammen, Miller, ermahnte sie sich. »Gut. Ich habe getan, was ich tun sollte. Ich habe das …«

»Hey«, unterbrach Andy sie scherzhaft. »Langsam. Das hier ist keine Prüfung. Ich wollte nur wissen, wie es dir geht, das ist alles. Für manche Leute sind die plötzlichen

197

Veränderungen schwer zu verkraften. Deshalb ermutigen wir neue Mitglieder, bald wieder zu einem Meeting zu kommen.«

»Natürlich«, sagte Terri. Idiotin, schalt sie sich selbst. »Ich bin glücklich, Andy. Ehrlich, mir geht es super.«

»Das freut mich«, äußerte Andy lächelnd. »Was meinst du, soll ich dich nach dem Treffen nach Hause begleiten? Dann kannst du mir alles genau erzählen.«

»Okay«, stimmte Terri zu. Dann würde sie ihm später von Doyle erzählen, malte sie sich aus.

»Bist du bereit?«, fragte Andy. Er ging auf sie zu, wie um sich bei ihr einzuhaken. In diesem Augenblick sah Terri aus den Augenwinkeln eine Bewegung. Sie drehte sich um und stieß einen überraschten Laut aus. »Doyle?«

16

Verdammt, dachte Doyle.

Er hatte sich erwischen lassen, und daran war kein anderer schuld als er selbst. Er war einfach zu blöd gewesen. Als er um die Ecke gebogen war, war von Terri nichts mehr zu sehen gewesen. Daraufhin hatte er das Dümmste getan, was er tun konnte. Etwas, das der lahmste Verfolger im billigsten B-Movie nicht getan hätte. Er war losgerannt. Und als er sie dann endlich gesehen hatte, war er so abrupt stehen geblieben, dass sie ihn praktisch bemerken musste. Er hatte es gründlich vermasselt.

Hastig schätzte er den Eingang des Gebäudes ab, bemerkte den Typen, der neben Terri stand. Zum ersten Mal kamen ihm Zweifel an seiner Theorie. Hatte er vielleicht doch alles falsch verstanden und sie war einfach nur mit einem anderen verabredet, heute Abend?

Im nächsten Moment setzte er das harmloseste Gesicht der Welt auf. Er nannte es ›Cocker Spaniel‹. Diese Taktik basierte auf der Erfahrung, dass er mehr von den Leuten erfuhr, wenn sie ihn für freundlich, aber nicht allzu intelligent hielten. »Terri«, sagte er. »Hi.«

»Doyle, was machst du denn hier?«, fragte Terri verwirrt.

»Och, nichts Besonderes. Ich habe nur einen Spaziergang gemacht. Da habe ich dich plötzlich entdeckt und ...« Doyle verstummte, als wären ihm die Argumente ausgegangen. Was leider den Tatsachen entsprach. »Also«, fuhr er tapfer fort, »hier findet dein Meeting statt?«

»Terri«, machte der Typ sich bemerkbar. »Warum stellst du uns nicht vor?«

»Oh, mmh«, stotterte Terri. »Andy, das ist Doyle.«

»Nett, dich kennen zu lernen«, sagte Doyle und streckte ihm halbwegs freundlich die Hand hin, obwohl er den Typ auf den ersten Blick unsympathisch fand. Er hasste diese blauäugigen L.A.-Blondchen – zumindest, wenn es Männer waren.

»Ebenso«, sagte Andy. Sie begrüßten sich mit Handschlag.

»Also, woher kennt ihr beide euch denn?«, wollte er wissen. Es sollte wohl harmlos klingen, aber Doyle entging der lauernde Blick nicht, den dieser Andy ihm zuwarf.

»Zufall«, sagte er. »Totaler Zufall. Ich arbeite mit Terris Nachbarin zusammen. Wir haben uns getroffen, als Terri einzog.«

»Das ist ein netter Zufall.«

Doyle strahlte ihn an. »Das finde ich auch.«

Es entstand ein kurzes, bedrückendes Schweigen.

»Also«, fuhr Doyle fort, »ich mache mich dann mal wieder auf den Weg. Ich weiß, ihr habt … zu tun. Aber wir sehen uns doch morgen, Terri, oder?« Doyle hatte nicht vor, diesem blonden Supermann völlig das Terrain zu überlassen.

»Genau«, sagte Terri. Sie schaute von einem zum anderen, als könnte sie die subtile Spannung zwischen den Männern spüren, ohne Genaueres zu wissen, dachte Doyle.

»Wir machen nichts Besonderes«, mischte Andy sich plötzlich ein. »Nur ein Treffen von ein paar Leuten mit ähnlichen Interessen. Warum kommst du nicht mit?«

»Ich möchte mich nicht aufdrängen«, erwiderte Doyle.

»Ach hör doch auf, was soll das denn?«, protestierte Andy.

»Wir würden uns freuen, wenn du mitkommst, stimmt's Terri?«

Er nahm sie mit einer besitzergreifenden Geste beim Arm.

Terri bekam große Augen. Ihre Iris vergrößerte sich, als schaue sie in einen Raum, der plötzlich in Dunkelheit versank.

»Klar«, stieß sie hervor. »Wenn du meinst, Andy.«

»Abgemacht«, sagte Andy. Er schenkte Doyle ein Lächeln, das seine perfekten weißen Zähne zeigte, und deutete auf den Eingang des Gebäudes. »Gehen wir?«

Ich hoffe wirklich, Doyle weiß, was zur Hölle er da tut, dachte Angel. Es war ein echtes Wunder, dass er sofort einen Parkplatz fand. Allerdings hatte er einer alten Dame zuvorkommen müssen, die sich mit ihrem türkisfarbenen Ford Fairlane gemächlich auf den gleichen Platz zubewegt hatte. Er sah, wie sie mit der Faust drohte, als er aus dem Plymouth stieg. Das hielt seine Schuldgefühle in Grenzen. Das und die Tatsache, dass er Doyle schnell finden musste, oder niemand in dieser Stadt würde sich mehr mit Parkplatzproblemen beschäftigen müssen.

Angel rannte ein paar Blocks zurück, dorthin, wo er Doyle zuletzt gesehen hatte. Er kam gerade rechtzeitig, um zu beobachten, wie er ein Apartmenthochhaus betrat, direkt hinter einer jungen Frau, von der Angel annahm, dass es sich um Terri Miller handelte. Angel konnte den Umriss eines Typs sehen, der die Tür von innen aufhielt.

Er wartete, bis Terri und Doyle im Eingang verschwunden waren. Doyle hatte auf seine Weise das Haus betreten. So weit, so gut. Aber Angel vertraute seinen eigenen Methoden.

Das ist wirklich zu blöd, dachte Cordelia. Sie musste wirklich verrückt geworden sein.

Es war lächerlich, dieses Gefühl, dass sie Angel folgen müsse, dass er sie brauchte. Als ob er nicht auf sich selbst aufpassen konnte. Cordy wusste nicht, was sie hier sollte, warum war sie dann nicht zu Hause vor dem Fernseher und lackierte ihre Fingernägel? Warum fuhr sie hier herum mit einem … geliehenen Auto? Ein Lexus, von dem sich herausgestellt hatte, dass er Terri Miller gehörte. Anscheinend hatte zu dem möblierten Apartment auch ein brandneuer Wagen gehört.

Ihr Verhalten war ihr völlig suspekt. Cordy setze den Blinker und bog auf Verdacht rechts ab. Wie konnte sie erwarten, Angel zu finden, wenn sie nicht einmal wusste, in welche Richtung er gefahren war? Anscheinend war sie übergeschnappt. Was hier ablief, ganz zu schweigen von der Rolle, die Dennis dabei spielte, war total untypisch für sie – und das war alles Angels Schuld. Wenn er nicht darauf bestanden hätte, Doyle zu folgen, ohne ihn vorher darüber zu informieren …

Das war ein Fehler, dachte Cordelia. Warum konnte Angel nicht einsehen, dass … Mit quietschenden Reifen bremste sie plötzlich ab und brachte das Auto zum Stehen. Der Wagen vor ihr, ein türkisfarbener Ford, war plötzlich nach rechts rübergezogen, hatte sich quer vor ein anderes Auto gestellt und es total blockiert. Ein schwarzes Plymouth Cabrio mit geschlossenem Verdeck.

Das ist Angels Wagen, stellte Cordelia erleichtert fest.

Sie trat aufs Gaspedal, wich dem Ford aus und begab sich in die Parklücke an der Ecke, die gerade frei geworden war. Als sie ausstieg, sah sie, wie die grauhaarige Fahrerin einen Schirm aus ihrem Kofferraum holte und damit auf die Reifen des Plymouth einhieb.

Ich möchte gar nicht wissen, warum, beschloss sie. Sie wollte jetzt nur noch Angel finden.

Septimus war völlig erschöpft. Er war schon so lange unterwegs, dass er jegliches Zeitgefühl verloren hatte. Außerdem war er hungrig. Er konnte sich nicht daran erinnern, wann er zuletzt etwas gegessen hatte, aber es musste in jener Nacht gewesen sein. Der Nacht des Feuers.

Irgendwann war es ihm klar geworden und jetzt begriff er: Er war bestraft worden. Er hatte den Umschlag an sich genommen, den mit den hübschen Briefmarken. Das hätte er nicht tun sollen. Es war falsch gewesen – und falsche Handlungen wurden immer bestraft. Also bestand seine einzige Hoffnung, Terri wieder zu finden, darin, das aufzugeben, was er ihr so gerne hatte zeigen wollen.

Er musste den Umschlag zurückgeben. Er musste ein Opfer bringen.

Nicht dass ihm das Spaß gemacht hätte. Im Laufe der letzten Tage war der Umschlag für ihn immer wertvoller geworden. Aber er hatte keine andere Wahl. Septimus wusste, wie das im Leben funktionierte. Wenn man etwas haben wollte, dann musste man dafür bezahlen.

Als er einen Briefkasten gefunden hatte, stieß er einen tiefen Seufzer aus. Er steckte den Umschlag hinein und ließ die Klappe mit einem lauten Knall zufallen. Plötzlich bekam er Kopfschmerzen. Septimus presste die Hände gegen den Kopf und stapfte davon, ohne zu bemerken, wie die Leute auf dem Gehweg ihm auswichen. Bitte, dachte er, lasst mich sie finden. Lasst diesen Alptraum bald zu Ende sein.

Doyle hatte das Gefühl, großen Ärger zu bekommen, wenn er nicht mitging. Er stand im Aufzug, Terri zwischen ihm und dem Typen, der sich Andy nannte. Die Atmosphäre war angespannt. Doyle wusste nicht, ob die Spannung von ihm oder den anderen ausging. Vielleicht hätte er irgendetwas Unverfängliches sagen sollen, aber dummerweise fiel ihm nichts ein.

Der Aufzug fuhr schnell nach oben, die Tür öffnete sich. Dreizehnter Stock, bemerkte Doyle. Das war keine Überraschung. Andy ging als Erster nach draußen, fasste Terri wie vorher mit einer besitzergreifenden Geste am Arm. Doyle folgte ihnen den Gang hinunter. Plötzlich blieb Andy stehen. »Geh du schon vor«, sagte er zu Terri und ließ dabei ihren Arm los. »Die letzte Tür rechts.«

Terri sah Doyle erschrocken an. Dann blickte sie zu Boden.

»Oh, aber …«, zögerte sie.

Andys Lächeln duldete keinen Widerspruch. »Mach schon«, sagte er. »Ich will nur sichergehen, dass Doyle versteht, worum es hier geht. Meinst du nicht, er sollte die Chance haben, vorher ein paar Dinge zu erfahren? So wie du auch?«

»Okay, Andy«, sagte Terri unsicher. »Wenn du meinst.«

»Pass auf«, unterbrach Doyle sie. »Andy erzählt mir ein bisschen was und dann komme ich nach. Wie wär's, wenn du mir einen Platz freihältst?«

Terri schaute unschlüssig. »Okay«, wiederholte sie dann.

»Du brauchst nicht anzuklopfen, geh einfach rein«, wies Andy sie an.

Terri tat wie geheißen. Als die Tür sich hinter ihr schloss, wandte Doyle sich an Andy. »Also was gibt's?«

»Das!«

Doyle ging die Luft aus, als Andy ihm die Faust in den Magen rammte. Völlig überrascht und vom Schmerz überwältigt fiel er vornüber. Andy setzte mit einem rechten Haken nach, der Doyle herumwirbelte. Sein Kopf schlug gegen die Wand und erzeugte das Geräusch einer reifen Wassermelone, die platzt. Er sah Sterne. Nach dem dritten Schlag brach er zusammen. Andy trat ihn zwei-, dreimal mit Füßen und beugte sich dann zu ihm herunter. »Ich gebe dir einen guten Rat, lieber Freund. Wenn dir dein Leben lieb ist, halt dich fern von Terri Miller. Wohin sie geht und was sie tut, ist meine Angelegenheit, nicht deine.«

Dann richtete er sich auf. Doyle hörte, wie seine Schritte sich entfernten. Sein Kopf dröhnte. Dann verlor er das Bewusstsein.

Terri zuckte zusammen, als Andy während des Meetings plötzlich hinter ihr stand. »Ist alles in Ordnung?« Terri blickte ihn fragend an. »Wo ist Doyle?«

Andy machte seine Jacke zu und gab den beiden Männern an der Tür ein Zeichen. Terri wurde bewusst, dass es dieselben waren, die sich um Joy Clement gekümmert hatten. Erst als die beiden den Raum verlassen hatten, schenkte Andy ihr einen eiskalten Blick. »Sagen wir einfach, er hat seine Meinung geändert.«

Alles, was er brauchte, war ein bisschen von der guten, alten Dunkelheit. Um darin zu versinken, wie in den Armen einer Geliebten. Ein dunkler Schlund, der Geheimnisse barg und es ihm ermöglichte, im Verborgenen zu handeln.

Stattdessen hatte er die wunderbarste südkalifornische Dämmerung, hervorragend geeignet für stimmungsvolle Filmbilder, aber einen Film wollte er hier nun wirklich nicht drehen. Nicht dass er die Wahl gehabt hätte, den Job zu wechseln. Im Moment bestand dieser darin – schlimm genug –, auf einem Parkdeck hinter dem Apartmenthochhaus herumzulungern, in dem Doyle und Terri verschwunden waren. Das Übliche eben.

Er stand vor einem Aufzug, dessen Türen sich vermutlich öffnen würden, wenn er auf den Knopf drückte. Aber das nutzte ihm nichts, denn er besaß keinen Zugangscode. Also konnte er hier stehen bleiben und warten, bis jemand vorbeikam und ihn mitnahm. Das konnte wer weiß wie lange dauern und er hatte keine Zeit zu verlieren. Oder er konnte sich etwas Ausgefalleneres überlegen.

Angel hatte gerade beschlossen, Letzteres zu tun, als er ein Geräusch hinter sich hörte. Anscheinend war jemand ins Parkhaus gekommen. Angel drehte sich vorsichtig um, alle Sinne angespannt. Er widerstand der Versuchung herumzuwirbeln, schließlich hatte es keinen Zweck, jemanden zu erschrecken, der vielleicht seine Eintrittskarte nach oben war.

Ich habe kein Auto gehört, dachte er. In diesem Augenblick hatte Angel die Drehung beendet, doch es war zu spät, um zu reagieren: Er blickte direkt in das Gesicht eines Mannes, der in der rechten Hand ein Gewehr hielt. Und der Lauf des Gewehres zeigte auf Angels Brust. Angel warf sich nach rechts. Genau in dem Moment feuerte der Unbekannte. Das Geschoss verfehlte sein Herz um Haaresbreite. Es traf ihn an der Schulter, der Druck schleuderte ihn gegen den Aufzug. Die Türen gingen auf und er stolperte nach hinten, fiel zu Boden.

Der Typ kam hinterher, schoss noch einmal, traf Angel in den Hals. Angel spürte, wie das scharfe Projektil sich in seine Haut bohrte. Das ist keine Kugel, dachte er.

Er versuchte mit aller Kraft aufzustehen, aber es gelang ihm nicht. Seine Beine versagten. Er spürte sie nicht mehr. Hätte er sie nicht gesehen, er hätte zweifeln müssen, dass sie noch da waren. Angel fasste sich an den Hals und hatte einen Pfeil in der Hand. Ein Betäubungsgewehr, dachte er. Vielleicht war es ein schnell wirksames Gift. Wie auch immer, er war niedergestreckt worden wie ein Wasserbüffel.

Am Boden des Aufzugs liegend blickte er ins Gesicht des unbekannten Schützen, der über ihm stand. »Wer ...«, brachte er mühsam heraus.

Der Typ grinste. Angel hasste es, hilflos dazuliegen und in das grinsende Gesicht eines Typen zu blicken, der aussah, als sei er dem Titelbild eines Männermagazins entsprungen.

»Mein Name ist unwichtig. Viel wichtiger ist, dass Ihre Freunde von *Wolfram & Hart* mich geschickt haben.«

Angels Zunge fühlte sich dick und pelzig an. Es machte ihm große Mühe zu sprechen.

»Dann wird es Sie interessieren zu erfahren, dass ich keine Freunde bei *Wolfram & Hart* habe.«

Das Grinsen wurde breiter. »Das sehen Sie richtig«, sagte der Mann. »Aber die Partner möchten das gerne ändern. Sie haben mich gebeten, Ihnen dieses Amulett als Zeichen ihrer Wertschätzung zu überreichen.«

Er kniete neben Angel nieder, zog etwas aus seiner Jackentasche und hielt es Angel vors Gesicht.

Es war das Amulett des Feutoch.

»Ich glaube, ich muss Ihnen nicht erklären, was das ist.«

Angel stieß einen unbestimmten Laut aus.

»Ich glaube nicht«, sagte Mr. Titelbild. Er schnippte die Münze, sodass die andere Seite sichtbar wurde. Sie zeigte eine Eins. »Sie wissen, was die Zahl bedeutet?«

Diesmal gelang es Angel aufzuheulen.

»Morgen um Mitternacht werden Sie gegrillt, Angelus. Es sei denn, Sie geben die Münze weiter und lassen einen anderen für sich sterben. Aber das werden Sie nicht tun, oder? Nicht, nachdem sie auf die gute Seite gewechselt sind. Der Retter der armen, unschuldigen Sterblichen. Wir sind nicht alle so unschuldig, müssen Sie wissen.«

Er öffnete Angels Mantel und steckte das Amulett in die Brusttasche. Dann knöpfte er den Mantel zu und tätschelte Angels Brust. »In nur vierundzwanzig Stunden werden all unsere Probleme gelöst sein – und Ihre ebenfalls. Und es gibt nichts, was Sie dagegen tun können.« Er grinste verächtlich. »Es sei denn, sie verkaufen Ihre Seele.«

Der Typ stand auf, klopfte sich den Staub von den Hosen und verließ den Aufzug. »War 'ne nette kleine Unterhaltung«, sagte er. »Auch wenn ich das dumpfe Gefühl habe, dass wir uns nicht wieder sehen.«

Angel versuchte noch immer, seine Zunge zu einer angemessenen Antwort zu bewegen, als die Aufzugtüren sich schlossen und der Lift nach oben fuhr.

Cordelia beobachtete ängstlich die Straße. Wohin, in welches Gebäude, waren Doyle und Angel gegangen? Sie hatte keine Ahnung. Und das bedeutete, sie musste eins nach dem anderen absuchen.

Aber wonach sollte sie suchen?, dachte sie. Sie konnte schlecht die Bewohner der Apartments nach einem Nachbarn mit Namen Feutoch befragen. Frustriert stöhnte sie auf. Wie hatte sie nur auf einen Geist hören können? Komm schon, du machst das!, sprach sie sich dann Mut zu. Eins nach dem anderen. Denk nach! Doyle folgte Terri und Angel folgte Doyle. Das bedeutete logischerweise, dass Doyle das Haus wohl durch die Vordertür betreten hatte, so wie Terri. Angel dagegen hatte sich wahrscheinlich einen anderen Weg gesucht. Einen Weg, auf dem er das Haus möglichst unbeobachtet betreten konnte.

Eine Hintertür. Das war die Lösung, dachte Cordelia. Wenn sie Angel finden wollte, musste sie sich die Hintereingänge vornehmen.

Septimus konnte nicht weitergehen. Seine Beine gaben nach, er hatte Angst zu fallen. Er wusste, wenn ihn jemand so fand, dann würden sie die Polizei rufen. Sie würden ihn einsperren. Vielleicht würde er auf diese Weise etwas zu essen bekommen, aber das war es nicht wert. Eingesperrt zu sein war ihm ein Gräuel. Das hatte man oft genug mit ihm getan, als er noch ein Kind gewesen war. Es war das Erste gewesen, das er sich geschworen hatte, als er von zu Hause weggelaufen war – niemand würde ihn je wieder einsperren.

Alles, was er brauchte, war ein ruhiges Plätzchen. Eine dunkle Ecke, wo er sich hinlegen konnte. Vielleicht ein überdachter Unterstellplatz für Autos. Manchmal fand man dort sogar Geld auf dem Boden. Münzen, die den Leuten aus der Tasche gefallen waren. Manchmal sogar einen Dollar. Dann könnte er sich was zu essen kaufen, nachdem er sich ausgeruht hatte. Wenn es dunkel war.

Er hatte das Richtige getan. Er hatte den Umschlag zurückgegeben. Jetzt würde er wieder Glück haben.

Da. Das war ein guter Platz, dachte er. Er sah einen

schick gekleideten Mann herauskommen, aber kein Auto war weit und breit zu sehen. Ein ruhiges Plätzchen, hier würde er sicher sein. Zumindest für eine Weile. Er stützte sich mit einem Arm an der Wand des Gebäudes ab und machte sich auf den Weg zum Parkdeck.

Angel hatte ein Scheißgefühl, was seine Situation anbetraf. Das lag daran, dass er sich nicht bewegen konnte. Der Bote von *Wolfram & Hart* hatte den Aufzug sicher nicht nach oben geschickt. Aber das bedeutete nicht, dass ihn da oben etwas Besseres erwartete. Auf dem Rücken liegend beobachtete er, wie die Zahlen der Stockwerke nacheinander aufleuchteten. Im dreizehnten Stock blieb der Aufzug stehen.

Perfekt, dachte Angel. Er tat sein Bestes, um sich an der Wand des Aufzugs hochzuziehen. Was auch immer hier auf ihn wartete – es war besser, er würde es im Sitzen begrüßen.

Als die Türen aufgingen, sah er drei Typen im Flur. Eigentlich waren es zwei, die einen dritten hinter sich herschleiften, der ziemlich mitgenommen aussah. Als hätte er gerade ziemliche Prügel bezogen. Ein Typ, der aussah wie Doyle.

»Ich hatte keine Ahnung, dass man in dieser Gegend Leute zusammenschlägt«, sagte der eine Typ zu seinem Partner, als er Angel sah.

Der andere zuckte die Schultern. »Ich auch nicht.«

»Wer seid *ihr* beide denn?«, stieß Angel hervor und stellte fest, dass seine Zunge sich wieder bewegte. Jetzt musste er nur noch seine Beine dazu bringen, es ihr gleichzutun. »Tweedledum und Tweedledee?«

»Hey – der Kerl ist ein Komiker«, sagte der Typ links von ihm, Tweddledum.

»Sieht ganz so aus«, antwortete Tweedledee. »Schade, dass er kein Stand-Up-Comedian ist.« Er kicherte über seinen eigenen lahmen Witz.

»Das ist lustig, Mann«, fuhr er fort. »Was hältst du von Publikum?« Gemeinsam legten sie Doyles bewusstlosen Körper über Angels immer noch gelähmte Beine. Er konnte ihr hämisches Lachen hören, als die Türen sich schlossen und der Aufzug wieder nach unten fuhr.

Der Obdachlose gab schließlich den Ausschlag für Cordelias Entscheidung, welches Haus sie sich zuerst vornehmen sollte.

In L.A. gab es eine Menge Obdachlose, aber in diesem Teil der Stadt sah man sie selten. Deshalb fiel er besonders auf, der Typ, der in einem viel zu großen Regenmantel die Straße entlangging. Abgesehen davon, dass er mehr als nur ein bisschen wacklig auf den Beinen schien, ging er zielstrebig auf dieses Haus zu, als hoffte er, dort etwas Bestimmtes zu finden.

Warum nur?, fragte Cordelia sich. Hatte er etwas entdeckt, was ihrer Aufmerksamkeit entgangen war? Sie wartete an der Straßenecke, bis er auf dem Parkdeck verschwunden war. Dann stürzte sie hinterher. Mit der rechten Hand umklammerte sie ihre Schlüssel. Man musste ja schließlich keine unnötigen Risiken eingehen.

Als sie sich der Garage näherte, ging sie langsamer. Angespannt lauschte sie auf das kleinste Geräusch. Sie hätte schwören können, da war ein ›Ping‹, als sei ein Aufzug angekommen. Einen Moment später hörte sie Stimmen. Das ist Angel, dachte sie.

Blitzschnell schoss Cordelia um die Ecke auf das Parkdeck. Gerade rechtzeitig, um zu sehen, wie der Typ im

Regenmantel sich über etwas beugte, das am Boden des Aufzugs lag. »Hey!«, schrie sie.

Der Obdachlose richtete sich so plötzlich auf, dass er fast das Gleichgewicht verloren hätte. Er hob die Hände, als hätte Cordelia ihm mit der Festnahme gedroht. Dann rannte er an ihr vorbei aus der Garage. Cordelia beeilte sich, zum Aufzug zu kommen.

Doyle und Angel lagen übereinander auf dem Boden. Angel versuchte, auf die Beine zu kommen. Doyle war bewusstlos.

»Sieht aus, als hättest du ihn gefunden«, stellte Cordelia fest.

»Vielleicht kannst du deine sarkastischen Bemerkungen auf später verschieben, wäre das möglich? Im Augenblick möchte ich einfach nur aus diesem Aufzug raus und möglichst schnell zurück ins Büro. Da du meinen Freund hier gerade verjagt hast, wäre es vielleicht möglich, dass du uns behilflich bist.«

»Gut. In Ordnung. Bloß kein Dankeschön«, brummte Cordelia vor sich hin, während sie seiner Aufforderung nachkam.

»Wie hast du überhaupt herausgefunden, wo ich bin?«, fragte Angel. Doyle erlangte allmählich das Bewusstsein wieder.

»Ich bin dir gefolgt«, sagte sie kurz angebunden. »Wie sonst?«

17

»Ich bin sehr enttäuscht von dir, Terri«, sagte Andy sanft.

Das Meeting war vorbei. Wie versprochen hatte Andy Terri nach Hause begleitet. Aber es war nicht so gewesen, als machten zwei Freunde einen Spaziergang. Eher als würde ein Wächter die Gefangene zurück in ihre Zelle bringen. Terri versuchte sich zusammenzunehmen, damit Andy nicht merkte, wie sehr sie sich fürchtete. Das würde ihm noch einen Vorteil verschaffen, und er schien sowieso schon alle Asse in der Hand zu haben. Den ganzen Nachhauseweg lang hatte er sie mit eiskaltem Schweigen gestraft. Als ob Doyles unvermitteltes Auftauchen ihre Schuld gewesen war. Nichts von dem, was sie gesagt hatte, machte Eindruck auf ihn.

»Ich weiß nicht warum«, antwortete sie. Sie stand auf. Sitzen zu bleiben, während Andy stand, machte sie nervös – und es bedeutet außerdem, dass er sich über sie beugen, sie wie ein Kind behandeln konnte. Das war das Letzte, was sie im Moment brauchen konnte. Davon hatte sie bei ihren Eltern mehr als genug gehabt. »Was habe ich denn falsch gemacht?«, protestierte sie. Sie kam sich schrecklich kindisch vor.

Andy kreuzte die Arme vor der Brust. »Du bleibst also dabei«, bemerkte er, »und du kannst mir auch nicht erklären, wie dein neuer Freund Doyle« – Andy sprach seinen Namen aus, als sei die Beziehung zwischen ihr und Doyle etwas Schmutziges, Anrüchiges – »dich heute Abend finden konnte. Bist du sicher, dass du es ihm nicht verraten hast?«

»Ja, ich bin sicher. Das habe ich doch schon gesagt«, stieß Terri nervös hervor, obwohl sie sich große Mühe gab, ruhig und gelassen zu klingen. »Natürlich habe ich ihm nichts verraten. Wir haben uns erst gestern kennen gelernt. Eine Kollegin von ihm wohnt nebenan. Wir sind zusammen was trinken gegangen und dann hat Doyle mich gefragt, ob ich mit ihm in eine Bar gehe. Dann wollte er mich heute Abend wieder treffen und ich sagte, das geht nicht. Ich habe ihm erklärt, ich müsse zu einem wichtigen Treffen, das ich nicht absagen kann.«

»Interessante Wortwahl«, stellte Andy fest. »Wolltest du nicht zu dem Treffen kommen, Terri? Bist du nicht zufrieden mit deinem neuen Leben? Deinem schönen Apartment, dem Adressbuch voller Namen und Telefonnummern? Du willst mit einem Freund ausgehen? Alles, was du tun musst, ist, nach dem Telefon zu greifen. Du musst deine Zeit nicht mit einem Looser wie Doyle verschwenden. Aber das hast du getan. Ich wüsste gerne warum.«

Unvermittelt fing Terri an zu zittern. Andys Stimme war ruhig, aber sie spürte die Drohung, die darin mitschwang. Diesen Tonfall hatte sie schon einmal bemerkt, als er mit Joy Clement gesprochen hatte. Sie ging zum Fenster hinüber, um den Abstand zu ihm etwas zu vergrößern. »Ich verstehe nicht, warum du so wütend auf mich bist«, sagte sie. »Ich habe keinen Fehler gemacht. Ich bin zu dem Meeting gekommen und ich habe das Amulett weitergegeben.«

»Das ist richtig«, sagte Andy. »Erinnerst du dich auch, welche Zahl auf der Rückseite stand?«

214

Ich erinnere mich an alles sehr genau, dachte Terri. »Drei«, flüsterte sie mit erstickter Stimme.

»Was?«, fragte Andy. »Ich habe dich nicht verstanden.«

»Drei«, wiederholte Terri lauter.

»Und wie viele Tage sind vergangen, seit du es weitergegeben hast?«

»Zwei.«

»Also«, fasste Andy zusammen, und eine gewisse Heiterkeit kehrte in seine Stimme zurück. »Mathematische Grundregeln haben noch keinem geschadet. Wir haben noch einen Tag Zeit. Vierundzwanzig Stunden noch, bis dein schönes, neues Leben bezahlt ist. In dieser Zeit kann noch viel passieren, Terri. Merk dir das gut!«

Terris leichter Schauder verwandelte sich in ein unkontrollierbares Zittern. Andy fing an, in der Wohnung herumzustreifen wie ein Immobilienmakler. »Bevor du nicht für all das bezahlt hast« – er machte eine Geste mit der Hand –, »kann es dir wieder weggenommen werden. Wenn du uns verraten solltest, wenn du auch nur unseren Namen weitergibst, dann werde ich es herausfinden. Dann wirst du sterben und jeder, der damit zu tun hat. Wenn du einmal zu den Illuminati gehörst, dann gibt es kein Zurück. Das ist eine Entscheidung für den Rest deines Lebens. Wie lange dieses Leben dauern wird, liegt an dir. Aber eins kann ich dir mit Sicherheit sagen: Die Zeit der Manifestation von Feutoch ist nah. Sehr nah. Und ich bin sicher, wenn er kommt, dann wirst du eine von uns sein wollen.«

Er ist verrückt, dachte Terri. Sie fragte: »Wer ist Feutoch?«

Andys Augen bekamen plötzlich einen fremdartigen Glanz. »Feutoch ist der, dem wir dienen. Der, dem die Leben geopfert werden. Der uns alles gibt, wonach wir verlangen. Feutoch ist der, der das alles möglich macht. Sein Erscheinen wird die Welt verändern.«

Langsam wie eine Katze, die ihr Territorium abschreitet, bewegte sich Andy durch den Raum und blieb schließlich vor ihr stehen. Jede Zelle in Terris Körper schrie danach wegzulaufen, außer Reichweite zu gelangen. Nur die Tatsache, dass es sinnlos war, hielt sie an ihrem Platz. Denn es gab keinen Ort, an den sie sich hätte flüchten können.

Andy packte ihr Kinn und hielt es fest. »Liebst du das Feuer, Terri Miller?«, wollte er wissen.

»Was?« Terri schnappte nach Luft. Sie zuckte zusammen, als Andy seinen Griff intensivierte.

»Ich fragte, ob du das Feuer liebst.«

»Ja«, antwortete Terri verängstigt.

»Gut, das ist sehr gut, Terri«, lobte Andy. »Denn die Zeit von Feutoch ist die Zeit des Feuers. Die Welt, wie du sie kennst, wird untergehen. Nur die wahren Anhänger Feutochs werden verschont bleiben. Alle anderen kommen in den Flammen um. Verstehst du mich?«

Terri öffnete den Mund und wollte sprechen, aber sie brachte kein Wort heraus. Sie verstand nur, dass Andy jedes Wort ernst meinte.

Andy schnippte mit den Fingern. Ein stechender Schmerz durchzuckte Terri. »Ich habe dich nicht verstanden. Ich glaube, du musst lauter sprechen.«

»Ja!«, schrie Terri. »Ja, ich verstehe. Ja. Ja!«

»Das hört sich besser an.« Andy ließ ihr Kinn los und trat einen Schritt zurück. Terri verschränkte die Beine, um nicht zu Boden zu sacken. Später, dachte sie. Du kannst später zusammenbrechen. Gib ihm nicht die Genugtuung.

Andy ging zur Tür und legte seine Hand auf die Klinke.

In letzter Sekunde kam er noch einmal zurück. »An deiner Stelle würde ich heute Nacht nicht zu früh schlafen gehen. Du solltest die Spätnachrichten nicht verpassen. Aus gut unterrichteter Quelle weiß ich, dass es eine Sondersendung geben wird. Kurz nach Mitternacht. Wenn du den Fernseher anschaltest, könntest du auf Bekannte treffen.«

Er öffnete die Tür. »War nett mir dir. Ich hoffe, du wirst ein braves Mädchen sein und tun, was man dir sagt. Wir sehen uns.«

Er trat auf den Flur hinaus und schloss die Tür hinter sich.

Das Geräusch löste die Anspannung in ihrem Körper. Ihre Beine versagten und sie fiel hart auf den Boden.

Es gibt keinen Ausweg, dachte sie verzweifelt. Genauso gut konnte sie ihr eigenes Grab schaufeln. Es gab niemanden, den sie um Hilfe bitten konnte. Auch wenn sie nicht alles, was Andy gesagt hatte, wirklich verstanden hatte – so viel war ihr jedenfalls klar.

Terri Miller saß auf dem Boden ihres schönen, neuen Apartments, um sich herum die Scherben ihres traumhaften Lebens, und fing an zu lachen. Wie hatte sie nur so dumm sein können? Terri schüttelte ungläubig den Kopf. Wie hatte sie glauben können, dass ihr Leben sich verändern würde? Sie hatte jetzt einen hübscheren Käfig, einen, der ihr besser gefiel, aber im Grunde war alles wie vorher. Das Wichtigste hatte sich nicht verändert: Sie war genauso allein, wie sie es immer gewesen war.

»Ich glaube, ich verstehe noch immer nicht ganz, kannst du mir das bitte noch mal erklären?«, sagte Doyle.

Das Team saß in Angels Privaträumen und Angel selbst war immer noch unsicher auf den Beinen. Doyle hatte ziemlich schlechte Laune. Aber das war unter diesen Umständen kaum überraschend. Cordelia hatte ihm einen Eisbeutel gebracht, mit dem er abwechselnd sein dickes Auge und seine geplatzte Lippe behandelte.

»Ich habe es dir doch schon gesagt«, erklärte Angel. Auch seine Laune war auf dem Tiefpunkt angelangt. Um es auf den Punkt zu bringen, der Abend war schlecht gelaufen. Das war allerdings die Untertreibung der Woche – und dabei hatte diese Woche schon ziemlich schlecht angefangen. Es war eine einzige Katastrophe. Dabei waren sie so nah dran gewesen. Sie hatten den Treffpunkt der Kultmitglieder herausgefunden. Aber wegen Doyles Bewusstlosigkeit und Angels Malheur waren sie nicht in der Lage gewesen, etwas daraus zu machen. Stattdessen saßen sie hier im Büro herum und fühlten sich beschissen.

Doyle nahm den Eisbeutel von seiner Lippe. »Also erzähl es mir noch mal. Diesmal könntest du mir vielleicht erklären, warum du das getan hast … und warum du mir nicht vertraust!«

»Ich vertraue dir«, sagte Angel ungeduldig.

Doyle schnaubte. »Dann hast du eine merkwürdige Art, das zu zeigen. »Oder ist das deine Masche?«

»*Gefolgt*. Ich bin dir gefolgt, okay?«, stöhnte Angel. »Das war dumm von mir. Ich hätte es nicht tun sollen. Ich entschuldige mich dafür. Ich habe es nicht getan, weil ich dir misstraue, sondern weil ich dachte, vier Augen sehen besser als zwei.«

»Schade nur, dass ihr beide nichts gesehen habt«, kommentierte Cordelia, die als eine Art menschliche Pufferzone zwischen den beiden saß.

Doyle packte sich den Eisbeutel wieder auf die Lippe. »Nur zu eurer Information, ich habe etwas gesehen«, verkündete er. »Nämlich den Typen, den Terri getroffen hat. Eine waschechte L.A.-Ausgabe. Nannte sich Andy.«

»War das vor, während oder nachdem er dir seine Faust ins Auge gerammt hat?«, wollte Cordelia wissen.

»Vor und während«, erwiderte Doyle wahrheitsgemäß. »Mir ist das schleierhaft. Der Typ hat anscheinend 'ne Menge Aggressionen abzubauen, wenn ihr mich fragt.«

»Und du bist sicher, dass er nicht einfach ein eifersüchtiger Freund war, von dem wir nichts wissen?«, fragte Cordelia nachdrücklich.

»Ganz bestimmt nicht.« Angel hob plötzlich die Stimme. »Meine persönliche Verabredung war ein Mitarbeiter unserer alten Freunde *Wolfram & Hart*. Unter diesem Gesichtspunkt …«

»Hört sich an, als wären wir ihnen zu dicht auf die Pelle gerückt«, kombinierte Cordelia weiter.

»Richtig«, sagte Angel. »Nur leider hilft uns das auch nicht viel weiter. Abgesehen davon vielleicht, dass Doyle diesen Andy identifizieren könnte, wenn er ihm je wieder begegnen sollte. Aber das ist wohl kaum wahrscheinlich und mehr über ihn würden wir dann wohl auch nicht erfahren.« Dass *Wolfram & Hart* seine Wenigkeit aus dem Verkehr ziehen wollten, verschwieg er den beiden lieber. Schließlich konnten Doyle und Cordelia auch nichts daran ändern, dass man ihn gezeichnet hatte.

Gedankenverloren saßen die drei für einen Augenblick schweigend auf der Couch herum.

»Woher wusste er, wo er dich findet?«, fragte Doyle schließlich.

Angel dachte über die Frage nach. »Eigentlich konnte er nicht wissen, dass ich um diese Zeit dort sein würde. Nicht einmal ich selbst wusste, dass ich um diese Zeit dort sein würde.«

219

»Angel, Mann, hör auf damit, ich bekommen Kopf-schmerzen.«

»Okay, hört her«, beschloss Cordelia und sprang auf die Beine. »Wir brauchen einen neuen Plan. Die Zeit läuft uns davon – und wir sitzen hier herum und lecken unsere Wunden.«

»Du hast leicht reden«, bemerkte Doyle. »Schließlich bist du die Einzige, die nichts abbekommen hat.«

Da weder Angel noch Doyle Platz machten, kletterte sie über den Tisch und baute sich davor auf. »Lasst uns mal sehen, was wir haben, okay?«, schlug sie vor. »Sie haben dich zusammengeschlagen, Doyle, und sie haben Angel mit einem Betäubungsmittel lahm gelegt. Das könnte auch ein gutes Zeichen sein. Vielleicht haben sie Angst vor uns.«

»Auf jeden Fall wollten sie verhindern, dass wir an dem Meeting teilnehmen«, sagte Doyle.

»Okay, das Meeting«, wiederholte Cordelia. »Was ist jetzt mit diesem Treffen? Immerhin wissen wir schon mal, dass eins stattgefunden hat. Das bestätigt, dass Terri etwas mit dem Kult zu tun hat.«

»Das wussten wir auch schon vorher, Cordelia«, mel-dete Angel sich zu Wort.

»Gut, aber jetzt sind wir absolut sicher«, erwiderte Cor-delia erregt. »Wir müssen sie zum Sprechen bringen. Das ist unsere einzige Chance. Und sag jetzt nicht, dass wir das auch schon vorher wussten. Ich versuche im Augen-blick einfach nur, die Dinge etwas positiv zu sehen.«

»Wir könnten sie rund um die Uhr überwachen«, schlug Doyle vor.

»Ich halte das für keine gute Idee«, bemerkte Angel. »Hast du schon vergessen, wie gut das gerade funktio-niert hat?«

»Ich finde, Doyle sollte mit ihr sprechen«, sagte Cordelia. »Wir wissen ja noch nicht mal, ob es ihr gut geht. Vielleicht hat dieser Andy sie genauso unsanft behandelt. Und selbst wenn nicht, so wie Doyle jetzt aussieht, könnte uns das einen Vorteil verschaffen. Ich würde mich furchtbar fühlen, wenn jemand, den ich kenne, so aussieht.«

Doyle nahm den Eisbeutel vom Gesicht und schaute sie an. »Wie wäre es damit: Es *sieht* jemand, den du kennst, so aus, Cord.«

»Und wenn das nicht funktioniert, kann ich es versuchen«, fuhr Cordelia fort und ignorierte den Sarkasmus in Doyles Stimme. »Für den Fall, dass sie dich nicht mehr vertrauenswürdig findet, weil du ihr gefolgt bist, könnte ich in weiblicher Solidarität meine Schulter zum Anlehnen und Ausweinen anbieten.«

»Das ist tatsächlich kein schlechter Plan«, bemerkte Angel. Er wünschte nur, sie hätten noch eine Alternative. Er nahm die Füße vom Tisch und stand auf. Der Boden unter ihm schwankte nicht mehr. Ein gutes Zeichen. »Wir werden es heute Abend versuchen«, fuhr er fort. »Wenn sie Angst hat, dann ist jetzt der richtige Zeitpunkt, um den Druck zu verstärken.«

»Das gefällt mir nicht«, sagte Doyle.

»Das liegt daran, dass du gefühlsmäßig involviert bist.«

»Ich habe bloß gesagt, dass sie nett ist.« Doyle saß plötzlich aufrecht. »Das bedeutet noch lange nicht, dass meine Gefühle beteiligt sind. Außerdem, was weißt du schon davon?«

»Hört auf damit! Hört einfach auf, klar?«, rief Cordelia. »Es ist völlig egal, was *du* denkst«, sie zeigte mit dem Finger auf Angel, »und es spielt auch keine Rolle, ob es *dir* gefällt oder nicht«. Diesmal deutete sie auf Doyle. »Wichtig ist vor allem, dass wir zusammenarbeiten. Denn wenn wir das nicht tun, dann können wir auch gleich damit anfangen, Holz für Feutochs großes Feuer zu sammeln. Ich persönlich habe allerdings keine Lust dazu. Mir hat das eine Mal in Sunnydale gereicht, als wir knapp dem Ende der Welt entgangen sind. Aber natürlich bin ich auch kein Supermacho wie ihr beide.«

Außer sich vor Erregung verstummte sie plötzlich.

»Schon gut«, besänftigte Doyle sie. »Ich spreche heute Abend mit ihr.«

Angel nahm die Schlüssel aus seiner Tasche. »Ich werde fahren.«

18

»Terri, bist du da? Mach auf. Ich bin's, Doyle.«

Einen Augenblick dachte er, sie würde überhaupt nicht antworten, aber dann hörte er ihre Stimme von drinnen. »Geh weg!«

»Das kann ich nicht.« Doyle ließ nicht locker. »Du musst mich reinlassen. Wir müssen reden.«

»Es gibt nichts zu bereden«, rief Terri. »Geh weg, Doyle. Ich will dich nicht wieder sehen.«

Sie haben sie in der Hand, dachte Doyle. Er fühlte, wie es ihm langsam die Kehle zuschnürte. Bastarde. Dreckige, verdammte Feuerdämonenanhänger. Schlimm genug, dass sie sie unter Druck setzten. Aber wenn sie ihr was angetan hatten …

»Ich werde nirgendwo hingehen«, wiederholte er. »Nicht bevor ich mich persönlich davon überzeugt habe, dass mit dir alles in Ordnung ist.«

Die Stille war bedrückend. Dann hörte Doyle zu seiner Erleichterung, wie die Sicherheitskette zurückgezogen wurde. Terri öffnete die Tür. Nicht weit genug, um ihn hereinzulassen, aber immerhin weit genug, um herauszuschauen.

»Wie du siehst, bin ich in Ordnung«, sagte sie. »Also, jetzt geh …«

Als sie sein Gesicht sah, weiteten sich ihre Augen vor Entsetzen. »Oh mein Gott, sie haben dir wehgetan,

Doyle.« Sie machte einen Schritt zurück, unabsichtlich oder nicht, das konnte er nicht erkennen. Aber er war fest entschlossen, diese Geste zu seinem Vorteil zu nutzen. Er betrat ihre Wohnung und schloss die Tür hinter sich. Dann fasste er Terri am Arm und führte sie ins Wohnzimmer. Vor lauter Zittern konnte sie kaum laufen. Sie schleppte sich mühsam zur Couch, wo sie zusammenbrach, das Gesicht in den Händen verborgen. »Es tut mir Leid«, flüsterte sie. »Es tut mir so Leid.«

Doyle kniete sich nieder. »Mach dir keine Sorgen um mich«, sagte er leise. »Ob du's glaubst oder nicht, ich habe schon schlimmer ausgesehen. Schau mich an, Terri, damit ich sehen kann, ob sie dir was getan haben.«

Terri hob den Kopf. Sie sah blass und angespannt aus, aber ihr Gesicht schien unverletzt. Ein paar kleine ovale Abdrücke waren auf der einen Wange zu erkennen. Fingerabdrücke, dachte Doyle. Schade, dass er sie nicht benutzen konnte, um Andys wahre Identität herauszufinden. Er strich mit der Hand zart über ihre Wange.

Terri wurde rot und wich seinem Blick aus.

»Ansonsten bist du unverletzt?«, fragte Doyle. Manche Typen waren in dieser Beziehung sehr clever. Auf eine kranke Art clever. Sie taten Frauen nur da weh, wo man es nicht sah.

»Nein«, flüsterte Terri. »Nein, ich bin in Ordnung. Er hat mir nichts getan.« Als ihr klar wurde, das sie sich beinahe verraten hätte, presste sie die Hand vor den Mund. »Hat Andy dir das angetan?«

»Wer sonst?«, fragte Doyle.

Er kam hoch und setzte sich neben Terri auf die Couch.

»Aber warum?«, rätselte sie. »Ich verstehe nicht warum.«

Doyle nahm ihre Hand und wagte den entscheidenden Satz. »Ist schon gut, Terri. Du kannst aufhören, mir was vorzumachen. Ich weiß Bescheid.«

Terris Augen waren weit aufgerissen vor Angst. »Ich … ich weiß nicht, was du meinst.«

»Ich weiß von den Illuminati. Ich weiß Bescheid über sie.«

Mit einem Schrei entriss Terri ihm die Hand und sprang auf. »Das ist unmöglich«, sprudelte es aus ihr hervor. »Woher willst du das wissen? Ich habe nicht über sie gesprochen und ich darf auch nicht über sie sprechen. Sie sagten, sie würden mich töten, wenn ich es tue, verstehst du denn nicht? Sie töten mich und jeden anderen …« Voller Angst verstummte sie. »Oh Gott«, presste sie dann hervor. »Wir werden beide sterben.«

Doyle stand auf und fasste sie an den Schultern. »Hör mir zu, Terri«, sagt er. »Wir werden *nicht* sterben. Aber nur, wenn du mir hilfst. Du musst mir sagen, was du weißt.«

»Ich weiß überhaupt nichts«, wehrte Terri sich. Sie zuckte die Schultern, als wollte sie damit seinem Griff entfliehen. Aber Doyle hielt sie fest.

»Du musst etwas wissen«, sagte er. »Sonst hätte Andy dich nicht unter Druck gesetzt. Denk nach, Terri. Wie hast du von den Illuminati erfahren?«

»Es war Andy«, sagte Terri. »Wir haben uns zufällig getroffen, damals beim Supermarkt. Draußen auf dem Parkplatz. Ich war so unglücklich und da sagte er, er könne mir helfen. Dass es einen Weg gäbe, meine Träume wahr werden zu lassen.«

»Indem du den Illuminati beitrittst.«

Terri nickte. »Er bot an, mich zu einem Treffen mitzunehmen. Und wir sind gleich am nächsten Abend hingegangen.«

»Er ist der Anführer, stimmt's?«, fragte Doyle.

Terri nickt wieder. »Ich glaube schon, zumindest leitet er die Meetings.«

»Wo war das erste Treffen?«, fragte Doyle weiter. »Am gleichen Ort wie heute Abend?«

Diesmal schüttelte Terri den Kopf. »In einem teuren Hotel an der Küste. Andy hat gemeint …« Sie zitterte, als sie Luft holte. »Er meinte, sie würden sich niemals zweimal am gleichen Ort treffen.«

Doyle fluchte. »Wo ist das nächste Meeting?«

Terris Kinn bebte. »Ich weiß es nicht. Er sagte nur, dass sie Kontakt mit mir aufnehmen würden. Er sagte …« Tränen liefen ihr übers Gesicht. »Bitte, Doyle, du musst jetzt gehen. Ich darf mit niemandem über diese Dinge sprechen. Er sagte, er würde es erfahren.«

Doyle führte sie wieder hinüber zur Couch und war ihr beim Setzen behilflich. Gleichzeitig schaute er sich im Zimmer um. Sein Gehirn arbeitete auf unterschiedlichen Ebenen gleichzeitig. Sie hatte ihm alles gesagt, was sie wusste, aber es war nicht annähernd genug. »Ich möchte, dass du mit mir kommst«, sagte er schließlich. »Ich werde dich in Sicherheit bringen.«

Noch einmal sprang Terri auf. »Nein, das mache ich auf keinen Fall. Wenn ich weggehe, dann wissen sie, dass ich sie verraten habe. Und sie werden einen Weg finden, mich zu zeichnen.«

»Sie können dich nicht zeichnen, wenn sie dich nicht finden«, erwiderte Doyle und versuchte, dabei so ruhig wie möglich zu klingen. »Terri, du musst mir vertrauen. Der einzige Weg, sie aufzuhalten, ist, wenn wir alle zusammenarbeiten.«

Terri blickte ihn verzweifelt an. »Was willst du damit sagen, ›sie aufhalten‹? Ich habe niemals gesagt, dass ich das will. Ich will nur in Sicherheit sein, das ist alles.«

»Zum Teufel noch mal«, Doyle explodierte. »Kannst du nicht mal für eine Minute aufhören, nur an dich selbst zu denken? Hier geht es um mehr als nur um dich. Die ganze Welt wird aufhören zu existieren, wenn es nach ihnen geht.«

Ich hab's vermasselt, dachte Doyle. »Deshalb zeichnen sie die Leute«, sagte er so gelassen wie möglich. »Deshalb sterben die Opfer alle durch Feuer. Auf diese Weise versuchen sie, das Ende der Welt herbeizuführen. Du musst mir helfen, sie aufzuhalten.«

»Ich glaube dir kein Wort!«, schrie Terri. »Ich habe auch gar keine Ahnung, wie man sie aufhalten könnte. Du bist genau wie sie. Du versuchst mir Angst zu machen, damit ich tue, was du willst.« Ihr ganzer Körper zuckte, als sie sich auf die Tür zubewegte. »Du musst jetzt gehen. Ich will, dass du jetzt gehst.«

»Aber ich kann dich doch nicht einfach schutzlos zurücklassen.«

Terri versuchte den Türknauf zu packen, aber ihre Hände waren schweißnass vor Angst, sodass sie abrutschte. Sie packte noch einmal zu und hielt den Knauf so fest umklammert, dass ihre Knöchel weiß wurden. »*Du* bist es doch, der mich in Gefahr bringt«, sagte sie. »Ich will, dass du jetzt gehst, Doyle.«

»Komm mit mir«, drängte Doyle. Und noch einmal seufzte er innerlich. »Ich werde dich beschützen.«

»Das kannst du nicht«, erwiderte sie spröde. Sie öffnete die Tür und schaute Doyle entschlossen an. »Komm nicht wieder«, sagte sie.

Doyle zögerte einen Moment, dann ging er hinaus in den Flur. »Du machst einen Fehler«, sagte er sanft.

Zu seiner Überraschung lachte Terri laut auf. Es war ein hartes, bitteres Lachen. »Weißt du was? Das höre ich bereits mein ganzes Leben lang«, sagte sie. »Sieht so aus, als hat auch die Mitgliedschaft bei den Illuminati nichts daran geändert.«

Sie schlug die Tür zu. Doyle blieb stehen, bis er hörte, wie die Sicherheitskette vorgeschoben wurde. Er hatte nicht mehr als zwei Schritte gemacht, als Cordelias Wohnungstür aufging. »Und?«, flüsterte sie. »Wie ist es gelaufen?«

Doyle kam näher. »Drücken wir's mal so aus«, sagte er. »Nicht besonders gut.«

Cordelia verzog das Gesicht. »Oh nein. Soll ich vielleicht zu ihr rübergehen und versuchen, sie zu beruhigen?«

Doyle schüttelte den Kopf. »Wenn wir heute noch mehr Druck auf sie ausüben, wird sie entweder total zusammenbrechen oder davonlaufen. Ich glaube, wir sollten sie erst mal in Ruhe lassen. Aber du könntest gleich morgen früh zu ihr rübergehen.«

»Ganz bestimmt«, sagte Cordelia. »Du machst dir wirklich Sorgen um sie, stimmt's?«

»Sie hat Todesangst, Cordelia. Ich kenne die Anzeichen.«

»Da sind wir schon zwei.«

»Willst du heute Nacht hier bleiben?«, fragte Cordelia. »Ich kann dir ein Bett auf der Couch richten.«

»Nein, aber danke für das Angebot«, sagte Doyle. »Ich muss raus an die frische Luft. Ich melde mich gleich morgen früh, in Ordnung?«

Doyle verließ das Gebäude hastig zu Fuß. Ich brauche was zu trinken, dachte er. Etwas Starkes, Dunkles, mit viel Alkohol.

Wenn er sehr viel Glück hatte, konnte er das Gefühl, versagt zu haben, herunterspülen.

Ich habe tatsächlich einen Fehler gemacht, dachte Terri. Ihre Mutter hatte Recht. Sie tat immer zielsicher genau das Gegenteil von dem, was sie hätte tun sollen. Sie hatte Andy beschützt, der sie bedrohte, und Doyle, der sie beschützen wollte, zurückgewiesen. Terri glaubte durchaus, dass es Doyle ernst damit war, aber sie zweifelte daran, dass er wirklich dazu in der Lage war.

Er hatte Bescheid gewusst über dieses Sache mit dem Ende der Welt. Sie hielt sich die Hand vor den Mund, um vor Entsetzen nicht laut aufzuschreien, und schwankte zurück ins Wohnzimmer, wo sie sich auf die Couch fallen ließ. Wie konnte Doyle das alles wissen? Über ihre Verbindung mit dem Kult, das Ende der Welt. Plötzlich schien er ihr sehr verdächtig. Sein Auftauchen, sein Interesse an ihr. Vorher hatte nie jemand mit ihr ausgehen wollen. Sie hatte diesen Umstand ihrem neuen Leben zugeschrieben, aber vielleicht war Doyle ja auch ein Spion, den die Illuminati geschickt hatten, um sie zu testen.

Sie schlang ihre Arme um die Knie. Ihr Körper verwandelte sich in einen harten, eng verschlungenen Knoten aus Unglück, den sie an die Kissen presste wie ein Gefangener sich gegen die Wand seines Gefängnisses.

Und ich bin schuld, dachte sie. Ich bin selbst schuld. Ihr traumhaftes Leben war zu einem Alptraum geworden, und es gab keine Möglichkeit zum Aufwachen.

Unvermittelt widmete sie ihre Aufmerksamkeit der Fernsehsendung, als ein bekanntes Gesicht auf der Mattscheibe erschien. Sie hatte das Gerät eingeschaltet, nachdem Andy gegangen war, aber es lief ohne Ton. Eigentlich wollte sie gar nicht, aber schließlich hatte Andy sie gedrängt, sich diese Sendung anzusehen. Und sie hatte Angst, ihm den Gehorsam zu verweigern. Mit tauben

Fingern suchte sie auf dem Tisch nach der Fernbedienung, um den Ton einzuschalten.

»Die Untersuchung verlief bisher ergebnislos. Trotz großer Anstrengungen ist es der Polizei bisher nicht gelungen, den Täter zu identifizieren.« Die klare Stimme eines Reporters tönte durch Terris Apartment. »Aber es sieht ganz so aus, als habe der Crispy Critter Killer erneut zugeschlagen. Diesmal ist es jemand, den die meisten von uns kennen: der Fernsehstar Joy Clement. Sie war offensichtlich allein, als der Mörder sie in ihrer Villa in Beverly Hills aufsuchte, die sie erst vor kurzem bezogen hatte. Der Tod von Ms. Clement erhöht die Anzahl der Opfer des Crispy Critter Killers auf insgesamt siebzehn. Während die Zahl der Todesopfer steigt, fordern aufgebrachte Bürger von den Politikern Konsequenzen. Ihre Botschaft: Tun sie alles, was getan werden muss, um der Herrschaft des Schreckens ein Ende zu bereiten. Der Polizeichef …«

Terri schaltete den Ton weg und starrte weiter wie paralysiert auf den Bildschirm. Sie zeigten Fotos von Joy Clement. Frühe Aufnahmen, auf denen sie als junge Schauspielerin zu sehen war, die noch um jeden kleinen Job kämpfen musste. Schließlich einen Ausschnitt von ihrer letzten Preisverleihung. Während sie sich für den Preis bedankte, hatte ihr Gesicht einen Ausdruck, der Terri wehtat. Sie lächelte, schien aber gleichzeitg geblendet, als schaue sie direkt in die Sonne. Wie lange hatte sie wohl gebraucht, um zu verstehen, dass sie nicht weiter aufsteigen konnte – und dass ihr nichts anderes übrig blieb, als abzustürzen?

Unvermittelt durchlief ein Schauder Terris Körper. Joy Clement hatte gewusst, dass sie sterben würde. Sie hatte selbst gehört, wie Joy zu Andy gesagt hatte, sie könne den

Preis nicht länger zahlen, den die Illuminati verlangten. Sie hatte ihn angefleht, sie aus dieser unglücklichen Lage zu befreien. Anscheinend hatte er ihren Wunsch erfüllt.

Terri stand unter Schock und begann zu wimmern. Joy hatte versucht, die anderen zu warnen. Sie zu warnen, aber sie war blind in ihr Unglück gelaufen. Sie hatte die Chance gehabt wegzulaufen, aber sie hatte alles verdorben. Sie hatte Doyle misstraut, ihn weggeschickt. Wie Recht er doch hatte. Sie dachte wirklich nur an sich selbst. Aber das war jetzt auch egal. Das wusste sie jetzt. Die Sendung war eine Botschaft von Andy. Er hatte sie gedrängt, den Fernseher einzuschalten.

Sie würde sterben wie Joy Clement.

19

Septimus fühlte sich sehr merkwürdig. Er war innerlich ruhig und doch gleichzeitig aufgewühlt, verzweifelt. Er wusste, dass er Terri finden wollte, aber manchmal hatte er vergessen, warum. Die Eindrücke der letzten Tage verschwammen in seinem Gedächtnis wie die Farben einer Pflastermalerei im Regen.

Das Gute daran war, dass er sich endlich wieder in einer Gegend befand, in der er sich auskannte. Zurück am Ausgangspunkt. Das und der Fünf-Dollar-Schein, den er gefunden hatte. Er hatte den Typen gesehen, der ihn verloren hatte. Aber als er ihm nachrief, entschlossen, nichts anzunehmen, was ihm nicht gehörte, war der Mann geflüchtet, als sei der Teufel hinter ihm her.

Septimus spürte deutlich, dass er das Richtige getan hatte. Er hatte den Umschlag zurückgegeben. Er hatte auch den besten Willen gehabt, die fünf Dollar zurückzugeben. Aber der Besitzer wollte sie nicht. Nun war Septimus für sein Opfer belohnt worden. Das war ein Zeichen, dachte er. Ein Zeichen dafür, dass er Terri finden würde. Es war nur eine Frage der Zeit.

Er stand auf dem Gehweg und überlegte, was er als Nächstes tun sollte. Was zu essen wär nicht schlecht, dachte er. Aber nicht im Restaurant. Fünf Dollar waren in L.A. kaum genug, um einen Kaffee und ein Muffin zu kaufen. Außerdem würde er Terri niemals in einem Restaurant finden. Ihm fiel etwas Besseres ein.

Er schob den Dollarschein in die Manteltasche, wo er vorher den kostbaren Umschlag aufbewahrt hatte. Dann setzte er sich in Bewegung. Sein Ziel war der Supermarkt, in dem Terri manchmal einkaufen ging. Es war spätabends, ihre Lieblingseinkaufszeit. Wenn sein Glück sich zum Guten gewendet hatte, dann würde er sie dort treffen.

»Langsam, Andy, wir müssen reden.«

Andy wurde von der Stimme hinter ihm überrascht, er drehte sich hastig um. Verdammt! Er verlor seine Wachsamkeit. Und schlimmer noch. Jemand hatte es bemerkt. Er hätte sich einreden können, dass es spät war und er müde, aber wer sollte das glauben? Er hatte einen Fehler gemacht. Es ging um Terri Miller und er wusste es. Das machte ihn nervös. Es war ein großer Fehler und er wollte nicht daran denken, was ihn das kosten konnte. Er kniff die Augen zusammen und nahm den Typ, der ihn auf dem Weg zu seiner Wohnung aufgehalten hatte, in Augenschein. Er kannte ihn. Eins der neuen Mitglieder. Er war auf dem gleichen Meeting gewesen wie Terri Miller. Einer der wenigen Mitglieder, die Andy nicht persönlich rekrutiert hatte. »Ich kenne Sie«, sagte er. »Ihr Name ist …«

Der Typ lächelte. »Ich glaube, der Name, den ich angegeben habe, ist John. John Smith.«

Es war höchste Zeit, dass er seine Autorität zurückgewann, dachte Andy. Und die Kontrolle. »Sollten Sie heute Abend nicht an einem Meeting teilnehmen, John?«, fragte er. »Wenn Sie am Leben bleiben wollen, dann sollten Sie sich lieber an die Regeln halten.«

Zu seiner Überraschung warf John Smith den Kopf zurück und lachte laut auf.

»Lassen Sie nur«, sagte er. »Glauben Sie nicht, dass ich Ihre Show nicht mag. Aber ich hatte heute Abend etwas Wichtigeres zu tun, als Lobreden auf die glorreichen Errungenschaften der Illuminati zu halten.«

»Und das wäre?«

»Lassen Sie es mich so ausdrücken: Ich habe Ihnen ein paar Probleme vom Hals gehalten«, erwiderte Smith. »Obwohl ich Ihr kleines Meeting nicht besucht habe, haben wir doch die gleichen Interessen.«

»Und welche Interessen wären das?«

John Smith lächelte erneut. Sein Lächeln erinnerte Andy an ein zufriedenes Raubtier nach einer guten Mahlzeit.

»Wir beide wollen doch, dass Feutoch so schnell wie möglich bekommt, was er haben will. Ich sage es Ihnen nicht gerne, Andy, aber Sie haben ein ziemliches Problem. Glücklicherweise kann ich ihnen helfen.«

In Andys Hinterkopf gingen sämtlich Alarmglocken an. Was ging hier vor? Hatte er den Propheten aus seiner Tarnung gelockt?

Normalen Kultmitgliedern gab man keine Informationen über den Feuerdämon. Man erzählte ihnen nur das Wichtigste. Wie das Ganze funktionierte, was sie davon haben würden, wenn sie beitraten. Aber John Smith wusste Bescheid über Feutoch. Wie war er an diese Informationen gekommen?, fragte Andy sich. »Ich weiß nicht, wovon Sie sprechen«, sagte er dann. »Ich habe kein Problem.«

John Smith schnippte einen imaginären Fussel von seinem Mantel. »Wie Sie wollen«, sagte er. »Wenn Sie nicht reden möchten, dann hören Sie vielleicht besser zu. Wissen ist schließlich Macht, nicht wahr?«

Andy schwieg.

John Smith lächelte geheimniskrämerisch. »Die gute Nachricht ist«, fuhr er fort, »wir sind nah dran. An der großen Veränderung. Dem großen Feuersturm, Feutochs Ankunft. Wenn meine Rechnung stimmt, dann haben wir unser Ziel schon morgen Nacht erreicht. Natürlich nur, wenn es keine Überraschungen gibt.«

Andys Herz begann laut und schnell zu schlagen. »Woher wissen Sie das?«

Smith zuckte die Schultern. »Sagen wir, ich habe meine Quellen. Sie dürfen andere Leute nicht nach dem ersten Eindruck beurteilen, Andy. Das könnte unangenehme Folgen haben.«

Von unkontrollierter Wut getrieben machte Andy plötzlich zwei Schritte nach vorn, packte die Krawatte von Smith und zog ihn zu Boden. »Mach nur weiter so, versuch mich zu bedrohen«, zischte er. »Und du wirst feststellen, welche unangenehmen Konsequenzen das für dich haben wird.«

Der Gesichtsausdruck des zu Boden Gezerrten blieb gelassen, obwohl seine Haut eine unnatürlich rote Farbe annahm. »Lassen Sie uns erst mal über Terri Miller sprechen.«

»Was ist mit ihr?«, knurrte Andy.

John machte mit einer Geste deutlich, dass er zunächst losgelassen werden wollte. So schnell, wie er ihn gepackt hatte, ließ Andy locker. John trat einen Schritt zurück und brachte seinen Schlips in Ordnung, bevor er weitersprach. »Terri Miller hat einen Freund.«

»Doyle«, sagte Andy. »Ich weiß. Aber nach dem Empfang, den wir ihm bereitet haben, wird er sich wohl kaum noch mal blicken lassen.«

»Ich schlage vor, dass Sie darüber noch einmal nachdenken. Er hat Terris Wohnung kurz nach elf verlassen.

236

Korrigieren Sie mich, aber ich glaube, das war, *nachdem* Sie dort waren.«

Andy fühlte, wie es ihm eiskalt über den Rücken lief. »Terri Miller wird nichts verraten«, sagte er barsch. »Sie wird genau das tun, was ich ihr sage. Sie weiß, dass ihr Leben davon abhängt.«

»Das will ich hoffen. Das Problem ist, Doyle arbeitet nicht allein. Er hat einen Partner, der unsere Pläne ernst-haft gefährden könnte. Allerdings habe ich diese Gefahr schon ausgeschaltet. Sie sollten dasselbe mit Terri Miller tun. Es ist nicht besonders klug, sie in dieser Situation sich selbst zu überlassen.«

Andy biss die Zähne zusammen. »Ich werde mich da-rum kümmern«, versprach er.

»Ich bin erfreut, das zu hören«, sagte Smith. »Ich habe erfahren, dass sie im Supermarkt einkaufen geht, wenn sie traurig ist. Eine interessante Gewohnheit, finden Sie nicht?«

»Ich sagte schon, ich werde mich darum kümmern«, erwiderte Andy kurz angebunden.

John Smith lächelte. »In diesem Fall, Andy, verab-schiede ich mich von Ihnen. Wir sehen uns in der Hölle wieder.«

Terri wusste nicht mehr genau, wann sie den Entschluss gefasst hatte, zum Supermarkt zu gehen. Sie wusste nur, dass sie es keine Minute länger in ihrer Wohnung aushal-ten würde.

Erst als sie den Wagen auf dem Parkplatz abstellte, wurde ihr bewusst, was sie getan hatte: Sie war wieder genau an dem Punkt, den sie eigentlich hatte hinter sich lassen wollen. Wie viel erbärmlicher konnte ihr Zustand noch werden?, fragte sie sich. Sie schaltete den Motor aus und blieb eine Weile sitzen. Würde es noch funktionieren? Die Ruhe, die sie immer empfunden hatte, wenn sie die hell erleuchteten Gänge auf und ab gefahren war? Wenn sie da hineinginge, würde sie all die schrecklichen Dinge vergessen können, die sie getan hatte? Wenigstens für ein paar Augenblicke?

Erst als sie fast an den großen Glastüren angelangt war, begriff sie, dass es zu spät war. Für alles. Vor allem aber für die Erlösung, die sie sich erhofft hatte.

Andy stand vor dem Eingang und wartete auf sie.

Terri hatte Probleme. Das war Septimus jetzt völlig klar.

Plötzlich passte alles zusammen. Alles, was er erlebt hatte. All die Zeichen. Es machte Sinn, dass er sie nicht früher gefunden hatte, denn sie hatte ihn noch nicht wirklich gebraucht. Aber jetzt brauchte sie ihn.

Als er gesehen hatte, wie sie auf den Supermarkt zuging, war er furchtbar aufgeregt gewesen. Endlich würden all seine Mühen belohnt werden. Niemand hatte bemerkt, dass er neben den Kühltruhen stand. Wenn Terri hereinkam, musste sie genau an ihm vorbei. Sie würde ihn bemerken. Sie würde lächeln. »Hallo, Septimus«, würde sie sagen. »Wie schön, dich hier zu treffen.«

Aber sie schaffte es nicht einmal bis zur Tür.

Der Typ da draußen ließ sie nicht herein. Terri hatte Angst vor ihm. Septimus bemerkte einen Ausdruck in ihrem Gesicht, den er nie zuvor gesehen hatte. Sie hat Todesangst, dachte er. Er beobachtete, wie sie stolperte und sich dann wieder fing. Der Typ ging auf sie zu und packte sie am Arm. Septimus sah, dass seine Lippen sich schnell und unaufhörlich bewegten, aber er konnte nicht hören, was er sagte. Nicht von dort, wo er stand.

Terri versuchte verzweifelt sich aus seinem Griff herauszuwinden, aber er packte sie nur noch fester und zog sie brutal zurück. Septimus sah, wie sie aufschrie. Und im nächsten Moment führte er sie weg; ihr Arm war seltsam verdreht. Genau wie Septimus' Vater es getan hatte, wenn er ihn zwingen wollte, mit ihm zu kommen. Septimus konnte sich noch gut daran erinnern, wie sich das angefühlt hatte. Er tut ihr weh, dachte er.

Er rannte aus dem Laden. Eigentlich hatte er erwartet, dass der Typ in den Wagen einsteigen würde, aber das tat er nicht. Stattdessen trieb er Terri hastig den Bürgersteig entlang.

Alles wird gut, Terri, dachte Septimus. Ich bin bei dir. Ich werde dich nicht allein lassen. Wenn sein Vater ihn so behandelt hatte, war es immer darauf hinausgelaufen: Er war alleine im Dunkeln zurückgeblieben.

Aber das würde mit Terri nicht geschehen. Dafür würde Septimus sorgen. Er zog seinen Mantel dichter um den Körper und begann den beiden zu folgen.

»Wie war's?«, fragte Angel, als Doyle zurückkam.

Sie saßen im Büro, dem gleichen Raum, in dem das erste Gespräch mit Deidre Arensen stattgefunden hatte. Die Vorhänge hielten das Tageslicht draußen, der Raum war von Neonlicht erhellt.

»Nicht besonders«, sagte Doyle. Er fuhr sich mit der Hand übers Gesicht und seufzte. Die Schläge von letzter Nacht schmerzten noch immer und er hatte wenig geschlafen. »Ich glaube nicht, dass er ihr was getan hat. Aber er hat sie anscheinend ziemlich unter Druck gesetzt. Sie hatte furchtbare Angst. Hat die ganze Zeit davon geredet, dass es mich in Gefahr bringt, wenn sie mit mir spricht. Ich wollte sie dazu bewegen, dass sie mitkommt, aber sie wollte nicht. Irgendwann ist sie dann total ausgerastet, also habe ich getan, was sie verlangt hat.«

»Und das war?«

»Abzuhauen.« Doyle sah frustriert aus. »Cordy kümmert sich jetzt um sie. Du weißt schon … das Tageslicht.«

Einen bedrückenden Augenblick lang kehrte Stille ein.

»Doyle …«

»Vergiss es«, unterbrach Doyle ihn hastig. Er hatte den größten Teil der Nacht darüber nachgedacht, was Angel getan hatte und warum. »Dieser Feutoch macht uns alle völlig verrückt. Du hast nur getan, was du für richtig hieltest.«

»Zu dumm, dass es so wenig gebracht hat.«

Doyle grinste.

»Immerhin war es eine gute Idee.«

»Was?«

»Terri Miller hierher zu bringen. Das könnte die Lage verändern.«

»Zu dumm, dass sie nicht mitgekommen ist«, sagte Doyle. Sie fühlten sich erbärmlich hilflos.

»Vielleicht hat Cordy Erfolg.«

»Vielleicht.«

Unvermittelt schlug Angel mit der Hand gegen die Wand, sodass diese zitterte. »Verdammt!«, schrie er. »Wir können praktisch nichts tun. Alles, was wir haben, sind die gleichen nutzlosen Details wie zu Anfang. Wenn wir damit nicht endlich weiterkommen, dann wird Deidre Arensen Mitternacht nicht überleben.« Angel griff nach dem Telefon.

»Was machst du?«

»Ich rufe Deidre an, sie muss hierher kommen«, erwiderte Angel. »Ich will, dass wir einen Plan machen für heute Nacht. Vielleicht kann ich sie auch davon überzeugen, mir dieses verdammte Amulett zu geben.« Schließlich konnte es ihm nicht schaden, da er ja inzwischen schon gezeichnet war. Aber wenn Deidre ihres abgab, konnte das immerhin ihr Leben retten.

»Viel Glück«, bemerkte Doyle.

Angel nahm Deidres Visitenkarte heraus und wählte ihre Nummer. Dann hielt er die Hand über die Sprechmuschel, um Doyle etwas zu sagen. »Sie ist nicht da«, klärte er ihn auf. »Deidre, hier ist Angel«, sagte er dann, als die Mailbox ihre Nachricht beendet hatte. »Wir sollten uns treffen. Ruf mich bitte an, wenn du zurückkommst.« Er legte den Hörer zurück. »Wunderbar. Passt alles wunderbar ins Schema«, bemerkte er zynisch.

Doyle wollte etwas antworten, doch in diesem Augenblick rannte jemand die Treppe herunter und riss die Tür auf. Es war Cordelia. Mit einem Blick sahen Angel und Doyle, dass etwas verdammt schief gelaufen war. »Es geht um Terri, stimmt's?«, fragte Doyle. »Was ist los? Ist sie verletzt?«

»Ich habe keine Ahnung«, antwortete Cordelia. »Sie ist verschwunden.«

20

»Verschwunden? Was meinst du damit, sie ist verschwunden?«

Wie betäubt ließ Doyle sich auf Cordelias Schreibtisch nieder.

»Ich meine, dass sie verschwunden ist«, wiederholte Cordelia. »Was verstehst du daran nicht?«

»Was ist passiert, Cord?«, mischte Angel sich ein.

»Ich bin als Allererstes heute Morgen zu ihr rübergegangen. Terri machte nicht auf. Also ging ich zum Hausmeister. Sagte ihm, dass ich besorgt bin, weil Terri nicht reagiert und wir ausgemacht hätten, heute zusammen zur Arbeit zu fahren. Erst wollte er mir nicht helfen, aber ich habe ihn schließlich überzeugt.«

»Und?«, fragte Doyle ungeduldig.

»Und sie war verschwunden. Aber es war irgendwie merkwürdig. Alle Lichter im Wohnzimmer brannten. Der Fernseher lief ohne Ton und ihr Bett war unberührt. Es sah aus, als sei sie nur eben schnell rausgegangen, um etwas zu besorgen.«

»Oder man hat sie abgeholt«, gab Angel zurück. »Hast du in der Garage nachgesehen, ob ihr Auto da ist?«

Cordelia nickte. »Der Wagen war nicht da.«

»Also ist sie weggefahren.«

»Möglich, aber unwahrscheinlich«, bemerkte Cordelia. »Als der Hausmeister abgelenkt war, habe ich ihren Klei-

243

derschrank untersucht. Alle ihre Sachen sind noch da. Und sie hat wirklich hübsche Sachen, Angel. Keine Designerklamotten, aber gute Qualität. Teuer. Und ich kenne keine Frau, die ihre Sinne beisammen hat und abhaut, ohne wenigstens einen Teil davon mitzunehmen.«

»Das geht auf Andys Konto«, stellte Doyle fest. »Er hatte Angst, dass sie redet, also hat er sie aus dem Verkehr gezogen. Das ist das Einzige, was Sinn macht.«

Angel nickte grimmig. »Ich fürchte, du hast Recht. Obwohl ich glaube, dass sie im Augenblick in Sicherheit ist. Er wird ihr nicht gleich etwas antun.«

Sie schwiegen bei dem Gedanken daran, dass Terri Miller momentan nur aus einem einzigen Grund sicher war: Einen Vorteil durch ihren Tod hatten die Mitglieder des Kultes nur dann, wenn sie ein Opfer von Feutoch wurde.

»Also«, sagte Doyle schließlich. »Das bedeutet, wir haben Zeit bis Mitternacht.«

Cordelia sprang auf, als das Telefon auf ihrem Tisch läutete. Sie lief hinüber und nahm den Anruf entgegen. »Angel Investigations. Wir helfen den Hilflosen. Wie können wir … Was? Ja, ja, er ist hier. Bleiben Sie dran.«

Sie drehte sich um zu Angel und Doyle. »Es ist Deidre Arensen«, flüsterte sie.

»Deidre, wo sind Sie?«, fragte Angel, nachdem Cordelia ihm den Hörer übergeben hatte. »Ich habe Ihnen eine Nachricht hinterlassen.«

»Ich bin auf dem Weg zu Ihrem Büro«, hörte er Deidres Stimme. Sie klang aufgeregt. »Angel, ich glaube, ich habe einen wichtigen Hinweis. Es ist, als ob Ellen Bradshaw sich von den Toten zurückgemeldet hat.«

»Wie?«

»Sie hat mir ein Foto des Anführers geschickt. Ich habe

244

keine Ahnung, warum der Brief erst jetzt angekommen ist … Ich kenne ihn. Ich werde euch alles erklären, wenn ich bei euch bin. Aber damit können wir sie aufhalten.«

Fünf Minuten später legte Deidre einen Briefumschlag auf den Tisch. »Der war heute Morgen in meinem Briefkasten. Ellen Bradshaw muss ihn geschickt haben.«

»Der Briefkasten«, stellte Angel fest. »Ellen Bradshaw starb direkt neben einem Briefkasten.«

»Was offenbar kein Zufall war«, nickte Deidre. Sie nahm das Foto aus dem Umschlag und legte es auf den Tisch. »Das ist er«, sagte sie. »Das ist der Anführer des Kultes.«

»Verdammt«, sagte Angel ruhig. »Das habe ich mir gedacht.«

Angel warf Doyle einen raschen Blick zu. »Ist er das?«, fragte er. »Ist das der Typ, der dich zusammengeschlagen hat?«

Doyle beugte sich über das Bild. »Das ist Andy«, erwiderte er und schaute von Angel zu Deidre. »Ihr beide scheint ihn zu kennen.«

»Das stimmt«, bemerkte Deidre. »Es ist Jackson Tucker, der leitende Detective im Crispy Critter Fall.«

»Oh Shit«, keuchte Doyle.

»Da ist noch etwas«, fuhr Deidre fort, ihren Blick fest auf Angel geheftet. »Etwas, was ich bisher verschwiegen habe. Kate wollte, dass ich es sage, und wahrscheinlich hatte sie Recht. Ich sage schon mal im Voraus, dass es mir Leid tut.«

»Um was geht es?«, fragte Angel.

»Als ich nach unserem ersten Treffen nach Hause kam, wartete Tucker bereits auf mich. Er meinte, dass Ellen Bradshaws Eltern etwas gesagt hätten, das ihn nachdenklich gemacht habe. Ihre Mutter hatte anscheinend erwähnt, dass sie möglicherweise mit einem Kult zu tun hatte, und er hat behauptet, noch mal über alles nachgedacht zu haben.«

»Also wollte Tucker plötzlich mehr darüber wissen«, vermutete Angel.

Deidre nickte. »Er war sehr hartnäckig«, sagte sie. »Und ich … ich habe nachgegeben. Ich habe ihm einen Teil der Unterlagen meines Vaters überlassen.«

»Haben Sie ihm erzählt, dass Sie mich aufgesucht haben?«

»Nein. Und ich habe ihm auch nicht erzählt, dass ich gezeichnet bin.«

Nach kurzem Schweigen fuhr Deidre in die Ecke gedrängt fort. »Ich habe Ihnen von vornherein gesagt, dass ich alles tun würde, um den zu finden, der für den Tod meines Vaters verantwortlich ist. Und ich konnte Tucker nicht wegschicken. Nicht mit der Aussicht, dass er etwas findet, was uns allen weiterhilft.«

»Sieht jedenfalls so aus, als hätten Sie *ihm* geholfen.«

Deidre wurde rot. »Ich habe schon gesagt, dass es mir Leid tut. Wenn Kate das herausfindet, sagt sie garantiert, dass sie mich von Anfang an gewarnt hat … dass ich zu sehr persönlich in die Sache verwickelt bin.«

Deidre blickte in drei ernste Gesichter. »Also, was machen wir jetzt?«

»Danke für den Kaffee, Dad«, sagte Kate. »Wir brechen jetzt besser auf. Du solltest den Stapel Formulare auf meinem Schreibtisch sehen, den ich abarbeiten muss.«

Ihr Vater war Polizist im Ruhestand und der Hauptgrund, warum Kate zur Polizei gegangen war. Es kam nicht oft vor, dass er auf seiner alten Dienststelle erschien, denn er war der Meinung, dass es nichts Schlim-

meres gab als einen pensionierten Polizisten, der seine
Nase in Angelegenheiten steckte, die ihn nichts mehr
angingen. Kate vermutete, dass er heute aufgetaucht war,
um sie moralisch zu unterstützen. Die Sache hatte vorher
schon dramatisch genug ausgesehen, aber der Tod von
Joy Clement hatte alles noch schlimmer gemacht.

Es war die Devise der Polizei, dass jedes Mordopfer
Gerechtigkeit verdiente – aber es war auch eine Tatsache,
dass die Bevölkerung, ganz zu schweigen von den
Medien, sich geradezu auf einen Fall stürzte, wenn ein
Prominenter betroffen war.

»Also, wie kommt der ›Alte Bauer‹ voran?«, fragte ihr
Vater, als sie das Bistro verließen und sich auf den Weg
zurück ins Büro machten.

Kate warf ihrem Vater einen verwirrten Blick zu. Er
musste wohl Tucker meinen, obwohl er den Spitznamen
anscheinend falsch verstanden hatte. »Ich wusste nicht,
dass du ihn kennst.«

»Tu ich auch nicht – jedenfalls nicht persönlich«, antwortete ihr Vater. »Sein Ruf geht ihm praktisch voraus.
Außerdem ist sein ehemaliger Vorgesetzter an der Ost-
küste ein guter Freund von mir.«

»Wieso hast du ihn ›Alter Bauer‹ genannt?«, fragte
Kate. »Tucker ist nicht älter als ich. Außerdem heißt er
einfach Bauer, nicht ›Alter Bauer‹.«

Ihr Vater schüttelte den Kopf. »Ihr jungen Leute habt
wohl überhaupt keine Ahnung mehr von Geschichte?«
Es war mehr eine Feststellung als eine Frage. »Was
glaubst du, wie er zu seinem Spitznamen gekommen
ist?«

»Schau dir an, wie er aussieht«, erklärte Kate. »Wegen
einer Art Psychologie der umgekehrten Wahrnehmung.«

»Wie in Gottes Namen kommst du denn auf die Idee?«,

wollte ihr Vater wissen. »Es kommt von seinem Namen, Kate: Andrew Jackson Tucker.«

»Ach ja?«

Ihr Vater verzog das Gesicht. »Aber du hast schon von Andrew Jackson gehört, dem siebten Präsident der Vereinigten Staaten, oder nicht? ›Alter Bauer‹ war der Spitzname, den man ihm im Krieg von 1812 verpasste. Preston, der frühere Vorgesetzte von Tucker, hatte was übrig für Geschichte. Als er herausfand, wie Tucker mit vollem Namen hieß, fing er an, ihn den ›Alten Bauern‹ zu nennen. Ich nehme an, der Name ist hängen geblieben.«

»Hast du mal daran gedacht, bei ›Wer wird Millionär?‹ mitzumachen?«, fragte Kate. »Wirklich Dad, was du alles weißt.«

Ihr Vater zuckte die Schultern. »Ich habe ein Polizistengedächtnis. Gut für Einzelheiten, das ist alles.«

Sie waren an seinem Wagen angekommen. Er nahm den Autoschlüssel aus seiner Tasche und schloss die Fahrertür auf. »Ich wette, er hasst es, dass alle ihn den Bauern nennen.«

»Du glaubst doch wohl nicht, dass wir das tun, wenn er dabei ist, oder?« Kate schaute ihn forschend an.

Ihr Vater grinste, wurde dann jedoch ernst. »Fangt diesen Typ, Kate«, sagte er bestimmt.

»Ich bin sicher, Tucker arbeitet daran, Dad«, erwiderte Kate. »Danke, dass du vorbeigeschaut hast. Wir sehen uns.«

Sie wartete, bis er ins Auto gestiegen war und davonfuhr. Dann winkte sie ihm nachdenklich hinterher. Als sie zu ihrem Schreibtisch zurückging, fragte sie sich, was sie über diesen Detective Tucker wohl sonst noch alles nicht wusste.

Terri kam zu Bewusstsein, aber es war dunkel um sie herum. Andy hatte ihr etwas gegeben, daraufhin war sie eingeschlafen. Aber zuerst hatte er ihr den Mund zugeklebt. Und dann, nachdem sie sich nicht mehr darüber hatte beklagen können, hatte er ihr auch die Augen mit diesem ekelhaften Klebeband verschlossen. Das feuchte dicke Band lastete unangenehm auf ihren geschlossenen Augenlidern. Es war um ihren Kopf herumgewickelt, stank und tat weh. Wo bin ich?, dachte sie.

So wie die Luft sich um sie herum anfühlte, kam ihr der Gedanke, dass sie vielleicht in einem Lagerhaus war. Sie musste an einen Stuhl gefesselt sein. Sie hatte kein Gefühl für ihre Arme und Beine, aber sie saß aufrecht, so viel konnte sie feststellen.

Warum hatte Andy sie mitgenommen und dann so zurückgelassen? Wollte er, dass sie hier verhungerte?

Terri versuchte, sich von ihren Fesseln zu befreien, aber das führte nur dazu, dass ihr ganzer Körper zu schmerzen begann. Zumindest spürte sie ihn jetzt wieder. Keine Panik, versuchte sie sich selbst zu beschwichtigen.

Und, ja, jetzt fiel es ihr wieder ein. Andy hatte sie nicht hierher gebracht, damit sie verhungerte. Der Tod, den er für sie in petto hatte, würde schneller kommen – schneller und brutaler.

Er hatte sie gezeichnet, genau wie Joy Clement. Sie spürte das Amulett deutlich in ihrem rechten Schuh.

Doyle, dachte Terri. War Andy hinter ihm her? Sie hatte keine Möglichkeit, das herauszufinden. Genauso wenig wusste sie, ob Doyle erfahren hatte, dass sie verschwunden war. War er noch einmal zu ihrer Wohnung zurückgekehrt? Würde er nach ihr suchen, wenn er entdeckte, dass sie verschwunden war? Sie wusste, es war lächerlich,

249

darauf zu hoffen, und vermutlich zwecklos, darum zu beten. Aber sie konnte nicht anders. Bitte, dachte sie. Ich verdiene es vielleicht nicht, aber bitte, lasst mich nicht hier sterben. Lasst ihn rechtzeitig kommen.

Septimus wartete auf seine Chance. Er wusste, Terri war irgendwo in diesem Gebäude, aber er konnte nicht hinein. Der Mann, der sie reingebracht hatte, war zu schnell für ihn gewesen. Er hatte die Tür geschlossen, bevor Septimus einen Weg gefunden hatte, ihm zu folgen. Septimus hatte Angst, ihn direkt anzugreifen. Der Kerl sah stark aus und schien gut in Form.

Septimus war sich ziemlich sicher, dass er zurückkam. Schließlich hatte er sich die Mühe gemacht, Terri hierher zu bringen. Es machte keinen Sinn, sie hier allzu lange alleine zu lassen. Er stellte sich auf eine längere Wartezeit ein und beschloss, die Zeit zu nutzen, um all seinen Mut zusammenzunehmen. Wenn er zurückkam, würde Septimus bereit sein.

»Okay«, sagte Angel. »So könnte es klappen. Tucker ist nicht der Einzige, der andere täuschen kann. Sie« – er deutete auf Deidre – »werden ihn anrufen. Sie haben neue Informationen, die den Kult auffliegen lassen.«

»Sind Sie völlig verrückt geworden?«, rief Deidre aus. »Sie wollen, dass ich ihm sage, was wir wissen?«

»Nein«, erwiderte Angel ruhig. »Ich möchte, dass Sie ihm sagen, dass sie etwas wissen. Er soll nur *denken*, dass Sie ihm sagen, was wir wissen. Sagen Sie, dass Sie es ihm persönlich mitteilen müssen, dass es unmöglich ist, am Telefon darüber zu sprechen. Dann vereinbaren Sie ein Treffen. Am späten Abend.«

»Lassen Sie mich raten. Kurz vor Mitternacht?«

»Bravo. Wenn er auftaucht, werden wir ihm ein Geschenk verpassen. Das Amulett des Feutoch.«

»Aber wie?«, fragte Deidre. »Sie haben doch keins von den Dingern.«

Hab ich doch, dachte Angel, beschloss aber, die Sache für sich zu behalten. »Gleich werde ich eins haben«, sagte er laut. »Sie werden mir Ihres geben.«

»Nein, warten Sie …«, protestierte Deidre.

»Nein, *Sie* warten jetzt mal.« Drei Köpfe wirbelten herum zu Cordelia, die sich unerwartet heftig einmischte. »Sie sind zu uns gekommen, weil sie Angels Hilfe brauchten. Soweit ich das beurteilen kann, haben Sie bisher nichts getan außer alles durcheinander zu bringen. Ich würde Ihnen raten zu tun, was Angel sagt, oder wir ziehen die Sache ohne Sie durch. Sie brauchen uns, aber wir brauchen Sie nicht.«

»Gut gemacht, Cord«, murmelte Doyle.

»Ich …«, begann Deidre. »In Ordnung, zum Teufel noch mal! Sie wollen eine Freikarte für den Tod? Bitteschön.«

Sie fuhr mit der Hand in ihre Tasche, holte das Amulett heraus und knallte es auf den Tisch. Angel nahm es wortlos an sich und steckte es ein.

»Ich kann nur hoffen, Sie wissen inzwischen, wie man das Feuer löscht, wenn es auftaucht.«

Angel nahm den Hörer und gab ihn Deidre. »Rufen Sie ihn an.«

21

Alles wird gut werden. Tucker versuchte, sich zu beruhigen.

Sicher, er hatte eine Menge Bälle im Spiel und es war anstrengend, sie alle auf einmal zu balancieren. Keiner durfte runterfallen. Aber jetzt, da er auf dem Weg zu diesem Treffen mit Deidre war, fühlte er sich langsam besser. Es war egal, was sie wusste. Nach Mitternacht würde sie nichts mehr damit anfangen können.

Er bog nach links ab, fuhr nahezu geräuschlos an den Lagerhäusern vorbei und hielt Ausschau nach der Halle, in der Deidres Vater sein Leben gelassen hatte. Ein seltsamer Zufall, dass Deidre ihn hier treffen wollte. Wusste sie etwa Bescheid über Terri Miller?, fragte er sich. War das vielleicht die Information, von der sie gesprochen hatte? Terris Entführung und der Ort, an dem sie festgehalten wurde?

Das war unmöglich, entschied er. Es musste etwas anderes sein. »Ich weiß Bescheid«, hatte Deidre gesagt. »Ich habe einen Weg gefunden, den Kult auffliegen zu lassen.«

Ein Treffen heute Nacht, an einem Ort ihrer Wahl, kurz vor Mitternacht. Das war ihre Bedingung dafür, dass er die Information erhielt. Miststück, dachte Tucker. Nun, dafür würde sie bezahlen. Sie würde früh genug merken, dass sie nicht halb so schlau war, wie sie glaubte. Und er würde es genießen, dabei zuzuschauen. Er fuhr zur Rückseite des Gebäudes, das sie als Treffpunkt vereinbart hatten. Gerade als er aussteigen wollte, hielt Deidres Wagen mit quietschenden Reifen neben ihm. Sie schoss heraus, als sei der Teufel persönlich hinter ihr her.

»Gott sei Dank, Sie sind hier«, sagte sie und hielt sich zu seiner Überraschung an seinem Arm fest. Es war das erste Mal, dass sie in seiner Gegenwart die Nerven verlor. Sie in den Arm zu nehmen schien ganz natürlich.

»Es ist okay. Sie sind in Sicherheit. Was gibt es? Was ist los?«

Deidres Körper zuckte ein letztes Mal zusammen und beruhigte sich dann. »Ich bin nicht sicher … aber ich glaube ich werde verfolgt«, sagte sie. »Wir sollten hineingehen.«

»Ziemlich abgefahren, was?«, bemerkte Doyle, der in Angels Wagen auf dem Fahrersitz saß. Sie standen schon seit geraumer Zeit in sicherer Entfernung und warteten. Nah genug, um das Lagerhaus im Auge zu behalten, weit genug entfernt, um nicht aufzufallen.

»Was meinst du?«, fragte Angel.

»Dass Deidre diesen Ort für das Treffen ausgewählt hat. Du weißt doch, ihr Vater ist hier gestorben.«

»Vielleicht will sie auf diese Weise etwas abschließen?«

»Ich finde es morbid«, meldete sich Cordelia vom Rücksitz. »Wenn ihr mich fragt, wird Deidre einen guten Therapeuten brauchen, wenn das alles hier vorbei ist.«

Als keiner der beiden antwortete, fuhr sie fort. »Ich meine natürlich nur, wenn sie dann noch am Leben ist.«

Angel registrierte angespannt, dass ein Wagen hinter dem Lagerhaus anhielt und ein Mann ausstieg. »Achtung, Leute«, sagte er.

»Das ist er«, stellte Doyle fest.

Nur wenige Sekunden später hielt ein zweites Auto mit quietschenden Reifen. »Pünktlich ist sie jedenfalls«, gab Cordelia zu.

Die drei beobachteten, wie Deidre aus dem Wagen schoss und sich geradezu in Tuckers Arme warf. »Ein bisschen übertrieben, findet ihr nicht?«, murmelte Doyle.

»Ruhe«, forderte Angel. Schweigend beobachteten sie, wie Tucker Deidre durch die Hintertür ins Lagerhaus führte. Angel öffnete die Wagentür. »Okay«, sagte er. »Sieht ganz so aus, als würde die Show beginnen. Ihr wisst, was ihr zu tun habt?«

»Klar doch, absolut«, erwiderte Doyle.

»Um ehrlich zu sein«, sagte Cordelia, »bin ich nicht ganz sicher, ob das alles funktionieren wird.«

Tucker nahm Deidres Arm und führte sie ins Lagerhaus. »Was zum Teufel meinen Sie damit, Sie werden verfolgt? Sie haben doch niemanden hierher gebracht, oder?«

»Ich weiß es nicht«, antwortete Deidre. Tucker fluchte.

»Nein, ich glaube nicht«, wandte Deidre hastig ein. »Es war nur so ein Gefühl, das mich schon den ganzen Tag verfolgt hat. Seitdem wir miteinander telefoniert haben. Wahrscheinlich bin ich einfach paranoid.«

»Wir wollen es hoffen«, erklärte Tucker. Das Licht einer Taschenlampe blitzte auf.

»Können wir nicht das Licht anmachen?«, fragte Deidre. »Ich hasse Dunkelheit.«

»Ich habe keine Zeit, Ihre intimen Wünsche zu erfüllen, Deidre«, bellte Tucker. »Sagen Sie mir einfach, was ich wissen muss.«

»Verdammt noch mal, ich will Ihr Gesicht sehen«, verlangte Deidre wütend. »Solange es dunkel ist, werde ich überhaupt nichts sagen.«

255

Tucker murmelte etwas vor sich hin. »Bitte sehr.« Die Taschenlampe verschwand, Deidre hörte ein lautes Klicken, als werde eine Sicherung eingeschaltet. Sofort gingen alle Deckenlampen an und erleuchteten den Raum taghell. Deidre hob die Hand, um ihre geblendeten Augen zu schützen. »Arschloch«, war ihr einziger Kommentar. Dann nahm sie die Hand herunter und sah Tucker, der an die Wand gelehnt stand, ins Gesicht. »Aber was soll man schon von einem Mann erwarten, der mindestens siebzehn unschuldige Menschen zum Tode verurteilt hat?«

Tucker wurde bleich, gab sich aber keine Blöße. »Was zur Hölle wollen Sie damit sagen?«

»Sie wissen ganz genau, was das bedeutet ... Andy«, fuhr Deidre fort. »Erinnern Sie sich an Opfer Nummer vierzehn? Ellen Bradshaw. Ich fürchte, Sie waren nicht schnell genug. Ellen hat mir ein Foto vom Anführer des Kultes geschickt, bevor sie starb. Sie sind sehr fotogen.«

»Das ist ja erbärmlich«, sagte Tucker. »Sie bestellen mich mitten in der Nacht hierher, um mich zu beschuldigen? Das ist doch nichts anderes als ein leicht durchschaubares Manöver des Kultes, mich in Verruf zu bringen. Ich leite die Untersuchung. Das prädestiniert mich doch zur Zielscheibe.«

»Das war sehr bequem für Sie, nicht wahr?«, stellte Deidre fest und ignorierte völlig, dass er alles abstritt. »Niemand hätte je die Integrität des leitenden Detectives in Frage gestellt. Hurensohn! Sie haben meinen Vater auf dem Gewissen. Und damit werden Sie nicht durchkommen!«

Tucker lachte unvermittelt auf. »Das höre ich immer wieder gerne. Vor allem, wenn es nicht stimmt. Ich *werde* damit durchkommen. Alles, was ich dafür brauche, ist genau hier in diesem Lagerhaus.«

»Was wollen Sie damit sagen?«

»Werfen Sie einen Blick nach hinten!«

Deidre dreht sich um und entdeckte eine junge Frau, die mit Händen und Füßen an einen Stuhl gefesselt war. »Was haben Sie getan?«, rief sie erschrocken aus.

»Diesmal werden wir wenigstens in der ersten Reihe stehen«, flüsterte Cordelia, während sie zusammen mit Doyle um das Lagerhaus herumschlich. Jeder von ihnen trug einen großen Rucksack.

»Ich war schon das letzte Mal in der ersten Reihe«, erwiderte Doyle. »Es ist nicht so toll, wie du denkst, glaub mir.« Sie bogen um die Ecke und liefen hastig zu der großen verschlossenen Metalltür hinüber, die den größten Teil des Gebäudes an dieser Seite ausmachte. Angel hatte Recht gehabt. Das Schloss war billig und klein. Er kniete nieder und zog einen Bolzenschneider aus dem Rucksack.

»Was sagen wir, wenn jemand vorbeikommt und wissen will, was wir hier machen?«, gab Cordelia plötzlich zu bedenken.

Doyle setzte das Werkzeug an. »Wir versuchen hier, die Welt zu retten, Cord. Sag ihm, er soll verschwinden.«

Tucker war weiter in das Lagerhaus vorgedrungen und hatte sich der Gefangenen genähert. Er wirkte wie die schlechte Parodie eines Liebhabers, als er ihr mit der Hand durchs Haar fuhr. Die Frau stieß einen unartikulierten Laut aus und versuchte, sich irgendwie abzuwenden. Daraufhin bog Tucker ihren Kopf brutal zurück. Im gleißenden Licht der Deckenbeleuchtung sah Deidre, dass Mund und Augen der Frau mit Klebeband zugebunden waren. »Ich will es mal so sagen: Das ist eine Frage der Sicherheit«, sagte Tucker. »Ich habe nämlich Grund zu der Annahme, dass Terri Miller zu den wenigen Fehlern gehört, die ich gemacht habe. Ich habe mich in ihrem Charakter getäuscht, weil ich glaubte, dieser kleine verzweifelte Niemand namens Terri würde es nicht wagen, all die wunderbaren Dinge in Frage zu stellen, die sie als Mitglied bekommen hat.

Unglücklicherweise hat sie mehr Rückgrat, als ich ihr zugetraut hätte. Ich konnte sie unmöglich sich selbst überlassen. Sie hätte alles verderben können, wofür ich so hart gearbeitet habe.«

»Wenn sie es nicht tut, dann eben ich«, ertönte plötzlich eine Stimme.

Deidre wirbelte herum. »Jesus, Angel. Wofür haben Sie so lange gebraucht?«, keuchte sie.

Tucker ließ Terri los und griff nach seiner Waffe.

»Er hat eine Pistole«, rief Deidre.

»Er ist ein Bulle. Natürlich hat er eine Pistole.«

Tucker zog die Waffe aus dem Halfter.

»Deidre, ducken Sie sich!«, schrie Angel ihr zu. Er machte einen Sprung zur Seite, hörte eine Kugel an seinem Kopf vorbeizischen und warf sich im gleichen Moment über Deidre. Sie fiel weich, denn es gelang Angel, ihren Aufprall auf dem harten Boden des Lagerhauses mit seinem eigenen Körper abzufangen. Die Bewegung brachte sie beide aus der Schusslinie. Angel richtete sich hastig auf und stellte sich schützend vor Deidre.

»Ich weiß nicht, wer Sie sind«, sagte Tucker. »Aber eins ist sicher, Sie werden sterben.«

»Da wäre ich nicht so sicher«, erwiderte Angel. »Ich bin nicht so leicht umzubringen, wie es aussieht.« Bevor Tucker antworten konnte, wurden sie von einem Geräusch abgelenkt. Es erinnerte Angel an ein Tier, das in die Falle

gegangen ist. Als wagte jemand den Angriff als letzten
Ausweg. Ihm standen die Haare zu Berge. Er spürte
einen Luftzug, als die Gestalt geradewegs in die Lagerhalle hinein und an ihm vorbeischoss. Tucker feuerte
zum zweiten Mal. Die Gestalt schwankte, lief jedoch weiter und warf sich mit einem Sprung auf Tucker.

Ein Mensch, dachte Angel. Ein Mann, der in einem viel
zu großen Mantel steckte, der ihn verbarg. Er war größer
als Tucker und kämpfte wie ein Besessener. Aber Angel
ahnte bereits, dass er nicht gewinnen würde. Es dauerte
nur wenige Augenblicke, bis Tuckers Instinkte erwachten. Er stieß dem Typ die Pistole in die Schulter. Das
Opfer schrie auf und verlor das Gleichgewicht. Tucker
setzte ihm nach, verpasste ihm einen Kinnhaken. Sein
Körper bäumte sich auf und fiel zu Boden. Tucker war
augenblicklich über ihm und zog ihm die Waffe über den
Kopf. Ein zweiter Schlag und der Mann im Mantel bewegte sich nicht mehr. Keuchend vor Anstrengung richtete Tucker sich auf und wandte sich erneut Deidre und
Angel zu.

»Bleiben Sie hinter mir«, zischte Angel Deidre zu.

Tucker kam langsam mit gezückter Pistole auf sie zu.
Angel konnte sich kaum noch zurückhalten, zwang sich
aber zur Beherrschung. Warte, bis er vor dir steht, sagte
er sich. Er hatte zwar nicht vor, ein hilfloses Ziel abzuge-
ben, aber wenn er sich bewegte und zu früh angriff,
würde er Deidre schutzlos zurücklassen. Während Tucker die Lagerhalle durchquerte, brachte er seine Kleidung in Ordnung. Als er sein Jackett richtete, fiel etwas
heraus und schlug mit einem ›Ping‹ auf dem Boden auf.
Tucker sah paralysiert zu, wie es erst einen Kreis zog,
dann einen zweiten. Im hellen Licht der Lagerhalle war
das Gebilde deutlich zu erkennen: das Amulett des Feu-

toch. Angel spürte, wie Deidres Körper sich hinter ihm anspannte.

Schwer atmend starrte Tucker auf das Amulett. Dann hob er den Blick. Einen Augenblick dachte Angel, Tucker schaue seinen Gebieter an. Dann wurde ihm klar, dass der Blick Deidre Arensen galt, die hinter ihm stand. »Du hast das getan!« Tuckers Stimme überschlug sich. »Du hast mich gezeichnet. Es gibt keine andere Möglichkeit. Ich bin immer sehr vorsichtig gewesen. Niemand ist mir nahe gekommen. Es war dieser Impuls, dich zu umarmen, stimmt's? Schlau, das muss ich zugeben. Du wusstest, ich würde deine Hilflosigkeit genießen. Und ohne diesen Idioten hier«, er zeigte auf den am Boden liegenden Mann, »hätte ich es nicht einmal bemerkt.«

»Ich weiß nicht, was dieser Unsinn soll«, schnaubte Deidre.

Plötzlich brach Tucker in schallendes Gelächter aus. »Mein Gott«, rief er. »Ich habe gedacht, ich sei schlau, aber du bist mir überlegen. Du bist der Prophet, nicht wahr? Das ist die einzige Erklärung. Die einzige Möglichkeit für dich, an das Amulett zu kommen und zu wissen, wie man es einsetzt. Du bist kein Kultmitglied, dann würde ich dich kennen. Das bedeutet, du musst der Prophet sein.«

»Sie sind ja völlig durchgedreht«, würgte sie hervor.

»Oh, das glaube ich nicht«, sagte Tucker. »Überlegen wir doch mal gemeinsam. Du rufst mich an, bestellst mich hierher…«

Hastig trat Deidre hinter Angel hervor und ging zur Seite, sodass ein Abstand zwischen beiden entstand. »Es war seine Idee.« Sie zeigte auf Angel.

Tucker warf Angel einen bedauernden Blick zu. »Hat Sie dich auch an der Nase herumgeführt, hey? Hat dich zu ihrem Helden in schimmernder Rüstung gemacht!«, stellte er voller Genugtuung fest.

Angel zog etwas aus seiner Tasche und hielt es Deidre hin. »Das hier ist das Amulett, dass Sie freundlicherweise am Morgen an mich abgetreten haben. Woher kommt das von Tucker, Lady?«

»Um Himmels willen, Angel«, wehrte Deidre sich. »Wie kannst du diesem Typ glauben? Er hat praktisch zugegeben, dass er der Anführer des Kults ist. Er würde alles behaupten, um von sich abzulenken.«

»Wer hat Sie angeworben, Detective Tucker?«, fragte Angel plötzlich. Er hörte, wie Deidre die Luft anhielt.

Tucker lächelte hämisch. »Fragen Sie sie«, sagte er und zeigte auf Deidre. »Obwohl ich Ihnen zutraue, dass Sie es selbst herausfinden. Ich wurde angeworben von dem einzigen Menschen, dem sie genug vertrauen konnte, um die ganze Sache ins Rollen zu bringen. Jemand, der sie so sehr liebte, dass er alles für sie getan hätte.«

»Sag mir eins, Deidre«, fuhr Tucker lässig fort. »Wusste Daddy, was ihn erwartete, wenn er seine Schuldigkeit getan hatte? Oder hast du ihn blind in seinen Tod rennen lassen? Andererseits ist er dir auch nach seinem Tod noch sehr nützlich gewesen, oder? Durch den Tod deines alten Vaters hast du viel gewonnen.«

»Fahr zur Hölle!«, schrie Deidre auf.

»Das werde ich zweifellos«, erwiderte Tucker ungerührt. »Aber auf dem Weg dorthin werde ich nicht alleine sein.« Als Tucker sich bewegte, machte Angel einen Sprung. Nicht in Tuckers Richtung, sondern zu Terri Miller. Tucker hob das Amulett auf, erhob sich und zog die schutzlose Deidre in seine Arme. Deidre kämpfte wie ein Tiger. Sie schlug um sich, kratzte, biss und trat nach ihm. Als Tucker ihr brutal ins Gesicht schlug, gab sie auf.

261

»Das wird jetzt wehtun«, sagte Angel zu der jungen Frau. »Tut mir Leid.« Terri schrie laut auf, als er das Klebeband von ihrem Mund mit einem Ruck abriss. »Wo hat er das Amulett hingetan?«, fragte Angel hastig. »Wo ist das Amulett, Terri? Sag es mir, schnell!«

»Schuh … rechter Schuh …«, keuchte Terri.

Angel riss den Schuh herunter. Das Amulett des Feutoch rollte auf den Fußboden.

Blitzartig fühlte Angel, wie die Luft um ihn herum dicht und heiß wurde. Das konnte nur eins bedeuten: der Feuerdämon. Seine Stunde war gekommen. Es war Mitternacht.

»Jetzt!«, schrie Angel.

Das kreischende Geräusch der Metalltür zeigte ihm, dass Doyle und Cordelia auf ihrem Posten waren. Die Tür öffnete sich, während Feutoch sich manifestierte. Die Luft wurde zusammengepresst, nahm Form und Gestalt an. Funken tanzten vor Angels Augen. Es roch nach Schwefel. Und dann materialisierte Feutoch sich aus dem Nichts mitten in der Lagerhalle. Eine Feuersäule, so heiß, dass Angel sein Gesicht mit dem Arm vor der Hitze schützen musste. Der feurige Körper füllte den Raum bis ungefähr zur Hälfte unters Dach aus. In der Säule erkannte Angel die Umrisse eines Körpers. Aus den Augen, die wie reine Kristalle blitzten, züngelten Flammen.

Die Tür zur Lagerhalle stand jetzt offen. Doyle und Cordelia erschienen mit ihren Rucksäcken, warteten auf ihren Einsatz.

In die Stille hinein begann der Feuerdämon zu sprechen. Seine Stimme war ein Zischen, wie Wasser, das über Kohlen gegossen wird und verdampft. Angel spürte, wie der Ton ihn bis ins Mark erschütterte. Trotz der Hitze lief ihm ein Schauder über den Rücken.

»Hier ist mehr als nur einer gezeichnet«, sagte der Dämon. »Aber nicht alle Gezeichneten dienen meinem Zweck.«

»Ich hatte gehofft, dass du das sagst«, entgegnete Angel.

Einen kurzen Moment traf sein Blick den von Deidre Arensen. Sie schien skeptisch. Blut tropfte von ihrer Lippe, dort, wo Tucker sie geschlagen hatte. Dann wandte Angel seine Aufmerksamkeit wieder dem Dämon zu. Etwas schien hinter seinen kristallklaren Augen aufzublitzen. Er ist neugierig, dachte Angel.

»Du bewegst dich frei unter ihnen, aber sie haben keine Angst vor dir«, stellte der Dämon fest. »Wissen sie nicht, was du bist?«

Angel zuckte die Schultern. »Manche ja, manche nein«, erwiderte er.

»Interessant«, bemerkte der Dämon. »Aber du verstehst sicher, dass ich nicht länger mit dir plaudern kann. Denn heute ist meine Nacht. Darauf habe ich lange gewartet. Das Warten hat nun ein Ende.«

»Fahr zur Hölle!«

»Angel, nicht!«, schrie Deidre. Sie machte einen letzten verzweifelten Versuch, sich zu befreien, und wand sich aus Tuckers Umarmung. Während Feutochs Flammen um sie herumzüngelten, versuchte sie sich in Sicherheit zu bringen. Aber Tucker bekam sie am Fuß zu packen und brachte sie zu Fall.

»Du wirst nicht entkommen, du Luder«, kreischte er. »Wenn ich sterben muss, dann stirbst du mit mir.«

Deidre trat nach ihm, traf ihn voll ins Gesicht. Aber er ließ sie nicht los. Er zog ihre Beine unter sich und warf sich über sie, eine tödliche Umarmung. Deidre lachte wild und hysterisch auf.

»Er wird mir nichts tun. Er braucht mich. Ihr seid alle ersetzbar. Ich werde zusehen, wie ihr zugrunde geht.«

»Da wäre ich mir nicht so sicher«, sagte der Dämon. Er spie eine Flamme aus seinem feurigen Leib und verschlang sie beide.

»Macht ihn fertig!«, schrie Angel.

»Los!«, rief Doyle. Er zog einen übergroßen Feuerlöscher aus seinem Rucksack und warf ihn Angel zu. Dann zog er einen zweiten heraus und brachte ihn in Position. Cordelia tat es ihm nach. Vollkommen synchron hoben sie die großen schwarzen Spritzen der Feuerlöscher und richteten sie auf Feutoch.

»Feuer!«, gellte Angels Schrei durch die Lagerhalle. Aus den Feuerlöschern stoben weiße Wolken. Als sie Feutoch trafen, gab er ein überirdisches Heulen von sich. Flammen schossen bis hinauf zum Dach der Lagerhalle.

»Weitermachen!«, schrie Angel.

Langsam bewegten sich Angel, Doyle und Cordelia auf den Feuerdämon zu, die Löschgeräte im Anschlag. Angel spürte, wie die Hitze ihm entgegenschlug – im Rhythmus der Schreie, die der Dämon ausstieß. Dann wurde es ganz plötzlich still, als hätte jemand einen Hebel umgelegt, und die Hitze verschwand. Nur das Geräusch der Feuerlöscher war noch zu hören. »Stopp, aufhören!«, rief Angel.

Doyles Feuerlöscher fiel mit einem lauten Krach zu Boden. Er rannte hinüber zu Terri Miller.

»Jetzt weiß ich, wie die Ghostbusters sich fühlen müssen«, jubelte Cordelia. »Wir haben ihn erledigt, oder?«

Einen kurzen Augenblick meinte Angel, durch den Rauch und die Schlacken des Löschmittels die Überreste von Deidre und Tucker zu sehen. Ihre Körper waren zu weißer Asche verbrannt. Deidres Kopf war an Tuckers Hals gepresst, als habe er sie im letzten Moment vor den Flammen beschützen wollen. Dann blies ein Windstoß durch die offene Tür der Lagerhalle und das, was die Umrisse menschlicher Körper gewesen waren, wurde zu einem Häuflein Asche auf dem Boden zusammengeweht.

Von Feutoch war nichts mehr übrig. Abgesehen von den Brandspuren.

»Ja!«, seufzte Angel. »Wir haben ihn erledigt!«

»Warum ist bloß vor uns noch niemand auf diese Idee gekommen?«, wunderte sich Cordelia.

»Vielleicht waren Feuerlöscher noch nicht erfunden, als Feutoch sich das letzte Mal manifestieren wollte.«

Angel drehte sich um und sah, dass Doyle einer zitternden Terri Miller auf die Beine zu helfen versuchte. »Kommt schon«, sagte er. »Verschwinden wir von hier.«

22

»Bist du sicher, dass alles in Ordnung mit dir ist?«, hakte Doyle nach.

Er saß mit Terri im Café am Flughafen von L.A. und wartete, dass ihr Flug aufgerufen wurde.

»Ich glaube schon.« Terri nickte, ihr Blick war fest auf die Kaffeetasse geheftet. Sie verzog das Gesicht. »Wahrscheinlich werde ich für eine Weile Alpträume haben. Außerdem wird es nicht einfach sein, mir selbst zu verzeihen. Aber sonst …«

»Du schaffst das«, sprach Doyle ihr Mut zu. Sie tat ihm Leid, wegen der Alpträume, aber eine Menge Opfer von Traumata erlebten das. Nicht nur, wenn sie einem Feuerdämon nahe gekommen waren …

»Menschen machen manchmal … Fehler.«

Terri blickte kurz auf. »Einen Fehler. So würdest du das also nennen, was ich getan habe?«

»Wie soll ich es denn sonst nennen? Du musst dich nicht dafür verurteilen, Terri«, erklärte Doyle. »Niemand wird dich dafür bestrafen, nur du selbst. Ich weiß, ich habe versprochen, dir keine Ratschläge mehr zu erteilen …«

»Aber dein Rat ist …«

»Du solltest versuchen, darüber hinwegzukommen. Nicht jeder bekommt eine zweite Chance.«

Terri schwieg einen Augenblick. »Ich weiß. Es ist

267

nur...« Sie verstummte wieder, spielte mit der Kaffee-tasse. »Du wirst es mir nicht erzählen, oder?«

»Was?«

»Du weißt schon, was wirklich passiert ist. Ich konnte nichts sehen, weil meine Augen verbunden waren, ich konnte nicht ...«

»Du hast Recht, ich werde es dir nicht erzählen«, unter-brach Doyle sie. »Wenn ich wüsste, dass es dir helfen würde, dann ja.«

»Könntest du nicht ein bisschen konkreter werden?«

Doyle lächelte. Terri sieht gut aus, dachte er. Sie hatte etwas an sich, das vorher nicht da gewesen war. Mehr Selbstbewusstsein.

Er nahm einen Schluck von seinem Kaffee. »Also Sa-cramento, stimmt's?«

Terri musste lachen. »Okay, verstehe. Wir wechseln also das Thema.« Sie holte Luft. »Ja, Sacramento. Ich habe dort eine alte Schulfreundin. Sie sucht jemanden, mit dem sie die Wohnung teilen kann, und ich brauche eine neue Wohnung. Außerdem habe ich entdeckt, dass man dort auf dem College Sozialarbeit unterrichtet. Die Ausbil-dung dort soll ziemlich gut sein. Das klingt interessant.«

»Sozialarbeit?« Doyle schaute sie skeptisch an. »Das hängt mit diesem Typ zusammen ...«

»Septimus«, ergänzte Terri. »Ja, wahrscheinlich hast du Recht. Die ganze Zeit über hatte ich das Gefühl, niemand würde mich sehen. Aber Menschen wie Septimus, weißt du, die *will* niemand sehen. Doch er hat versucht, mir das Leben zu retten. Jedenfalls hat dein Freund Angel das gesagt. Ich weiß nur, dass Septimus mich anschaute und etwas erkannte, was kein anderer erkannte. Aber ich habe ihn kaum wahrgenommen. Menschen sollten nicht leben müssen wie er, das ist nicht richtig, Doyle.«

Sie schwieg, verzog das Gesicht. »Ich höre mich wahrscheinlich an wie Mutter Teresa, stimmt's?«

»Du hörst dich an wie jemand, der sich um andere sorgt«, sagte Doyle. »Aber Sozialarbeit ist kein Kinderspiel, das ist dir ja wohl klar, oder?«

»Was macht das schon?«, entgegnete Terri. »Wenn ich nicht ständig versucht hätte, es mir leicht zu machen, wäre ich vielleicht niemals in diese Situation … du weißt schon.«

Als eine Lautsprecherdurchsage kam, hob Terri den Kopf.

»Das ist mein Flug. Sie rufen ihn auf.« Sie erhob sich. Doyle stand ebenfalls auf und nahm den Koffer, der neben dem Tisch stand. »Das ist alles?«

Terri wurde rot, fasste sich aber schnell wieder. »Ja, das ist alles. Erbärmlich wenig, ich weiß. Aber ich wollte nichts mitnehmen, was nicht wirklich mir gehört, wenn du weißt, was ich meine.«

»Ich persönlich glaube, dass es eine gute Idee ist, nicht zu viel Ballast mit sich herumzuschleppen«, bemerkte Doyle. Gemeinsam gingen sie zum Gateway. »Ich bin ganz vorne im Flugzeug«, sagte Terri. »Es dauert noch ein paar Minuten. Du musst nicht warten, wenn du nicht willst.«

»Das ist in Ordnung«, erwiderte Doyle.

Schweigend beobachteten sie, wie die anderen Passagiere einstiegen. Doyle spürte Terris Nervosität, während sie neben ihm stand. »Doyle?«

»Hmmm?«

»Da ist noch etwas, das ich dich fragen möchte. Als du mich gebeten hast, mit dir auszugehen, war das … was ich meine, ist, hast du wirklich … du warst nicht nur …«

»Ja«, sagte Doyle. »Und nein.«

Terri hielt den Atem an.

»Ja, ich wollte es«, sagte Doyle leise. »Nein, ich habe es nicht nur getan, um nett zu sein. Und es war nicht nur ein Job.«

Terri stand schweigend da. Aus den Augenwinkeln sah er, wie sie schluckte.

»Danke«, sagte sie schließlich. Sie suchte etwas in ihrer Handtasche und holte eine kleine goldfarbene Packung heraus. Schokolade. Sie legte sie Doyle in die Hand. »Jemand, den ich kenne, hat mal zu mir gesagt, jeder Trottel könne Schokolade verschenken. Das ist nur, damit du weißt, dass ich diesmal nur die guten Sachen annehmen werde, wenn mir jemand etwas schenken will.«

Bevor Doyle etwas erwidern konnte, hatte sie sich herumgedreht und lief auf den Eingang des Flugzeuges zu. Er sah zu, wie sie der Stewardess ihre Bordkarte zeigte und mit ihrem kleinen Koffer im Flugzeug verschwand.

»Ich wünsche dir ein schönes Leben, Terri Miller.«

Angel stand im Schatten einer alten Eiche und beobachtete Kate. Es war das erste Mal, dass sie Deidres Grab besuchte ... obwohl die Bezeichnung Grab in diesem Fall eher symbolisch war. Von Deidre war nicht viel übrig gewesen, was man hätte begraben können. Doch was man gefunden hatte, ruhte nun neben Martin Arensen, ihrem Vater.

Ihr Komplize und ihr Opfer, dachte Angel. Das wusste er seit jener Nacht im Lagerhaus.

Kate stand steif und unbewegt, ihr ganzer Körper war Ausdruck von Schmerz und Verwirrung. Die letzten Tage mussten sehr schwer für sie gewesen sein, nahm Angel an. Jackson Tucker und Deidre Arensen waren beide tot. Und die Erkenntnis, dass beide ein Doppelleben geführt hatten, von dem Kate nicht einmal etwas geahnt hatte, machte ihr schwer zu schaffen. Immerhin hatte ihrer beider Tod den Morden des Crispy Critter Killers schlagartig ein Ende gesetzt.

Die Presse hatte natürlich zahllose Spekulationen parat. Man hatte Papiere gefunden, die darauf hindeuteten, dass die beiden letzten Mordopfer mehr mit der Sache zu tun hatten, als es zunächst den Anschein hatte. Beweisen konnte das aber niemand. Also hatte man sich darauf geeinigt, das Ganze als eine Folge von Ritualmorden zu bezeichnen, die mit einem Doppelselbstmord endeten. Und das war näher an der Wahrheit, als sie ahnen konnten, dachte Angel.

Kate kniete nieder und legte eine einzelne weiße Rose auf Deidres Grab. Dann stand sie auf und wandte sich zum Gehen. In diesem Augenblick bemerkte sie Angel. Sie zögerte kurz, dann kam sie über den Rasen zielstrebig auf ihn zu.

An der Eiche blieb sie stehen und blickte ihn an. Ihre blauen Augen spiegelten tiefe Betrübnis wider.

»Es tut mir so Leid«, sagte Angel nur.

»Sie haben keinen Grund, sich bei mir zu entschuldigen«, erwiderte sie angespannt. »Lesen sie keine Zeitungen? Sie hat sich das selbst zuzuschreiben. Mein Gott, wahrscheinlich sollte ich mich eher bei Ihnen entschuldigen. Immerhin habe ich sie zu Ihnen gebracht. Das hätte sie alle töten können.«

»Aber das ist nicht geschehen.«

»Ich habe geglaubt, sie zu kennen!«, brach es aus Kate hervor.

»Nicht jede kleine Angewohnheit, aber doch genug, um an sie zu glauben, ihr vertrauen zu können. Ich habe mir die Unterlagen angeschaut, die sie in ihrem … in

Martins Apartment gefunden haben. Es ist unglaub-
liches, verrücktes Zeug. Ich fühle mich so dumm, so
benutzt ...«

Da wären wir schon zwei, dachte Angel. Eigentlich
hätte er sich besser fühlen müssen, denn schließlich war
ja alles gut gegangen. Aber so einfach war das nicht. Zu
nah hatte er am Abgrund gestanden, und im Grunde war
es Tuckers Verdienst, dass Deidre als der Prophet ent-
larvt werden konnte. Das war bitter. Tucker hatte die entscheidenden Tatsachen kombiniert und sie beschuldigt,
sodass sie ihre Rolle schließlich zugegeben hatte. Wer
weiß, wenn sie nicht damit geprahlt hätte, Feutoch würde
ihr nichts tun können, dann hätte Angel vielleicht den
schlimmsten Fehler von allen gemacht und ihr das
Leben gerettet. Mit Sicherheit würde er das nie wissen.

»Hören Sie auf, sich Vorwürfe zu machen«, sagte er zu
Kate. »Sie haben Ihr Bestes getan. Es ist nicht Ihre
Schuld, dass Deidre nicht die war, für die wir sie alle
gehalten haben. Niemand ist dafür verantwortlich. Wir
haben alle unsere Geheimnisse.«

»Aber wie kann man so Entscheidendes verbergen?«

»Sie wären überrascht.«

Kate strich sich über die Stirn, wie um einen Alptraum
zu verscheuchen. »Wahrscheinlich haben Sie Recht. Ich
hatte wirklich keine Ahnung, das schwöre ich ... Oh
nein, was ist denn nun schon wieder los?«, rief sie aus, als
ihr Beeper plötzlich anging. Sie zog ihn aus der Handtasche, um die Nummer zu checken. »Ich muss los. Die
Pflicht ruft.«

»Wie sieht es denn auf der Arbeit aus?«

Kate lachte, aber es klang nicht amüsiert. »Ein ander-
mal. Wenn ich ein paar hundert Jahre Zeit habe, oder so.
Kann ich Sie irgendwo absetzen?«

»Nein, danke«, lehnte Angel höflich ab. »Ich bin mit meinem eigenen Wagen hier.«

»Dann sage ich einfach bis bald, irgendwann«, verabschiedete Kate sich nachdenklich.

»Auf jeden Fall.«

Angel war froh, dass die Sonne schon untergegangen war. Er sah zu, wie Kate in ihren Wagen stieg, wartete, bis sie weggefahren war, und ging dann hinüber zu seinem Cabrio. Doyle und Cordelia lehnten an der Fahrertür.

»Was macht ihr denn hier?«, fragte er irritiert.

»Er brütet vor sich hin«, sagte Cordelia zu Doyle und zeigte auf Angel. »Ich hab's dir doch gleich gesagt.«

»Ich brüte gar nicht vor mich hin.«

»Seit wann?«, gab Cordelia zurück. »Wir kennen dich, Angel. Tagelang geht das jetzt schon so. Du machst dir Vorwürfe, weil Deidre Arensen dich an der Nase herumgeführt hat. Uns. Wir sind gekommen, um dir zu sagen, dass du endlich damit aufhören sollst.«

Doyle nickte zur Unterstützung.

»Außerdem«, fuhr Cordelia fort, »habe ich ein bisschen recherchiert und die Lösung gefunden. Teamgeist ist das Schlagwort. Wir müssen unseren Teamgeist aufbauen, fördern, entwickeln und trainieren.«

»Was?«

»Ja, es gibt Techniken, die einem dabei helfen, gut mit anderen zusammenzuarbeiten«, erklärte Doyle. »Außerdem lernt man Vertrauen aufzubauen. Du weißt schon, zu den anderen Teammitgliedern.«

»Und es geht um Informationsfluss. Du hättest uns darüber informieren sollen, dass *Wolfram & Hart* dich gezeichnet haben«, sagte Cordelia.

»Aber das habe ich euch doch gesagt.«

»Erst als alles vorbei war. Du hättest uns informieren sollen, als wir dir noch helfen konnten.«

»Ihr hättet überhaupt nichts tun können«, stellte Angel fest. »Und deshalb habe ich es verschwiegen.«

»Okay, siehst du, genau das meine ich«, sagte Cordelia. »Und deshalb brauchen wir dieses Teamtraining. Da gibt es einen Club, du kannst dort etwas essen, ein paar Drinks nehmen und diese Spielchen machen. Sie helfen dir dabei, Kontakt herzustellen.«

»Wir haben hervorragenden Kontakt«, erwiderte Angel leicht ungehalten. »Ich bin der Boss – und ihr tut, was ich sage.«

Doyle warf Cordelia einen zögerlichen Blick zu. »Er hat nicht ganz unrecht.«

»Teams werden von jemandem geleitet, Cordelia«, fuhr Angel fort. »Wir spielen hier nicht Demokratie. Manchmal muss ich einfach Entscheidungen treffen.«

»Okay, gut«, lenkte Cordelia ein, gab jedoch noch nicht auf. »Aber wie wäre es, wenn du das nächste Mal entscheiden würdest, uns zu informieren? Wir sollen dir doch helfen, also müssen wir auch die Möglichkeit dazu haben. Das ist Teil unserer Vereinbarung, erinnerst du dich? Ich glaube, die Mächtigen würden das auch so sehen.«

»Okay«, sagte Angel nur. »Ich werde es versuchen.« Er öffnete die Wagentür und klemmte sich hinter das Lenkrad. »Hat jemand was von Septimus gehört?«, fragte er Doyle, der sich auf dem Beifahrersitz breit machte. Cordelia kletterte auf den Rücksitz.

»Überhaupt nichts«, erklärte Doyle. »Er ist einfach aus dem Krankenhaus verschwunden. Aber ich bleibe dran. Früher oder später taucht er sicher wieder irgendwo auf.«

Nein, wohl kaum, dachte Angel. Er kannte Typen wie

Septimus. Niemand erinnerte sich lange an sie. Sie wurden vergessen.

»Aber wo wir gerade dabei sind«, sagte Cordelia und beugte sich nach vorne zu Doyle. »Dranbleiben, meine ich. Solltest du nicht langsam wieder Kopfschmerzen bekommen?«

»Dranbleiben? An Kopfschmerzen?«

»Na ja, ich will ja keinen Druck machen oder so, aber wir müssen schließlich weitermachen. Das Geschäft muss laufen, wir brauchen Kohle, und von der letzten Kundin haben wir keine müde Mark gesehen.«

»Ich fühle mich tatsächlich nicht so gut«, murmelte Doyle verhalten.

Cordelia strahlte. »Wirklich? Einfach nur so, oder glaubst du, es kommt eine Vision?«

Angel fuhr los. Er schlug den Weg nach Hause ein.

Septimus lief durch die Straßen, so wie jede Nacht, seitdem er das Krankenhaus verlassen hatte. Er wusste, dass Terris neue Freunde, seine Lebensretter, ihn dorthin gebracht hatten. Sie wollten auch, dass er dort blieb. Aber er hatte das nicht tun können. Es war zu auffällig. Außerdem hatte er kaum noch Schmerzen in der Schulter. Der Schmerz in seinem Herzen würde ihn allerdings noch lange begleiten.

Er war jetzt wieder allein. Terri war fort. Tagsüber sagte er sich, dass es gut so war. Sie hatte nie wirklich hierher gehört. Sie würde woanders glücklicher sein.

Septimus blieb tagsüber in seinem Versteck. Doch wenn die Schatten länger wurden und die Nacht hereinbrach, wurde er unruhig. Dann spürte er den Schmerz und begann herumzuwandern. Denn nur wenn er sich bewegte, konnte er die schreckliche Wahrheit ertragen.

Terri war gerettet worden, aber nicht von ihm. Seine Strafe war, dass er für immer allein sein würde. Aber wenigstens hatte er ein Andenken. Etwas, das ihn an sie erinnerte. Er hatte es vom Fußboden der Lagerhalle aufgehoben, nachdem er wieder zu Bewusstsein gelangt war. Bevor Terris neue Freunde ihm geholfen hatten, den Ort zu verlassen. Er hatte sie gemocht, wirklich. Aber das Andenken hatte er ihnen lieber nicht gezeigt. Wenn man seine Schätze herumzeigte, dann konnten sie einem weggenommen werden.

Die Hand in der Manteltasche, drehte Septimus das Amulett immer wieder zwischen den Fingern. Ein Amulett, ein Taler, ein Ding jedenfalls, das aussah wie eine alte Münze.

Die Nacht gehört den Dämonen!
Angel – Jäger der Finsternis

ISBN 3-8025-2841-7
Angel – Der Preis der
Unsterblichkeit

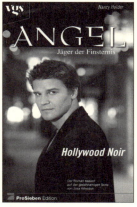

ISBN 3-8025-2851-4
Angel – Hollywood Noir

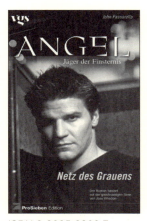

ISBN 3-8025-2866-7
Im Netz des Grauens

ISBN 3-8025-2878-6
Seelenhandel

Egmont vgs verlagsgesellschaft, Köln

www.vgs.de

Eine Liebe mit Biss…
aber ohne Aussicht auf Erfüllung

ISBN 3-8025-2865-4
Buffy & Angel
Die geheime Geschichte 1

ISBN 3-8025-2867-0
Buffy & Angel
Die geheime Geschichte 2

ISBN 3-8025-2875-1
Buffy & Angel
Die geheime Geschichte 3

Egmont vgs verlagsgesellschaft, Köln

www.vgs.de

Verbotene Liebe!
Die Jägerin und ihr Vampir

ISBN 3-8025-2699-6
Buffy – Angel Chroniken 1

ISBN 3-8025-2700-3
Buffy – Angel Chroniken 2

ISBN 3-8025-2715-1
Buffy – Angel Chroniken 3

Egmont vgs verlagsgesellschaft, Köln

www.vgs.de

www.closeup.de

wir haben **Poster**
Postkarten
Kalender
Stand Ups
Action-Figuren
zu den TV-Serien

Hier seht Ihr eine kleine Auswahl aus unserem riesigen Postersortiment!

G-709.210 / DM 12,90

G-720.660 / DM 14,90

G-718.490 / DM 12,90

Gleich mit dem Stichwort „Vampir"
Gratis Katalog anfordern!
Hotline **01804 450 450** (48Pf/Anruf)